聆听岁月

赵彩萍 著

中国出版集团
现代出版社

图书在版编目（CIP）数据

聆听岁月 / 赵彩萍著. -- 北京 : 现代出版社, 2017.4
ISBN 978-7-5143-5837-7

Ⅰ. ①聆… Ⅱ. ①赵… Ⅲ. ①散文集－中国－当代 Ⅳ. ①I267

中国版本图书馆CIP数据核字(2017)第057845号

聆听岁月

作　　者　赵彩萍
责任编辑　李　鹏
出版发行　现代出版社
地　　址　北京市安定门外安华里504号
邮政编码　100011
电　　话　010-64267325　010-64245264（兼传真）
网　　址　www.1980xd.com
电子邮箱　xiandai@vip.sina.com
印　　刷　北京一鑫印务有限责任公司
开　　本　880×1230　1/32
印　　张　8
版　　次　2017年4月第1版　2022年7月第2次印刷
书　　号　ISBN 978-7-5143-5837-7
定　　价　39.80元

伴岁月纷至沓来的爱的诗情

——代序赵彩萍散文集《聆听岁月》

受台风“鲇鱼”的外围影响，我终于在铺天盖地的瓢泼大雨中，找回了文思和激情，也有了心灵片刻的宁静和淡定。终于在滴答的雨声中，打开了渴慕已久，但又生怕亵渎的《聆听岁月》，并通过文本，重新认识了一个满怀青春和激情的赵彩萍。

对于赵彩萍，我其实并不陌生。早在二十多年前，我们就是文友。那时的她，已经发表了许多诗文，诗作曾被著名诗人阿红老师称颂。作为张家港本土文学新人，诗作还在《张家港日报》副刊专版发表。对她的才气和对文学的钟情，我一向佩服和推崇。后来由于工作的原因，我一度远离了文学，也就少了对她的关注。2013年的某天，在一次偶然的场合，我意外遇见了她，我们聊起了文学，才知道，这么些年，她自己也一直被工作左右——文学，只是她一个深藏在心底的梦，和在生活之外对自己精神的疗伤。经我举荐，她加入了当地本该加入的作协，终于找到了组织的归属。

以后，她一发不可收，我经常在各类报纸和期刊读到她的诗文，尤以散文为佳。作为一个人过中年的妇女，常年奔波在职场上，与夫君并肩冲在养家糊口的一线，家里家外，为人女儿，为人母亲，饱尝了人生的艰辛与坎坷，对生活的稳定，有着更多刻骨铭心的珍视和爱，终于化作诗情，成就了一篇篇美文。

今年酷暑，她发来邮件说，她的首部散文集《聆听岁月》通过了出版社的一审，已经准备出版，邀我为她写序。我诚惶诚恐，唯恐有负重托，一直不敢应允。但我感到了凉爽般的舒畅，真心为她高兴。中秋节前，她再一次来邮催促，万般无奈，只得应承下来。但一直不敢贸然下笔，成为我心口一块沉甸甸的石头。

主要还是我笔疏才浅，又没有系统学习过文学评论，生怕自己的妄言乱语，对她美的诗情造成丝毫的误伤。我只是试着从自己阅读的感受，说说自己的浅见。

放下《聆听岁月》，大雨已转为绵绵细雨，天空也亮堂了许多。我被赵彩萍的文字深深感动。

我读到了作为女人特有的细致的对生活的热爱。这种爱是母性的，无微不至地在乡情、亲情的缠绵下呈现出来。全书共分“聆听岁月”“村庄写意”“心灵之约”“万水千山”四辑。最早的写于1989年，时间跨度达27年之久，我们可以看到岁月赋予作者的细腻和成熟，沧桑和淡定之心。

初看四辑，我以为“聆听岁月”是与时间等距离的对白；“村庄写意”主要记的是家乡的变迁等；“心灵之约”是对自己内心世界的拷问。“万水千山”是以游记类为主的文章；待真正看了以后，才知道，这一切，是，也不是。无论哪一辑，贯穿文章主线的，是永远的对生活的热爱之情。这感情，可以体现在渊博的知识积累上，是上知天文，下知地理；可以体现在对家乡的轻描淡写，或是浓墨重彩中，是斩不断的乡思、乡愁；可以体现在“孝义”里，是失去亲人后永远的切肤之痛，和对生活无常的控诉。特别是一组“二十四节气”，可以说是作者的巅峰之作，知识的包罗万象，文笔的恣意洒脱，语言的诗意清新，起承转合，读来如饮一杯酽茶，让人有心旷神怡之感。

下面，我就试着从语言角度，来探秘一下文章之妙。应该说，作者的书写语言是诗意的，这可能与其早期习诗有关。单就从一篇篇看似随意，实际深思熟虑的篇名，即可窥之一斑。比如《金村，赴你四季之约》《流年远去》《秋荷沧浪》《秋之痛》《芒种忙》等，让人一开卷，即享受到了美的愉悦。

作者在《爱的约定》中写道："我真的不知道该如何让你与我一起分享，因为你总是如此的忧郁、如此的伤感，无论是把你揉成散文的形状还是捏成诗歌的模样，你却总是那么的彷徨失落。难道我是真的懒散到了不知道如何用文字来记录心中所涌动着的东西了吗？……""我知道如果真的丢失了你，我的人生就不会圆满。我现在正在尝试着小心翼翼地把你重新拾起……让你体会到从来没有过的幸福与快乐……""我懂得，你在我的世界里种满了灿烂的向日葵，我要用细碎的光阴写下爱的约定，纪念此生与你有关的记忆和无与伦比的美丽，即便我们终老的那一天，在这个世界上，还有一种东西在诠释着我们的爱，那就是文字"。文中直抒胸臆的诗意拷问和自白，让我重新认识了一个直率、豪爽，又多愁善感的女人形象，也找到了开启文字力量的钥匙。只有热爱生活的人，才有资格说爱，爱人，爱家庭，爱万物生灵，爱人世间的悲欢离合，才可以配用文字，来延续爱，让"爱我的人，爱得更久"。

在《父亲，我想你了》中，我也读到了一份爱的力量，这份沉甸甸的爱的伟大，充满了爱的柔情，和爱的悲伤。也许，这真是作者根深蒂固的情结所在，是她钟爱文字，张扬文字，视文字如命的力量源泉。"我只是麻木地把这一把把的泥土捧上父亲的坟头，然后任凭我那满眼满脸的泪水淋湿了手上的这泥土。我只知道，那个呵护了我近四十年的人，就这样永远地睡在了眼前的这堆黄土里。此时，任何言语都是苍白无力，没有经历过这种生死离别的人是根本无法理解一颗几近破碎的心，那种撕心裂肺的痛唯有我才能体会，唯有我必须承受……而我现在唯一能够做到的就是延续你的方式去珍爱生命，坚守道德，我一直是这样努力的。"坚守道德？在伦理和良心面前，道德是永远的底线，是做人的本分，作者在文本里那么自信地表述出来，恰恰证明了作者对自己世界观的认知和自信。

而在《阡陌田野的小花》《荡舟洪泽湖》《大寒迎春》等篇目里，我更是通过作者诗化的语言，读到了一份悲悯之情和大宽容之爱，这种爱是圣洁和无私的，是超凡脱俗的，是用心和坚持的，是对一切美的颂歌和吟唱。《阡陌田野的小花》：“站在春天的田野间，醉人的春风带着雨水的润泽，和着田野间的花香和小溪畔的草滩，菜园和庄稼以及远处村庄房顶上的袅袅炊烟，一切都是那么的静美和谐……慢慢地贴近它，吹一口气，飞舞起如细雨般的小伞，飘啊飘，朝着理想的方向，随着心的脚步，就在太阳升起的地方。那小小的、洁白的翎羽在风中舒展，在那飞翔的翅膀上，承载了我多少童年的纯真和梦想，还有远方朦朦胧胧的向往。”《荡舟洪泽湖》：“游艇荡漾在茫茫的湖水中，湖水清澈得让人觉得伸出一根手指，就能触及湖底的鱼虾螺蛳。我侧身把一只手尽量伸进水的深处，与湖里的鱼儿一起嬉戏，感觉整个人都被湖水宽广的胸怀容纳，被湿润的水汽浸透，湿漉漉的空气中弥漫着甜甜的味道，四肢如水一样柔软，心情似翱翔的海鸥，整个人在湖水上荡漾，惬意延伸到无穷的远方，心中的快乐在湿润的空气中久久不能消散。”《大寒迎春》：“大寒沉淀在季节的最底部，积蓄满了春夏秋冬的精气，竭尽力量把天地间的温度推到了最低点，向大自然散发着冷峻和严寒，让人们一下子感受到了季节的冷酷和炎凉……此时，一场雪，越过村庄的上空，洋洋洒洒地飘落下来，覆盖住村庄的屋顶、树枝、小路和田野，覆盖住父母对丰收的渴望……在大寒的雪地里，飘满了阵阵的梅香，梅香里涌动着新春的气息，附耳倾听，能听见麦苗的呼吸，能听见花草的心跳，等它们醒来时，旭日东升，万紫千红的春天就在眼前。”我们可以透过这些活泼、美丽的文字，精练、诗意的语言，领略到大自然之美，领略到人间真情。这是一幅幅美的画卷，爱的图腾，是心灵每一次释放后的纯净和满足，是对人生多姿多彩的刻录和升华，是一次爱的历程的洗礼。

掩本而思，我的脑海浮现出这样一幅图景：在乡村或田野，在每一块充满诗意的地方，一位人到中年的妇女，怀揣着青春的梦想和坚持，正踏歌而行，岁月的沧桑，孵化无限爱的激情，流淌成永远的乡思、乡情，与孝义之河，洗濯着文字和诗心，辉映着对生活最真诚的热爱。

此时，雨声又密了起来，又是一场倾盆大雨。如我此刻的心跳，充满了欢快的激动与柔软，我抑制不住内心奔腾的暖流，踱步至窗前，望着雨雾扬起的空茫与空旷，幻如天地铺开的一张硕大无比的宣纸，静待着如椽之笔，书就岁月纷至沓来的爱的诗情。

我唯有祝福，祝福赵彩萍坚持着她的钟情，走得更高更远；唯有再沏一杯酽茶，潜下心来，追随《聆听岁月》充满爱的呼唤，追随那些漂泊，但不流离；沧桑，但无怨无悔的文字，一并驰骋远方。

代为序。

谢建标

2016年9月28日于枫雨斋

谢建标，笔名隽枫雨，江苏张家港市人。中国诗歌学会会员，苏州市作家协会会员。在《满洲文学》《诗潮》《参花》《诗选刊》《扬子江》《诗林》《牡丹》《姑苏晚报》等省市级报刊发表散文、诗歌。著有个人诗集《那晚的雨》，主编出版《生态的微笑》。

目录

CONTENTS

○ 聆听岁月

○ 村庄写意

○ 心灵之约

○ 万水千山

聆听岁月

LINGTING SUIYUE

聆听岁月

岁月是一首无言的歌，在碰落了晨间的第一滴露水后，便是元旦了。“元”有开始之意，“旦”指天明的意思，元旦寓意着一年开始的第一天。元旦的到来，预示着一个新的季节即将来临，预示着所有的生命将慢慢苏醒，于是，我那封存已久的情感，开始点燃起温暖的向往。

不知何时，我习惯了在元旦这一天细数一年中过往的岁月，聆听岁月的脚步，把一年的美好和来年的希望都小心翼翼地整理好，轻轻地放进我的心灵深处，留给心灵寻找一处静谧的时光。此时，一杯热茶即可暖心，人，淡如菊，心，泰如素，已是四十余岁的女人了，深得岁月的历练，看看走过的路，爱过笑过，痛过哭过，于是，淡然了，包容了，早已安之若素了，沉淀出了水到渠成的那一抹暗香。

一页页日历的翻过，生命的页码也会随之而去，小时候，盼望着快点长大，期望着长大了以后就能过上随心所欲的日子，直到真的长大了，才知道童年的纯真、少年的固执和青春的潇洒是多么的美好。

现在，穿过岁月的尘埃，停歇稍许疲惫的脚步，才发现，四十余岁的我，已有许多的沧桑写满了旅程，一缕温暖的阳光落在我疲倦的身姿上，蓦然回首，回望着自己的脚步，顷刻间是那么的踏实。

我的生活节奏是日复一日地上班下班，散步锻炼，读书写字，在我的生活节奏里，包含了一个成熟女人的从容与淡定。上班，为了那份能够养活自己的薪水，竭尽全力，尽心尽职，生怕一点点的懈怠打碎了那只赖以生存的饭碗；下班，返回家里，老的和小的都在等着，买菜做饭打扫卫生，有一大堆的事情要做，融入了家庭主妇的角色；散步，爱极了那种和爱人在林荫道上吹风的感觉和花香的味道，两人倾心交流，重温彼此的感情，寻得安慰和依靠，经营好自己的婚姻稳定好自己的家庭；锻炼，已进入了一个担当的年龄阶段的我，上有老的要精心照顾，下有小的要用心培养，需要锻炼好自己的身体，才能有健康的体力和足够的精力；读书，是最能净化人的心灵的，积攒了二十余年的书，在闲适的时光里拿出来阅读，静心浏览那些心仪的文字，在阅读中一次次地陶醉自己；写字，许是骨子里带来的东西，总觉得只有把那些涌动在心底里的东西写出来，让其变成文字，用来记录生命的过程，承载曾经的感动，只有这样，才会安心。现在想想，那个曾经是父母膝下娇娇女，如今可以为家人付出很多，尘世的生活，都有一定的定数，人到了某个年龄阶段都有不同的事情要做，日子就是在这样的轮回里繁衍不息。

聆听岁月，数着岁月的脚步，看着时光慢慢地流逝，越过盛夏，走过深秋，迈过冬至，迎来了春天，元旦，应该是欢天喜地，红红火火的，尽管这一天是在数九的严寒中；元旦，应该是包容了万千冰霜寒风，孕育着春天的希望，我看见我的亲人们，在这一天，谈论着往日的收成，细数着走过的三百六十五个日子和二十四个节气，说到元旦，大家的眼里都包含着热烈的希望。于是，我莫名其妙地想起了多年前的元旦，我和我的亲人们在老屋前的雪地里照的那张全家福，那年的一场雪好大呀，一场铺天盖地的大雪，被雪覆盖的田野里，麦苗和雪花在亲吻着，跟着的是通往丰收的路程，我的亲人们在这一天暖壶热酒，围坐在一起收获来年的喜悦，就有了这张全家福的诞生。

在分分秒秒的滴嗒声中，守候着元旦的钟声，才发现不再青春的脸上又新添了岁月的痕迹，伴着那份真实的追寻，起起伏伏的心情随着日落日出已日渐平静，一直以来都希望自己是个心如止水的女人，不经意间已走进了不惑之年。

清透的风从远处吹来，带着梅花的香味，在一瞬间开放，我抬头看见了一年的祥瑞，花开成真，在冬日温暖的阳光下，一个面向太阳的女人，微笑着把双手伸向天空，轻轻地捧起那一缕和煦的温暖，静和从容的脸上洒满了微笑，心中怀抱着鲜艳的希望，我知道，那个女人就是我，我要用一抹淡淡的芬芳来抓住青春的尾巴，我明白，新的一年又开始了。

二十四节气

春雨惊春清谷天，夏满芒夏暑相连，
秋处露秋寒霜降，冬雪雪冬小大寒。
每月两节不变更，最多相差一两天，
上半年来六、廿一，下半年来八、廿三。

这是一首从远古流传至今的“二十四节气歌”，二十四节气起源于黄河流域，远在春秋时代，就定出了仲春、仲夏、仲秋和仲冬四个节气，以后不断地改善，到了秦汉年间，二十四节气就已完全确立。

我们常言气候二字，气指的是一年的二十四节气，候便是气中的日程。一气十五天，一候五天，三候为气，六气为时，四时为岁，一年二十四节气共七十二候。各候均以一个物候现象相应，称候应，其中植物候应有植物的幼芽萌动、开花、结实等；动物候应有动物的始振、始鸣、交配和迁徙等；非生物候应有始冻、解冻和雷始发声等。七十二候是中国最早结合天文、气象和物候知识指导农事活动的历法，七十二候候应的依次变化，反映了一年中气候变化的基本情况。

“二十四番花信至，三千世界露华浓。”二十四番花信，指的是从小寒到谷雨这四个月，共有八气二十四候，每一候中，都有一种花作为风信对应。所谓花信风，就是指每种季节里开的花，因为是应花期而来的风，所以叫信风，人们挑选一种花期最正确的花为代表，叫作这一节气中的花信风，意即带来开花音信的风候。二十四番花信始梅花，终楝花，每五天有一种花蕾开放，每一候花信风便是候花开放时期，到了谷雨前后，就百花开放，万紫千红，四处飘香，春满大地。楝花排在最后，表明楝花开罢，花事已了。经过24番花信风之后，以立夏为起点的夏季便来临了。

二十四节气的命名反映了季节、气候的现象和变化，其中表示寒来暑往变化的有立春、春分、立夏、夏至、立秋、秋分、立冬和冬至八个节气；象征温度变化的有大暑、小暑、处暑、小寒和大寒五个节气；反映降水量的则是：雨水、谷雨、白露、寒暑、霜降、小雪和大雪七个节点；反映物候现象或农事活动的节气有惊蛰、清明、小满和芒种四个节气。二十四节气命名的讲究："立"表示一年四季中每一个季节的开始，春夏秋冬四个立，就表示了四个季节的开始；"至"是言极、最的意思，夏至和冬至合称为"二至"，表示夏天和冬天的极致，夏至日，北半球白昼最长，冬至日，北半球白昼最短；"分"在这里表示平分的意思，春分和秋分合称为"二分"，表示昼夜长短相等。这些都是我国农耕文化最精辟的部分，是农业社会的呼吸，是一条贯穿宇宙天地之间的经脉。需要怎样深厚的古典文化底蕴，农业知识，乡土情怀，以及渊博的文学知识，才能完成这样的精华。

俗话说："花木管时令，鸟鸣报农时。"按照花草树木，鸟兽飞禽的规律性行动，出现在二十四节气里，世界上没有一个国家的先人，能同我们的老祖宗媲美，把一年四季分得如此精致，一个月两个节气。分属在春夏秋冬四季，全面精确，还不止如此，老祖宗们又把二十四节气分为七十二物候，一节三候，一候五天，用于诠释节气的细微变化，可以说对气候的把握，做到了极致，只可惜，七十二物候现在已慢慢地被人们遗忘了，只有二十四节气绵延至今。故我在二十四节气的每一篇文章里，尽可能地都有一些关于七十二候候应的文字，用以传承老祖宗的气候文化。可见，中华民族上下五千年的文明是多么的博大精深，光一个季节的划分和意义就做得如此光辉灿烂，以它强大的生命力，绵延传承至今，惠泽于子孙。

听，那朵银雪在梦里牵挂，开出梅花的倾心，南方，叶在沉思；北方，树在呼唤，染红了冬雪的爆竹，缤纷了漫天的灿烂，一年四季的轮回，朝朝暮暮的重复，花开鸟鸣的声音还在耳旁，自然界的万千气息，点缀着岁月的时光。

一年又一年，衔走了岁月的故事，行走的路上布满了春的愉悦，蝶的蹁跹，让自己的心带着露水的清新，沐浴在阳光下，记住每一次的回眸，每一次的微笑，每一次的感动，在季节的流转间，浅笑怡然，淡然生香，温暖自己一路走过的岁月。

一首诗，一篇文，一场悠悠，一曲浅浅，不说不语，字字斑斓，我的身心沉浸在这季节转换的一段段文字中，把流逝的光阴浸透在文字里，成就沧桑旅途中的那一眼清泉。

春天的畅想

东风化雨逐西风，大地洋河暖气生。
万物苏萌山水醒，农家岁首又谋耕。

立春，是二十四节气中的第一个节气，每年二月四日前后太阳到达黄金315度时为立春，古籍《群芳谱》这样解释：“立，始建也。春气始而建立也。”自秦代以来，我国就一直以立春作为春天的开始。

我国古代将立春分为三候：“一候风解冻；二候蛰虫始振；三候鱼陟负冰。”说是春风送暖，大地开始解冻；立春五日后，蛰居的虫类慢慢在洞中苏醒；再过五日，河里的冰开始融化，鱼开始到水面游动，此时水面上还没有完全溶解的碎冰片，如同被鱼负着一般浮在水面。

立春期间，气温、日照、降雨开始趋于上升增多，虽然这种转折不是十分明显，只是春天的前奏，但趋势是天气开始日暖，最严寒的时期基本过去，人们开始闻到早春的气息。

立春的到来，预示着一个新的季节即将来临，预示着所有的生命将慢慢苏醒，面对崭新的这一天，我打开充满明媚朝阳的时间窗口，点燃温暖的向往，奏响春节畅想的圆舞曲。

回忆，是一种深情的境界，朝花夕拾，岁月悠悠，承载着多少岁月的阳光雨露，那是一段无法忘怀，即将过去的人生时光，更有一份无法抹去的情感，曾经走过的坎坷和崎岖，曾经的那些悲欢离合和孤独寂寞，此时，已全部化为心中醇厚的感恩，感恩时光赐予我春花、夏草、秋果和冬雪；感恩时光留下了我的痛，我的泪，我的欢笑和我的悲伤；感恩时光让我一次又一次地穿过阴霾，奇迹般地走向成功。那些走过的足印永远留在时间的经纶里，时光在流走的瞬间，留下的绚丽蕴绕在我的心口，成为我心中最甜美的守望，此刻，当我转身与旧时告别，这一切的一切将成为我永远的回忆。

遥望，是一种深情的期盼，在时光的交替中深情地凝望你，当新的第一轮红日从地平线冉冉升起时，春天呵春天，你便披着朝阳，踏着晨曦的脚步，轻盈地向我走来，你的每一次到来都是新的，都会给予我无限美好的畅想，你的每一个节点，对于我来说，都是一次飞跃和洗礼，那一份份炽热，那一串串微笑，那一片片真情全都印记在我心的深处，灿烂的阳光照耀着我，温暖的春风轻抚着我，四季轮回，你承载了我太多的记忆和向往。在时光的交谈中深情地遥望着你。

畅想，是一种最美好的憧憬，我要在心里种下一颗绿色的种子，在新的季节轮回里，让这颗种子发芽生长，在我的呵护下，长成一棵生命之树，把绿色铺满大地，让绿意涤荡人间，让绿色的生命盎然，绿色的植物广播天下，让这一棵棵生命的绿树，美化我们的环境，绿化我们的空间，净化我们的心灵，带给人们良好的生态环境，让整个地球在美丽的绿色中吐露芬芳；我要手捧祝福的鲜花，在新的一年里，放下繁忙，找出属于自己的时间，祝福父母，祝福我的兄弟姐妹，把我真诚的祝愿和关爱献上，愿血浓于水的亲情永远凝聚，愿互助互爱的友情之果长结，愿孩子在爱的弥漫里成长，愿老人不再孤独，安享晚年；我要收获丰硕的果实，我要勤学知识，放飞梦想，让累累的硕果放飞在经济腾飞的时光中，将最美丽的追求实现。

“立春一年瑞，种地早盘算”，立春之后，一年的农作就要开始，我的父辈们已经着急地扛着农具出发了，沿着村里那条熟悉的田埂小路，边走边盘算好了种植的作物，在闲置了一冬的土地上翻土锄地。

春是温暖，鸟语花香；春是生长，耕耘播种；春是希望，放飞蓬勃。那柳枝上探出头来的新芽，那泥土中跃跃欲出的小草，还有那些为夺取丰收在田野里辛勤劳动的人们，正在用自己的双手创造真正的春天。

“一年之计在于春。”我看到了天气晴朗，阳光明媚的春天，尽管天气还很寒冷，却仿佛感觉到了春天的温暖，内心刮起了阵阵春风，禁不住心潮澎湃，我知道，翻开的新的一页里有很多未知的等待，我要敞开心扉去拥抱未来，把希望的种子播向大地，让梦想和期待在心中开放，慢慢积聚起来的感动，层层叠叠地堆满了我的心头，我抬头看见了一年的祥瑞，花开成真，在春日的暖阳下，我奏响了春天全新的畅想。

雨水润万物

好雨知时节，当春乃发生。
随风潜入夜，润物细无声。

雨水，表示降水的开始，雨量逐渐增多，此时节，水獭开始捕鱼了，将鱼摆在岸边如同先祭后食的样子；大雁开始从南方飞回北方；在润物细无声的春雨中，草木随地中阳气的上腾而开始抽出嫩芽。从此，大地渐渐开始呈现出一片欣欣向荣的景象。

雨水是二十四节气中的第二节气。每年的二月十八号前后，太阳到达黄经330度时，此时，气温回升，降雨增多，故取名雨水。雨水和谷雨、小雪、大雪一样，都是反映降水现象的节气。

《月令七十二候集解》："正月中，天生一水。春始属木，然生木者必水也，故立春后继之雨水。且东风既解冻，则散为雨矣。"意思是说，雨水节前后，万物开始萌动，春天就要到了。

春节还没过完，雨水这个湿漉漉的词就从日历中跳了出来，看雨水的节气图，浑身上下挂满了滴滴答答的水珠。元宵节正在雨水节之时，正月为元月，古人称夜为"宵"，而十五日又是一年中的第一个月圆之夜，所以称正月十五为元宵节，又称"上元节"。早在两千多年前的西汉时就有了，在汉文帝时，下令将正月十五定为元宵节。司马迁创建"太初历"时，就已将元宵节确定为重大节日，元宵赏灯始于东汉明帝时期，明帝提倡佛教，听说佛教有正月十五僧人观佛舍利，点灯敬佛的做法，就命令这一天夜晚在皇宫和寺庙里点灯敬佛，百姓都挂灯，后来这种佛教礼仪逐形成民间盛大节日，至清代，又增加了舞龙、舞狮、跑旱船、踩高跷、扭秧歌等内容。家乡儿时的元宵节，有家家户户在自家地里照田财的习俗，祈求风调雨顺，田野丰收，正月十五的晚上，照田财的火把亮彻了整个村庄，现在田野和村庄都消失了，但点灯笼和猜灯谜的习俗每年都在传承。

今年的雨水节，天空阴沉了几天后，贵如油的春雨还是湿淋淋地撒了下来，这像牛毛般的细雨，水蒙蒙地飘飘洒洒，纷纷扬扬地洒下大地，流淌进我干枯的心田，此时不用打伞，走在刚被湿润的地面上，这雨无形又无声，打在脸上温柔润滑，感觉到它不是雨，只是轻雾般的滋润，让人通体透亮，在这样的雨润下，任凭自己把水淋淋的田埂踩成一行行温暖的文字。

看着雨水从空中落到大地，树上、庄稼和草丛中落满了星星点点的水珠，湿润着它走过的地方，空气里弥漫着湿润的清香，呼吸中我亦嗅到了春天的气息，心情也随之兴奋起来，笑容不经意间爬满了我的脸庞，我知道，雨水所走过的地方，树叶会更加葱荣，庄稼会更加茂盛。

田野里，与立春时的麦苗相比，叶片舒展了许多，叶片多了几份嫩绿，看上去厚重了许多；田埂旁紧贴着地面的小草，已经萌出了几枚嫩芽，探出小脑袋来，打探着春天的信息；柳枝变柔软了，远远看去仿佛有一层浅浅的绿意，再过几天，柳枝就会冒出黄绿的嫩芽。田野里这些令人惊喜的新变化，因为是雨水来了，大地上能发芽的都开始发芽了，季节的美好让人感到了生活也如此的美好。

“七九河开八九燕来，九九加一九耕牛遍地走。”雨水的十五天里，从七九的第六天走到九九的第二天，在春雨的催促下，农民们开始了越冬作物的田间管理，做好选种、疏沟和施肥等春耕春播的准备工作，为了让麦子和油菜在春天茁壮地生长，他们挑着一担担从自家猪羊圈里挖出的粪肥，噔噔地走向田野，肩头的扁担压得吱吱地叫着，身上的棉袄被敞开了胸怀，田间地头呈现出一派繁忙的景象。

年年岁岁，随着雨水节气的到来，寒冷的天气渐渐消失，冰雪开始融化，紧接着是温和的阳光和潇潇细雨的日子，在这湿润的空气里，就会生长出许多湿润润的幻想，就会期盼着柔柔的细雨洒向大地，洒向春天，如同一只轻柔的手轻轻地在身上掠过，浑身上下就会暖暖的。

雨水，在该下雨的时间滋润着大地，我心中的雨随着朦朦胧胧的天空无声无息地滑落，有谁能听到我心雨的低吟，星星点点的缠绵，就像自己日感沧桑的心，经过雨水的洗礼，听见了春天的脚步，美丽又芬芬。

雨水依附着季节的灵性，于无声处滋润万物生灵，催生斑斓。此刻，在键盘上敲出的雨水，染满了一个季节的祝福，写进一行行的文字间，给人们以期待和向往。

雨水洒满大地时，泥土松动，草木随着地中阳气的升腾开始抽出了嫩芽，那么姹紫嫣红的年景还会远吗？

惊蛰雷鸣

惊蛰二月节气浮，桃始开花放树头。
鸧鹒鸣动无休歇，催得胡鹰化作鸠。

惊蛰，即上天以打雷惊醒蛰居动物的日子，一般是每年三月五日前后，太阳到达黄经345度时为惊蛰，是二十四节气中的第三个节气，这时天气转暖，渐有春雷，春雷惊百虫，惊醒蛰伏地下冬眠的动物。

动物入冬藏伏土中，不饮不食，称为“蛰”。

《月令七十二候集解》中说：“二月节，万物出雨震，震为雷，故曰惊蛰，是蛰虫惊而出走矣。”我国古代将惊蛰分为三候：“一候桃始花；二候仓庚鸣；三候鹰化为鸠。”惊蛰已是桃花红、梨花白，黄莺鸣叫，燕飞来的时节。

晋代诗人陶渊明有诗曰：“促春遘时雨，始雷发东隅，众蛰各潜骇，草木纵横舒。”

“二月二，龙抬头；大仓满，小仓流。”这是在这个季节中华民族的传统节日，按照家乡的习俗，这一天人人都要理发，意味着龙抬头，走好运，给小孩理发叫“剃龙头”；妇女不许动针线，恐伤“龙睛”；人们也不能从水井里挑水，要在头一天就把自家的水缸挑得满满的，否则就触动了“龙头”，普通人家在这一天要吃春饼、馄饨、猪头肉等，普遍把食物名称加上龙字的头衔，如吃水饺叫吃“龙耳”，吃春饼叫“龙鳞”，吃面条叫吃“龙须”，吃米饭叫吃“龙子”等。

在惊蛰雷声的呐喊声中，绵绵的春雨连日而来，哗啦啦欢快地洒向大地，晚间入睡后，依稀能听到阵阵春雷的隆隆声，迷迷糊糊中枕着春雨入梦，早上起床推窗，一股清新湿润的微风迎面吹来，沁人心扉，窗外的一切像刚被清水漂洗过，洁净而清新。

此时已进入仲春，九九的风变得轻柔温润起来，空气里透着几分清新，在太阳的照耀下，身上漾起了丝丝暖意，梅花怒放，樱花、桃花挂满了花蕾，春天近了，黄莺鸣叫、燕飞来的时节就要呼之欲出。

远远河边的一片红白相间的梅花林映入眼帘，一簇簇梅花已经傲然怒放，白的和红的小花开满了枝头，红色如烈焰般艳丽，白色如洁白的羽毛，隐隐散发出淡淡的清香，不少市民都陶醉在这片花海中，忙着用手机记录着早春的美景；河边的柳枝在春风的抚摸下，变得很柔软，轻柔地倒挂在水面上，柳条上已冒出了一个个米粒大小的嫩芽，像探出的一颗颗小脑袋，窥视着这多彩的世界，小鸟落在柳树上，嘴里叽叽喳喳地在和我打招呼，怪不得自古就有“春风杨柳万千条”的美誉；岸旁的杨树，一枝枝杨树花在春风的吹拂下已破茧而出，密密麻麻地挂满了枝头，直接而奔放，倒挂在树上迎风飘扬，仿佛要与报春的梅花争宠似的，给早春依然有些单调的色彩增添了一道亮丽的风景。

田间的麦苗已基本返青，嫩绿的叶子在微风吹拂下轻轻摇曳，放眼望去一片生机盎然；田埂旁有泥土的地方，就有野菜野草的身影，它们都听到了春天的号角，齐刷刷地拱破松动的泥土，蓬蓬勃勃地占满了田间地头的每一个角落，星罗棋布，满眼都是，迎着春风频频点头。

小青草和狗尾巴草的野草是不受人们欢迎的，只能作为喂猪、羊的饲料，割一篮野草回家是我儿时放学后每天的必修课。最受人们青睐的是马兰头和荠菜等野菜，马兰头用开水烫后凉拌吃了能明目，荠菜拌肉是非常美味的馄饨馅，田埂旁时常能看到提着篮子手拿铲刀挖野菜的妇女和小孩。

农谚“到了惊蛰节，锄头不停歇”。惊蛰时节正是九九艳阳天，气温回升，雨水增多，万物生长，视为春耕的开始，母亲家的小菜园子该翻土了，惊蛰的雷声敲响了，该活动活动懒散的筋骨了，过几天回母亲家，帮她侍弄菜园子去，先撒些草木肥料，再把土翻起来，种些时鲜的蔬菜，想象着菜园子里片片翠绿的新叶，辛勤的劳动定能换来满园的春色。

春雷响，万物长。漫步在早春的田野里，天空高远湛蓝，看着四面八方远远近近的景色，微风里有一股泥土的清香，眼前的一切都变得清新明媚，浑身舒畅通透，在惊蛰春雷的呼唤下，如万马奔腾，河水听出了欢畅，庄稼听出了生机，农民听出了丰收，文人听出了豪情，大自然所有的生灵都开始萌动，一个全新的春天就要破土而出。

仲春之季

风雷吹暖季中春，桃柳着妆日焕新。

赤道金阳直射面，白天黑夜两均分。

春分，每年的三月二十一日前后，太阳到达黄经0度时开始。是春季九十天的中分点，春分者，阴阳相伴也，故昼夜均而寒暑平，此后太阳直射点继续北移。这一刻，燕子北迁，含泥筑巢，雷声和闪电一起涌来，劈开春雨的滋润，大地妆换新颜，农民用勤劳的双手，灌溉和播种一起忙碌，有序地描绘出了春耕的风景图。

《月令七十二集解》：“二月中，分者半也，此当九十日之半，古谓之分。”我国古代将春分分为三候：“一候元鸟至；二候雷乃发声；三候始电。”便是说春分日后，燕子便从南方飞来了，下雨时天空便要打雷并发出闪电。

“春分麦起身，一刻值千金。”此刻，家乡已真正进入明媚的春季，岸柳青青，莺飞草长，小麦拔节，油菜花香，桃红李白迎春黄，海棠、梨花和木兰都将陆续开放。但是春分的天气，总是让人难以把握，当气温回升比较快时，之后又出现一段时间的气温持续降低，人们俗称“倒春寒”，寒潮来临，单薄的衣衫又要再添衣物。

春分，已是仲春之季，当春风春雨用无尽的温暖亲吻着大自然的万物，激发了大自然万物萌芽生长的热情，那满眼青绿的庄稼，争先恐后地拔节微笑着，已有一尺多长的麦苗长势喜人，麦叶上的露珠在暖阳下发出耀眼的光芒，青的晶莹发亮；尤其是姹紫嫣红的花儿鼓着劲地次第开放，金黄色的油菜花笑迎着前来踏春的游客，白色的梨花错落有致，还有那不知名的野花含羞低头，大地上到处色彩明艳，就像一幅幅美丽的油画，这是我儿时家乡的春分，这里的每一块土地我都能嗅出它的气息，每次背着书包走过放学回来那条田野小路上，我都要摘上一把野花，回家放进灌满水的玻璃瓶里，放在做作业的桌子上，晚上写字时偷眼看看，感觉老师的作业也变得简单了。一阵温暖的春风裹着清新的空气，给这个浓郁的春色沐浴上了淡淡的韵味，我悠悠的心绪，我儿时的记忆，在我静若止水的心里荡起了片片涟漪。

春分时节，是风多雨少的时期，呼啸的风儿带着暖意开始不停地嚣张，吹干了刚刚解冻春耕的土地，吹绿了杨柳青青，也吹来了空气中的尘土雾霾。若没有及时雨水的浇灌，就会出现春旱，直接影响庄稼的播种、生长和收成；大地得不到雨水的洗涤，大风刮起的尘土，雾霾会持续严重，直接污染了大自然的环境，影响着人们的身体健康。故古代就有“春雨贵如油”的说法，这时的春雨尤为珍贵。

贵如油的春雨终于在人们的期盼中淅淅沥沥飘落下来，洒落到了大地的每一个角落，丝丝缕缕的春雨，透着一种无可比拟的清雅和洁净，把对大地母亲的思念轻轻地吟唱出来，这份滴滴答答的柔软，让我的心如诗般的灵动，生出一份清纯的柔情。我要把这春雨深藏在心灵的深处，在蹉跎奔忙的时光里时刻洗净身上的尘埃，还自己一份宁静，一份惬意。春雨洒在我的心上，宛如一曲抒情的音乐，我听见了这首曲子流淌的幽怨音律，心思如纷纷落下的雨丝，涤荡无尘，此刻，我的心还有一份朦胧的、淡淡的思念，远在千里之外的你，也能听到这流淌的旋律吗？

春分，仲春之季，是四季中最美丽的季节，如漂亮的新娘，它的美湿透了天地，我要把棉衣脱了，沐浴在这暖融融的春光里，身体在这一刻，确实是感觉到了久违的温暖，感到整个人一下子有精神了，这就是春天太阳带给我的力量，我要敞开心扉，让春色温暖我心灵的每一个角落。

春色无言心自柔，我要在这一天把自己的心愿写在风筝上，一线在手，让风筝乘风高飞，随风飘舞，把我的心愿送到天空的寻梦阁上，用自己的双手描绘出开花结果的未来。

清明忆父

清明时节雨纷纷，路上行人欲断魂。
十年生死两茫茫，天人相隔忆绵绵。

上面这首小诗，是我斗胆把唐代诗人杜牧的《清明》沿用了前半段，后半段添上了自己的语言，来映衬我此刻的忆父的心情。遥想那个时候的清明节，诗人孤零零一个人在异乡的路上奔波，不能够回家扫墓，心里已经不是滋味，况且，老天也不作美，阴沉着脸，将毛毛细雨芬芳洒落，眼前迷茫，衣衫湿落，此刻的诗人简直要断魂了！想找酒店避避雨，暖暖身，消消心头的愁苦吧，可酒店在哪儿呢？诗人便向路边的牧童打听，骑在牛背上的牧童用手向远处一指，在那开满杏花的村庄，一面酒店的幌子高高挑起，正在招揽行人呢！小牧童热心的指点和酒店的幌子，在诗人的心头唤起了无穷的暖意，于是就有了这首千古流传的诗文。任时光的流逝，清明，永远注定是一个思念的日子，似乎无一不是伴着蒙蒙的细雨而至。

随着那场刻骨铭心的葬礼，父亲在眼前的这座坟墓里，与黄土和枯草相伴已整十年了，每年的这天，我都会站在父亲的坟头流泪，只是今天，为了能让他安心，我不敢和往年一样让眼泪如清明雨般纷纷扬扬地落在他的坟头，我把在田野里摘的五颜六色的野花送给了父亲，轻轻地挥动着寄托哀思的铁锹，在他的坟头洒上我的怀念，让纷纷落下的泥土化作我的哀思。

在父亲的眼里，土地是有生命的，不管酷暑严冬，晴天雨天，父亲天亮即起，扛上锄头，直奔他的土地，这里弄弄，那里锄锄，等我们起床时，他已忙完一圈回来，把我们的早饭也做好了；天黑了，他还在田间劳作，那些旺盛的四季作物就是对父亲最好的回报。如今，夕阳的余晖洒满了村后那条带着阵阵野花清香的田间小路，把那些曾经见证我爱与欢笑的地方照耀得无比温暖。只是，再多的泪水也换不回那些曾经的感动，病重的父亲总是会在黄昏时分拄着拐杖，走在那条他曾经走过无数次的田间小路上，每次，我总会拿件他的外套和一张小椅子跟在身后，轻手轻脚地不敢被他发现，怕他感到成为我的负担而难过，但一次都逃不过他的感觉，每次他都会停下脚步，拄着拐杖在那里静静地等着我，我紧跑几步去握紧他的手，我俩相对笑笑，就这样紧紧相拥着，父亲看着眼前这片片翻滚的稻田，眼神里满满的都是不舍和无奈，反复地和我诉说着这片土地的美好，我从这一次次的诉说中，懂得了父亲对这片土地的珍视和不舍以及这片土地给予我的亲人们的恩泽，我是那么辛酸地想要紧紧地握紧他的手，紧紧地抓住那份爱，永远地这样走下去。

还是那个熟悉的村庄和那间洒满我童年欢笑的老屋，只是，随着父亲的离去，带走了所有的欢笑，我好想好想回到过去，回到童年，回去伏在父亲宽厚温暖的脊背上。父亲厚实的脊背，是我儿时成长的摇篮，有我永远也抹不掉的记忆，在我的记忆里，父亲是舍不得我走路的，只要出门，总是蹲下来，把我驮在他的脊背上，双手紧紧地托住我，我的双手则紧紧地拥着他双肩或伸进他的胸膛，感受着他脊背的温暖和铿锵的心跳，那时的我是多么的踏实，一会儿，就像小猫一样的睡着了。

现在，在我仰望的方向里，已没有了父亲的背影，泪水已经汇流成河，溅出来的破碎记忆流淌进我的整个生命。父亲，你知道吗，你给我的爱是怎样的一种幸福啊！然后，在没有你的日子里，那些曾经的幸福却深深地弄痛了我，我的心真的很痛很痛。

今夜的窗外，雨绵绵的，如丝、如毛，包裹着心酸和凄凉洒向大地，电脑里反复播放着满文军演唱的《懂你》单曲，悲伤的情绪笼罩住我的整个身心，泪水顺着我的眼角滴下，浸湿了正在敲打的键盘。

我相信，思念，是一种穿透心灵的光，我知道父亲的那座城堡里也一定有思念，我知道父亲城堡里的那条田间小路上也开满五颜六色的野花。

来年的清明，雨是否依旧纷纷。

一壶香茗别谷雨

三月中时交谷雨，萍始生遍闲洲渚。
鸣鸠自拂其羽毛，戴胜降于桑树隅。

谷雨是雨生百谷的意思，每年的四月二十日前后太阳到达黄经30度时为谷雨。

《月令七十二集解》中说：“三月中，自雨水后，土膏脉动，今又雨其谷于水也，盖谷以此时播种，自下而上也。”故此得名，谷雨时节，柳絮飞落，杜鹃夜啼，牡丹吐蕊，樱桃红熟，时之暮春了。

我国古代将谷雨分为三候：“一候萍始生；二候鸣鸠拂其羽；三候戴胜降于桑。”是说谷雨后降雨量增多，浮萍开始生长，接着布谷鸟便开始提醒人们播种了，以后是桑树上开始见到戴胜鸟。

谷雨节气，东南亚高空西风急流会再次明显减弱和北移，华南暖湿气团比较活跃，西风带自西向东环流波动比较频繁，受气压影响，江淮地区会出现连续阴雨，这时田里的农作物拔节生长，最需要雨水的滋润。

仲夏之末，谷雨之时，作为春季的最后一个节气，谷雨的到来意味着寒潮天气基本结束，气温回升加快。谷雨连接着春天和夏天，过完谷雨，夏天就悄然而至，今夜，谷雨的最后一夜，沏上一壶谷雨新茶，芽芽竖立，汤色清冽，幽香四溢，壶中茶叶犹如群笋出土，看到的是一缕缕袅袅升腾的轻烟，闻到的是一阵阵沁人心脾的浓香，既充斥着我的眼球，又温暖着我的心扉，轻呷一口，清新的茶香滑过舌头，透入喉咙，甘冽异常，淡然深蕴，特别是余味中的清香，更是令人回肠荡气。

谷雨，布谷降雨，这是播种移苗、俺瓜点豆的最佳时节，家乡秧苗初插，作物新种，最需要雨水的滋润，春雨淅淅沥沥地下着，从清明时节一直下到谷雨暮春，每年的第一场大雨就出现在这段时间。

“谷雨谷雨，百谷雨生”、“随风潜入夜，润物细无声”、“清明谷入田，谷雨变苗木”，听说过不少老农关于谷雨的谚语。此时的家乡，春雨绵绵，阳光斑斓，就是一段植物生长最旺盛的时光，漫山遍野的庄稼郁郁葱葱，树林里布谷鸟的叫声清脆动听，在我的记忆里，存留着一份父辈们对春雨的那种期盼甚至感恩。

谷雨微凉，也是个满心思绪的时节，漫步在雨季的深处，心事摇曳，烟雨里触动起了你的身影，思绪重拾青葱的年华，恍惚中，你迎雨浅笑，狭路相逢，我无处可藏。驻足回首，没有距离的思绪，你安静的眼神和嘴角的忧伤，仿佛是初见时的清晰，你是我梦里的过客，只是，熟悉的身影已在遥不可及的远方。躲不开的思绪，只想在风雨轻摇的日子里，尝试着让这莫名的思绪随风散开，我已在鲜花盛开的另一个十字路口遇见了幸福，只想为你描绘一幅幸福的图画，把我的幸福浓缩在你定格的瞬间。

“杭郡诸茶龙井优，雨前一旗一枪收；细啜缓咽品风味，至纯至美君心沁。”在谷雨的最后一个夜晚，冷月高挂，收起飘荡的思绪，泡上一壶谷雨茶，左手执书文，右手品香茗，呷一口清茶，感受着一屋的书香。

谷雨茶，是品味，在淡淡日子的流转中散发着清新的芳香，体现得却并不简单，有时甘甜，有时苦涩，甘甜时自己细品，苦涩时又只能暗自落泪；谷雨茶又是牵挂，当我怀念过去，想念老朋友的时候，铺开一张信笺，放上一杯淡淡的清茶，拿起笔，写下我的思念，等待与期盼；谷雨茶还是关爱，当我累了倦了的时候，泡上一杯茶，轻轻地呷上一口，清新的气息就会在我的整个身心荡漾开来。

谷雨茶就是这样，清香、平和、悠淡、蕴藉绵长、游心妙境。我也一直在向往着这样的一种禅静：空灵飘逸的意境、淡而幽的思绪、较为精致的情怀；有一种山高心欲醉，云淡自生香的淡泊。

人在旅途，且听风吟，就在此时，我会暖一壶谷雨茶等你来共同品味，一起与大自然的最后一个春天话别，仿佛，我已看见谷在雨的滋润下疯狂拔节的喜庆，又看见风在你我眼里自由地穿行的情形。

且听风吟，无言天地；流水会知音，共度此时光。

立夏惜春

立夏四月始相争，知他蝼蝈为谁鸣。
无端蚯蚓纵横出，有意王瓜取次生。

立夏是农历二十四节气中的第七个节气，也是夏季的第一个节气，每年的公历五月五日前后，太阳到达黄金45度时交立夏节气，斗指东南，维为立夏，万物此时皆长大，故名立夏也。这个季节，在战国末年就确立了。

《月令七十二候集解》：“立夏，四月节，立字解见春。夏，假也。物至此皆假大也。”在天文学上，立夏表示即将告别春天，是夏天的开始。立夏是温度明显升高，炎暑将临，雷雨增多，农作物生长进入旺季的一个重要节气。

又到立夏时节，早晨还没起床，母亲的电话就来了：“今天立夏，给你们送来了咸鸭蛋和蚕豆，还热着，起床了别忘记吃。”肯定是母亲怕吵醒我们，又把送来的东西放在车库了，多年来，母亲就有这个习惯，早上为了让我们多睡会儿，总是把送来的东西放到车库。

俗话说：“立夏吃了蛋，热天不疰夏。”相传从立夏这一日起，天气晴暖，并渐渐炎热起来，许多人特别是小孩子会有身体疲惫，四肢无力的感觉，食欲减退，逐渐消瘦，称为“疰夏”，女娲娘娘告诉百姓，每当立夏之日，小孩子的胸前挂上煮熟的鸡鸭鹅蛋，可避免疰夏，因此，立夏吃蛋的习俗一种延续到现在。

《逸周书·时讯解》云："立夏之日，蝼蝈鸣。又出五日，蚯蚓出。又出五日，王瓜生。"即说这一节气中，首先可听到蝼蝈在田间的鸣叫声。接着大地上便可以看到蚯蚓掘土，然后黄瓜的蔓藤开始快速攀爬生长。

这时候，家乡江南，景色诱人，山清水秀。其实，江南立夏后的气候，不会总是那么诗情画意，气温变化反复无常，如坐过山车般上下跌宕起伏，忽一日狂飙三十度以上，忽一日深探到十五度以下，空气里弥漫着狂躁和不安，人们的心情也好像这春末夏初的天气般起起伏伏，幸好这几天有降雨，已连续几天了，细雨淅淅沥沥地漫天飘洒，春天播种的许多农作物，在这个时节，已经全都长大了，而这几天的细雨，是对春末万物的馈赠，正因为这场雨，风华绚丽的春光，可以告别最初慢慢地萌动，昂首迎接夏日太阳的热烈，而曾经春天万紫千红的容颜，只能在初夏细雨洗礼下，柔化成一缕缕的尘埃。

此刻，雨后初晴，天空是一片浅浅的蓝色，地上的花草树木，染满了细细的珍珠，晶莹剔透，小河里的水，亦是碧波荡漾，在这幽静的空气里，我的心也因此洁净起来，我的心中不再有抱怨，是呀，我衣食无忧，还有爱我的亲人和朋友，我还有什么不满足的呢？有爱的日子多好呀！

进入立夏，又到与春天话别的时候，我竟然一时敲打不出合适的词语来形容此刻的心情，只能在每个小鸟叽叽喳喳鸣叫的清晨和夕阳染红的黄昏，把自己放进大自然的旷野中，用自己的呼吸和聆听，紧紧抓住春天的尾巴，愈加怀念初春的那种清爽宁静和现在的花红柳绿，想象着夏天姹紫嫣红的火热。

人间最美四月天，整个四月，我一直在行走，静静地行走在最美的春色中，每天的花都不相同，先是樱花，接着是杏花，紧跟着桃花和梨花，还有木兰和牡丹，在这样次第开放的花序中，身体也一天天变温暖了，天空中的云彩越挂越高，越来越迷离，等到四月中下旬，牡丹月季肆意地怒放，杨花如雪，堆在脚下，在风中行走，那些杨絮扑到脸上，自有一番亲近。尽情地享受着繁荣的春天，的确，四月美是奢侈的，我也是贪婪的，我贪婪地享受着人间最美的春色，呼吸着空气中花粉的气息。

立夏了，只要几个夜晚，几场细雨，春天就会悄然而走，等到燕子的呢喃声扰醒了你的睡梦，春天就已经无痕。

此时，一群蝴蝶在我眼前追逐飞舞着，抬头间，太阳已经西斜，黄昏的天空上，漂浮着一朵朵白云，河边植物的绿叶挂着滴滴透明的雨珠，多想让这串串透明的雨珠，挂在你明净的窗前，带给你一个清凉的夏天。

人活着其实就是一个内心，我有清洌而安静的内心。

我等待立夏后，一只只云雀在我的窗前，欢快地鸣叫。

小满鸟啼鸣

夜莺啼绿柳，皓月醒长空。
最爱垄头麦，迎风笑落红。

宋代欧阳修的诗歌《五绝·小满》生动形象地写出了小满时节，百花渐落，麦子茁壮成长的景象和未成熟但已灌浆饱满的麦子于风微摆的娇憨可爱。

小满，每年的五月二十日前后，太阳到达黄金60度时开始。《月令七十二候集解》：“四月中，小满者，物至于此小得盈满。”其含义是，夏熟作物开始灌浆饱满，但还未成熟，只是小满，还未大满。

我国古代将小满分为三候：“一候苦菜秀；二候靡草死；三候麦秋至。”是说小满节气中，苦菜已经枝叶繁茂，喜阴的一些枝条细软的草类植物在强烈的阳光下开始枯死，此时麦子开始成熟。

小满，苦菜茂盛了，麦子灌浆饱满了，树木放叶了，鸟类来全了。

记得儿时，槐树是村里的主要树种，河坝上、路两旁到处都是槐树，大人们称这种槐树为“刺槐树”，小满，正是槐花盛开的时节，一串串雪白素雅的槐花，散发着淡淡的幽香，儿时的我们，还不懂欣赏满树槐花的沁人心脾，我们更快乐的是，槐花开放的时候，小伙伴们经常可以结伴到槐树林里去打鸟。

村里的树木多，鸟也多，很多品种我们都叫不出名字，那时也没有保护鸟类的说法，鸟很多，加上那时的捕鸟工具很原始，故鸟是捕不完的。

二十世纪七十年代里，村里的男孩子没有不会打鸟的，我虽然是个女娃娃，但是我有一个身手敏捷的哥哥。小满的头几天，鸟儿们就陆续飞来，一团团、一片片、一堆堆地飞过来。把村里的小孩乐得屁颠屁颠的，因为那时家家户户都相对贫穷，平时买不起啥好吃的，鸟肉又是最好吃、最香的食物，于是，家家户户的大人们开始整理打鸟的夹子，男孩子开始做起了弹弓。

我哥的弹弓是用铁丝和弹皮筋做的，弹弓上的皮子是自行车旧内胎里最好的部分，皮子和铁弓之间用弹皮筋连住，使用起来特别称手。一个弹弓做好也只要一两个小时，做好了弹弓，我就和哥哥一起捡小石子，作为打鸟的子弹，每天口袋里、书包里都是这种碎石子。

星期天，大家三五成群，拿着弹弓满村遍野地疯跑。树林里、河岸旁、树荫下到处都是我们打鸟的身影，一个个十分认真，像个小小的军事家，判断小鸟喜欢落在哪里休息，然后躲在一边树下隐蔽的地方，看到鸟落在槐树的高枝上，心紧张激动地怦怦直跳，弹弓上早已准备好了子弹，小鸟落在哪里，子弹就飞到哪里，一个个都是神枪手。

在槐树林里捕鸟，有时一玩就是一天，快乐的打鸟，让我们忘记了一切。其实，能否捕到鸟都是不重要的，重要的是我们置身在荒野、林间尽情享受打鸟的无尽乐趣。疯到傍晚就能满载而归了，便蹦跳着一路歌声回家了，回到家里，把鸟杀好煮熟了全家一起享用。有时候也会捕到几只活着的小鸟，那时还没有鸟笼子，就用细绳拴在小鸟的腿上，看着小鸟在窗台上挣扎，等小鸟累了，才会安静下来，偶尔也会发发善心，把小鸟放回蓝天，给平淡的日子增添了不少的快乐。

这是江南村庄的小满，这是我儿时魂牵梦萦的小满。

现在虽然搬进了钢筋水泥的城镇居住，由于小区的绿化面积较多，小满时节，门窗抵挡不住小鸟的啼鸣，总在清晨把我叫醒，一阵和煦的夏风吹过，走进小区的绿化带，试着寻觅儿时小满鸟啼鸣的记忆，散落的小区的树种很多，香樟树、枇杷树、杨树、柳树等不下几十种，还有小桥流水点缀其中，抬眼树上、树下以及河边绿化的草坪上，都有小鸟在戏耍，有灰文鸟、喜鹊等，鸟鸣声叽叽喳喳从四面八方接踵而至，敲打在我的心弦上，恍惚间，就陶醉在小满儿时打鸟的画卷里不能自拔。

芒种忙

芒种一番新换豆，不谓螳螂生如许。
鵙者鸣时声不休，反舌无声没半语。

每年的六月五日前后，太阳达到黄金75度时为芒种。

《月令七十二候集解》：“五月节，谓有芒之种谷可稼种矣。”意指大麦、小麦等有芒作物种子已经成熟，抢收十分急迫。晚谷、黍、稷等夏播作物也正是播种最忙的季节，故又称“芒种”。春争日，夏争时，“争时”即指这个时节的收种农忙。人们常说“三夏”大忙季节，即指忙于夏收、夏种和春播作物的夏管。

我国古代将芒种分为三候：“一候螳螂生；二候鹏始鸣；三候反舌无声。”在这一节气中，螳螂在去年深秋产的卵因感受到阴气初生而破壳生出小螳螂；喜阴的伯劳鸟开始在枝头出现，并且感阴而鸣；与此相反，能够学习其他鸟鸣叫的反舌鸟，却因感应到了阴气的出现而停止了鸣叫。

芒种忙，刚把金黄色的麦浪退去，又迎新绿色的秧潮涌来。把整个五月渲染得充实又喜庆。

芒种，是农民的节日，全面进入夏收、夏种和夏管的“三夏”大忙高潮。广袤的田野里处处都是忙碌的身影，古铜色的脊背上淌着豆瓣大的汗滴，芒种的收获和播种浸泡在农民流淌不断的汗水里。

谚语说：“蚕老一时，麦熟一晌。”麦收是要抢时机的，一旦误了时机，麦穗熟过了头，麦粒就落了地，或者遇到阴雨天，成熟的麦子被困在地里，收成就会打折扣，甚至，大半年的辛苦就白费了，因此，一到芒种，田间小路上，来来往往到麦田里转悠的人骤然多了来，他们慢腾腾地走着，间或蹲下身子掐两穗麦子，搓揉成粒，放在手心数一数，心里盘算着今年的收成。

清晨，布谷鸟清脆、悦耳的鸣叫声穿过晨曦，唤醒了沉睡中的人们，我的父辈听到这声音，立刻就打起精神，匆匆忙忙翻身起床，开始了一年中最紧张、最辛苦的忙碌，家家户户的男人们挽起了袖子，将镰刀磨得铮亮铮亮，女人们准备好了捆麦子的草绳，一切收拾停当，整装待发。

这时的田野，收割的场景是何等的壮观，一眼望不到头的麦浪像金色的海洋，沉甸甸的麦穗在滚烫的太阳底下闪烁着耀眼的光芒，男男女女的人们分散在各自的麦田里，躬身弯腰，手中的镰刀不停地飞舞着，随着镰刀的起落，一片片麦子有序地躺倒在地上。

芒种忙，我们小学生也要加入到这场抢收的军队里，为了帮助麦收，学校都要放忙假，大人们下地割麦收麦，孩子们紧跟着大人下地捡麦穗。农民的孩子，在父辈的熏陶下，对土地和粮食有着天生的敬畏，捡麦穗时格外的认真，眼睛紧盯着刚收的麦地，生怕落下一株麦穗，火辣辣的太阳烤在孩子们的身体，不一会儿小脸就热得通红，汗水打湿了衣衫，被麦芒扎得生疼的手臂，经汗水的浸泡，如刀割般疼，但孩子们继承了父辈的坚强，一声不吭，依旧埋头认真地捡麦穗。

割下的麦子全部运到麦场后，没有片刻的休息，脱粒机的声音就迫不及待地响了起来，人们又投入了另一个抢收的战场，男人将一捆捆的麦子从脱粒机的一头送进去，另一头出来的就是饱满的麦粒和扬撒的麦草；女人用大的簸箕将刚刚脱下的麦粒，高高托上头顶，对着排风扇一簸箕一簸箕地顺风扬起，沉甸甸的麦粒便落在了准备好的扁子里边，而轻飘飘的麦草就随风飘远；小孩子帮助大人将金黄的麦粒连同丰收的喜悦一起装进了粗糙的大麻袋里。

芒种忙，对于惯有鱼米之乡的江南来讲，芒种时节收割的不仅仅是麦子，还有油菜籽、蚕豆等，播种的也不仅仅是稻谷的秧苗，还有大豆、花生和芝麻，还要把育好苗的茄子、辣椒和西红柿等菜，移栽到地里。因此，农民在芒种时需要瞻前顾后，按程序做好收种管的各项农事。

“芒种”两个汉字，就像一茬一茬庄稼的倒割与更替，承接着春华秋实，背负着一年的希望和幸福。我亦不会忘记，父辈额头和脊背上流淌的汗珠，从田野里走出来的孩子，我已从父辈的汗珠里学会了勤劳。

东边日出西边雨

夏至才交阴始生，鹿乃解角养新茸。
阴阳蜩始鸣长日，细细田间半夏生。

夏至是二十四节气中最早被确定的节气，据《恪遵宪度抄本》：“日北至，日长之至，日影短至，故曰夏至。至者，极也。”夏至这一天，太阳直射到地面的位置达到一年的最北端，北半球的白昼达到最长，夏至以后，太阳直射到地面的位置逐渐南移，北半球的白昼日渐缩短，民间有“吃过夏至面，一日短一线”的说法。我们江南地区，历有夏至吃馄饨的习俗。

我国古代将夏至分为三候：“一候鹿角解；二候蝉始鸣；三候半夏生。”麋与鹿虽属同科，但古人认为，二者一属阴一属阳。鹿的角朝前生，所以属阳。夏至日阴气生而阳气始衰，所以阳性的鹿角便开始脱落。而麋因属阴，所以在冬至日角才脱落；雄性的知了在夏至后因感阴气之生便鼓翼而鸣；半夏是一种喜阴的药草，因在仲夏的沼泽地或水田中出生所以得名。由此可见，在炎热的仲夏，一些喜阴的生物开始出现，而阳性的生物却开始衰退了。

我们很熟悉“一九二九不出手”的关于冬至的九九歌，其实，夏至也有九九歌，夏至后，第三个庚日至第四个庚日的十天为初伏，第四个庚日至立秋后初庚的十天为中伏，立秋后初庚起的十天为末伏，这首歌形象生动地描述了入伏后从炎炎酷暑到逐渐秋凉的天气变化：“夏至入头九，羽扇握在手；二九一十八，脱冠首罗纱；三九二十七，出门汗欲滴；四九三十六，浑身汗湿透；五九四十五，炎秋似老虎；六九五十四，乘凉进庙祠；七九六十三，床头摸被单；八九七十二，半夜寻被子；九九八十一，开柜拿棉衣。”

夏至以后地面受热强烈，空气对流旺盛，午后至傍晚常易形成骤来疾去的雷阵雨，唐代诗人刘禹锡巧妙地借喻这种天气，写出了“东边日出西边雨，道是无情却有情”的著名诗句。

夏至的雨，与春天的雨完全不同，春天的雨温柔细腻，带着丝丝的凉意轻轻地，飘逸地从天而降。夏至的雨，热情奔放，激情昂扬。

夏至，天气炎热，如果感到天气比较闷热，就是表明快要下雨了，原本晴朗的天空突然暗了下来，从天际涌起大朵大朵的乌云，速度极快，就像一道巨大的幕布顷刻间把天光遮住了，伴随着轰轰的雷声，一道道闪电劈开厚厚的乌云，窗外的树木拼命地摇动着，豆大的雨点密集地落了下来。地上的叶子伴着雨点飞舞着，雨点越下越大，连成了一条条白线，天地间都被白茫茫的雨雾笼罩着，看不清室外的一切物体，只能听见哗哗的雨声。暴雨如同脱缰的野马，下得淋漓酣畅，房上、树上的雨大股大股地流淌下来，仿佛在印证着李白“飞流直下三千尺，疑是银河落九天”的壮观。

暴雨无拘无束地倾泻过后，天又放晴了，西天里还有黑云在飘荡，东边的天空就出现了一道彩虹，树木花草经过雨水的洗礼后，一尘不染。

雨过天晴，彩虹映天，最适合在夕阳的陪伴下，悠然地出去散步，舒适空气带着清新花草树木的芬芳，抚摸着我的脸，滋润着我的心，把我的五脏六腑涤荡得干干净净。深深地呼吸，空气里到处弥漫着泥土的芳香，很亲切，透着一股童年的味道，想起了和小伙伴们在雨中欢跑的情景，想起了把折好的纸船放在水洼中企盼远航的童真，美好的回忆就像雨后的彩虹般洒在了我的心里，颇感凉爽舒服，满目的翠绿欲滴，被地面的积水倒映出浓浓的醉意，眼前的一切，无须刻意去欣赏，美景随处可见，心情格外舒畅。

夕阳的余晖惹红了棉花糖般的云朵，绽放荷花上晶莹的水珠，凉爽的微风潺潺的流水伴着清脆的蛙鸣，原来，东边日出西边雨的夏至是如此的多情多姿，如同怀春的少女，温柔地抚摸着我，每一个瞬间，涤荡着我，置身在这美丽的画面中，却找不出合适的词语去描绘它，我的心被这美景深深地融化了。

喜欢这个时候的雨，滂沱着，倾泻着；湿了眼眶，潮了记忆，挡住了我岁月中的忧伤；喜欢这个时节的风，清凉着，舒适着，乱了头发，动了心弦，留住了记忆里的想象。只是，站在夏至的黄昏，看雨注雨停，都是爱意，看夕阳彩虹，醉了心思，那渐行渐远的日子，还有多少东边日出西边雨的心境呢？

当夏至，那一轮彩虹，给生命储存了能量，那一抹夕阳，把光阴染成了回忆，我知道了，也许，容颜老了，路途上更要且行且珍惜，生命里的每处风景都是心情，一如夏至彩虹，盛开在我的心里。

出梅入伏小暑至

小暑乍来浑未觉，温风时至褰帘幕。
蟋蟀才居屋壁诸，天崖又见鹰始挚。

绿树浓荫，时至小暑。

小暑开始，家乡就会陆续走出梅雨阴湿的天气，今年梅雨的持续时间之长，雨量之大为几十年来的罕见，希望在小暑太阳的照耀下，能早日出梅。

每年七月七日或八日视太阳到达黄经105°时为小暑。

《月令七十二候集解》中对小暑有这样的记载："六月节……暑，热也，就热之中分为大小，月初为小，月中为大，今则热气犹小也。"暑，表示炎热的意思，小暑为小热，意指天气开始炎热，但还没到最热。此时正是进入伏天的开始。

我国古代将小暑分为三候："一候温风至；二候蟋蟀居宇；三候鹰始鸷。"小暑时节大地上便不再有一丝凉风，而是所有的风中都带着热浪；由于炎热，蟋蟀离开了田野，到庭院的墙角下以避暑热；在这一节气中，老鹰因地面气温太高而在清凉的高空中活动。

小暑走进村庄的时候，炽热的太阳把我家门前的菜园子照得五彩斑斓，篱笆已经遮挡不住菜园子里的果实。豆角架上紫色的扁豆花铆足了劲开放着，像猫耳朵般的可爱，花蕊孕育成的扁豆一串串裂开了嘴巴；黄瓜正郁郁葱葱地生长着，一朵朵金黄色的小花吹着嘹亮的喇叭，迎着骄阳绽放小脸，茂密瓜叶下的许多条黄瓜，荡秋千般地悬挂在枝蔓上；一棵棵西红柿树上挂满了珠圆玉润的果实，水灵灵的，如同婴儿红扑扑的小脸般可爱；茁壮的辣椒树上，开满了小小的白花，淡淡的花开后，一个个的辣椒像小螺号般高高举起，那积极向上的姿势，迫不及待地想吹奏出夏日火红火红的色彩。满园的蔬菜果实，唯恐辜负了夏日的盛情，都像是在暗地里比赛似的，一天一个样儿疯长着。

俗话说“冷在三九，热在三伏”。小暑过后，全年最热的三伏就到了。伏天的说法据说历史相当久远，起源于春秋时期的秦国，数伏天气要一个多月，古人把这段时间叫“三伏”，由初伏、中伏、末伏组成。夏至后的第三个庚日入伏，是初伏的第一天，十天后是第四个庚日叫中伏，如果第五个庚日在立秋之前，那么中伏就需二十天，俗称两个中伏；若在立秋之后，中伏就是十天；立秋后的第一个庚日叫末伏。以后就出伏了，随着日照时间缩短，天气也一天比一天凉爽了。

小暑的气息越来越浓的时候，初伏也悄然而至，喜欢暑气的蝉，急不可耐地从泥土里钻出来，它们在泥土里经过了许多日子的苦苦历练，终于走出了泥土，顺着树干往上爬，等缓慢地爬到了树的半腰，经历一个凤凰涅槃般的金蝉蜕壳后，就变成了有翅膀的知了，这是一次从地狱到天堂的蜕变，一只只兴奋地迎着初升的朝阳，嘹亮地唱响了“知了、知了”的集体演唱会，唱成了小暑村庄热闹的主旋律，强劲有力的知了叫声，把小暑带给村庄的温度一天天推向高潮。

再高的温度也挡不住我们逮捕知了的热情，儿时，我们暑期的游戏最主要的有两项，第一个就是逮捕知了，第二个是掏蜜蜂。逮捕知了的工具是一个小塑料袋和一根长竹竿，小塑料袋的口用细铅丝围住，起到固定结实的作用，再用铅丝绑在竹竿的一头，拿起竹竿随着知了叫声的方向，快速地罩住树枝，十有八九能逮到知了，这种游戏纯粹是为了好玩，比比谁的本领大，小伙伴们逮完清点数量，确定名次后，最后还是会把知了放走的。

如果说逮知了是男孩子喜欢的游戏，那么我们女孩子就喜欢掏蜜蜂，在我们家乡叫菜花蚂蚂，小暑时由于烈日高照，蜜蜂喜欢躲到墙上的土洞里边，以前的村里普遍都贫穷，正屋砖瓦结构的房子，辅房都是用土坯垒砌的，时间长了，缝与缝之间就会风化出一个个小洞，这种小洞就成为蜜蜂避暑的好地方，我们就左手拿一只放药片的玻璃小瓶，右手拿一根竹刺，用竹刺伸进洞里，在里边小心地掏，玻璃瓶放在洞口，等洞里的蜜蜂被掏得受不了，就会飞出来，飞进洞口的玻璃瓶里，蜜蜂有白头和黑头两种，白头的没有刺，可黑头的屁股后边有刺，一不小心就会被刺到，很疼很疼，一会儿就鼓起个大包，哭喊着回家找妈妈。妈妈便嗔怪着在被刺的地方涂上一层酱油，这种痛丝毫没有影响我们掏蜜蜂的热情，第二天继续掏，乐此不疲地玩着。

相传古代的人们有在小暑晒书的习俗，在农村晒书的习俗改成了晒衣，因为小暑差不多是一年中温度最高、日照最长的时间，所以家家户户都会不约而同把存放在衣柜里的衣服被褥拿到外面接受阳光的暴晒，可以去潮湿，防霉蛀，这叫“晒伏”。

我们家乡还有“小暑黄鳝赛人参”的说法，那时候晚上的小河边和水田旁，远处近处都有星星点点的灯火在闪烁，那是父辈们出来捉黄鳝时电筒的亮光。每当半夜时分，父亲总会挽起裤腿，搂起衣袖，光着双脚，拿着手电筒，背个小鱼篓，沿着田埂深处去收黄鳝笼，父亲捉黄鳝的方法是用竹编的鳝笼诱捕黄鳝，用烤得香喷喷的蚯蚓做诱饵放在鳝笼里，同时用草团塞紧笼口，在傍晚时分将一只只鳝笼放进稻田或水沟里，喜欢夜间觅食的黄鳝嗅到鳝笼里散发的肉香味，就会在食欲的勾引下挣开笼子竹片滑进鳝笼的小口里，待竹片收拢后，黄鳝因找不到出口就被困在笼内，只等半夜时分取笼收鳝。

岁月流逝，小暑，昭示着草长莺飞的夏季已正式到来，儿时这浓郁热烈的乡间气息，让人沉醉于大自然万物美丽的小暑，在现在恒温空调的时代已找不出那时的气味了，唯有在夜深人静的时候让深藏于心头的往事浮现出来，在文字中倾情感怀。

季节的脊梁

大暑虽炎犹自好，且看腐草为萤秒。
匀匀土润散溽蒸，大雨时行苏枯槁。

每年七月二十二日前后，即太阳到达黄经120°之时为“大暑”节气。与小暑一样，都是反映夏季炎热程度的节令，“大暑”表示炎热至极。

《月令七十二候集解》：“六月中，暑，热也，就热之中分为大小，月初为小，月中为大，今则热气犹大也。”这时正值“中伏”前后，是一年当中最为炎热的时候，气温最高，阳气最旺，潮气最盛，农作物生长最快，各种气象灾难最为频繁，把季节的温度和作物的生长都推到了最高点，实乃是季节的脊梁矣。

我国古代将大暑分为三候：“一候腐草为萤；二候土润溽暑；三候大雨时行。”大暑时，陆化的萤火虫在腐草上卵化而出；天气开始变得闷热，土地也很潮湿；时常有大的雷雨出现，这大雨使暑气减弱，天气开始向立秋过渡。

夏日的天空没有一丝的云，太阳刚出头，地上就像着了火，小鸟不知躲藏到什么地方去了，小狗吐出了舌头不停地喘气，只有知了在高声大叫，告诉人们一个火热的季节就要开始了。

俗话说：“大暑无酷热，五谷多不结。”就是说，如果大暑不热，作物就不会生长，就没有秋天的果实。用一段时间的酷热，换取整年的丰收，是件多么值得的事情。

在我的记忆里，一条短裤，光着上身，赤着双脚，裸露着古铜色的脊背，肩上搭着一条脏兮兮的毛巾，这些都是我父亲在盛夏时节永远不变的装扮。每天，父亲光着脚丫稳步走在田埂上，用双眼丈量着田野里旺盛的绿色，即使在最热烈的日头下，父亲的步伐也不会有丝毫的凌乱，因为他最懂三伏天烈日的意义，春天播种，夏天生长，秋天收获，这是大自然赋予农作物生长的规律，炎热的大暑正是农作物生长的黄金季节，庄稼只有直面烈日，在热风的吹拂下，才能茁壮成长，父亲深知，这个季节洒下劳动汗水的多少，决定着秋天收获的多少，他就像呵护我们一样精心侍弄着庄稼。

天空刚露一点鱼肚白，父亲就在田里劳作了，露水打湿了双腿，毫不理会；炎阳高挂，整个田野升腾着一股热浪，父亲毫无顾忌，依然在田野里忙碌；晚上，直至田野被暮色浸透了，才依依不舍地回家，父亲褐色脊背上的汗水流淌了整个暑天，每年的三个伏天，父亲都会晒到褪掉三五层皮，划破的伤口愈合了再划破，流淌了不计其数的汗水，落到肥沃的土地里，土地有了汗水作肥料，庄稼一定会长得更加茁壮。

知了拼命地叫声此起彼伏，土地是炽热的烫，田野是旺盛的绿，到处蔓延着蓬蓬勃勃疯狂生长的庄稼，玉米秆笔直地站立着，宽大的叶子在微风中翩翩起舞，杆上依次结满了绿色的玉米穗，稻田里的秧苗已插了快一个月了，层层翻滚着一望无际，像含羞的小姑娘在向烈日点头弯腰。

俗话讲：“初伏萝卜中伏菜。”村里的菜园子都到了换种下地的时间了。父辈们对季节是非常敏感的，啥时该种点啥，啥时又该收获啥，都是清清楚楚地记挂在心里，不会因为自己的过失而错过种庄稼的时间，一行行新翻的泥土，黑色的菜籽从汗湿的手里撒向泥土，浇水、施肥和除草，在挥汗如雨的辛劳中，在充满期盼的眼神里，种子在发芽拔节生长着。

也许，风也怕大暑太阳的热量，不知躲到哪里去避暑了，整个白天很少有风，只有在家中的堂屋里，由于前门正对着后门，把前后门都打开，就有少许的风吹进来，俗话叫穿堂风，有了穿堂风的自由进出，堂屋就成了我们家最金贵的地方，白天，父母出工前，就把后门的门板卸下了，搁在两张长凳的上边，这搁起来的门板，就成了我和哥哥睡午觉的小船，我们睡在上面，有了风的抚摸，不一会儿就进入梦乡，醒来时总会发现，我们的身边有几只番茄或香瓜，这些都是自家地里种的，父母出去前在地里摘下放在我们身边的，大口咬下去，便露出里边晶莹的果肉，那滋味甜得别提有多爽快了，我们边啃着边出去疯狂。

暑假里，村里的孩子白天几乎都是泡在水里的，河上的那座石拱桥带给了我多少甜蜜的记忆，一条条裤衩挂在桥墩上，男孩子个个光着屁股，面向小河排着队，一声呐喊，就像斯巴达的勇士般一起跳进河里，老远也看不见脑袋浮出水面。开始了水里的比赛，看谁的猛子深，看谁游得远。女孩子胆小，只能坐在河边的石条上，把两只脚丫子伸进河里，为自己的兄弟呐喊助威。这种跳水比赛，一天要进行几次，持续到暑假结束才停止，光秃秃的石板见证了我们的欢乐，童年的足迹永远地停留在了那座桥上。

大暑时节，人们最盼望的就是在闷热时下一场酣畅淋漓的大雨，喜欢大雨哗哗的脚步声，喜欢大雨里轰隆隆的雷声，一场雨，是生命的源泉，是庄稼生长的源泉，盼望一场雨，是村里人一致的心愿。

大暑是一种激情，它用庄稼炽热的情怀，把热量全部奉献给了大地，承载着成长，承载着希望，创造出了一个生机勃勃的世间。

落叶知秋

大火西流又立秋，凉风至透内房幽。
一庭白露微微降，几个寒蝉鸣树头。

傍晚散步时，有落叶飘下来，偶尔会落在头上，在小北风的催促下，恍惚间夏的光阴渐渐远去了，时间过得如此之快，已然是立秋了。

每年八月七日前后视太阳到达黄经135°时为立秋。立秋的“立”是开始的意思，“秋”是指庄稼成熟的时期。立秋表示暑去凉来，秋天开始之意。是一个反映季节的节气。

《月令七十二候集解》：“秋，揪也，物于此而揪敛也。”立秋不仅预示着炎热的夏天即将过去，秋天即将来临。也表示草木开始结果，收获季节到了。到了立秋，梧桐树开始落叶，因此就有落叶知秋的成语，立秋是秋天的第一个季节，预示着炎热的夏天即将过去，秋天就要来临，秋天是天气由热转凉，再由凉转寒的过渡性季节。

古代分立秋为三候，“一候凉风至”，立秋后，我国许多地区开始刮偏北风，偏南风逐渐减少，小北风给人们带来了丝丝凉意；“二候白露降”，由于白天日照仍很强烈，夜晚的凉风刮来形成昼夜温差，空气中的水蒸气在室外植物上凝结成了一颗颗晶莹的露珠；“三候寒蝉鸣”，这时候的蝉，食物充足，温度适宜，在微风吹动的树枝上得意地鸣叫着，好像在告诉人们炎热的夏天过去了。

我的家乡有立秋之日吃西瓜的习俗，俗称是“咬秋”，据说咬秋了小孩子就不会生秋痱子。小的时候，家里虽然很贫穷，父母在每年的这一天都要买个西瓜，用篮子吊在井水里面，等到晚饭后拉起来，用刀破开，看着我和哥狼吞虎咽地大口啃，那瓜甜甜的、脆脆的、凉凉的，要滋润就有多滋润，父母是舍不得吃的，等我俩揉着鼓鼓的肚子实在吃不下去了，就吃些边角料收拾残局。

“今日云骈度鹊桥，应费脉脉与迢迢。家人惊喜开妆境，月下穿针拜九霄。”立秋时节有个重要的节日，就是七夕节。这个节日起源于汉代，始终和牛郎织女的传说相连，这是一个千古流传的爱情故事，农历七月初七的夜晚，天空温暖、草木飘香，在这晴朗的夏秋之夜，天上繁星闪耀，一道白茫茫的银河横贯南北，银河的东西两岸，各有一颗闪亮的星星，隔河相望，遥遥相对，这就是牵牛星和织女星，今夜是他俩鹊桥相会的日子，七夕的晚上，世间有多少的有情男女在夜深人静时，抬头看着牛郎和织女的银河相会，或是躲在瓜果架下，偷听牛郎和织女在天上相会时的温馨情话，对着星空祈祷自己的姻缘美满。

立秋以后，由于副热带高压再度控制江淮流域，气温回升，形成闷热的天气，俗称“秋老虎”，秋老虎的余威不可小瞧，白天空气干燥，阳光充足，仍是夏天的样子，没有几场大雨的冲刷温度是不会下来的，下一次雨就凉快一次，因而有“一场秋雨一场寒”的说法。晴天一声霹雳，雨水哗哗倾下，越来越大，大地上都积满了雨水，非要几次这样炸开雷，洒满雨的轮回，把地火浇灭了，把土地滋润了，秋老虎的余威才被震撼掉，灼热的气温才渐渐远去。

从文字角度来看，“秋”字由禾和火组成，是禾谷成熟的意思。立秋是夏秋交替的季节，是走向成熟的季节，遍野的庄稼开始结果了，抽穗的稻子沉甸甸地笑弯了腰，棉花田里都已结铃，玉米开始抽穗长棒了，红薯迅速膨大，芝麻也争抢着开花节节高，一片丰收在望的景象。菜园子里的萝卜、白菜和大蒜等冬季蔬菜也要播种移栽了，以保证在低温来临之前有足够的热量抗寒。“立秋雨淋淋，遍地是黄金”，迅速长大的庄稼对水分的需求非常迫切。

人生的四季，与大自然的四季也有相似之处，已是奔五的年龄了，已经开始迈进了人生的秋季，季节在转换着，人生在转换着，在经历了生命五彩斑斓童话幻想的春天和脚踏实地成长的夏天后，开始了我春华秋实成熟的秋天，有些东西非自己经历，是无法体会其中真实的含义的。

一阵微凉的风吹过，再次看到了梧桐叶落，抬头看天，会觉得与盛夏有些不同了，天空变得高远湛蓝，立秋了，离丰收的日子不远了，这是我们所期待的季节，以前的付出都会在这个季节里得到回报，这是大自然最美好的季节，也是人生最幸福的日子。

秋夏交替处暑日

一瞬中间处暑至，鹰乃祭鸟谁教汝。
天地属金始肃清，禾乃登堂收几许。

每年的八月二十三日前后，视太阳到达黄经150°时是二十四节气的处暑。处暑是反映气温变化的一个节气。“处”含有躲藏、终止意思，“处暑”表示炎热暑天结束了。《月令七十二候集解》说：“处，去也，暑气至此而止矣。”“处”是终止的意思，表示炎热即将过去，暑气将于这一天结束，我国大部分地区气温逐渐下降。处暑既不同于小暑、大暑，也不同于小寒、大寒节气，它是代表气温由炎热向寒冷过渡的节气。

处暑时节，天空中的老鹰开始大量捕猎鸟类，储藏过冬的食物；田地万物开始凋零；禾类植物即将成熟。

这个季节，副热带高压跨越式地向南撤退，蒙古冷高压开始小露锋芒，在它的控制下，若空气干燥，往往带来刮风的天气，若大气中有暖湿气流，往往形成一场规模较大的秋雨，每当风雨过后，人们会感到较明显的降温，昼夜温差加大。另外，随着季节的转变北半球受太阳照射的时间逐渐减少，白昼越来越短，黑夜越来越长，白天受太阳照射的热量也一天比一天少，地面积储的热量也慢慢地减少，天气一天比一天冷起来。

秋雨和秋叶缠绵着飘落下来，天气一天比一天凉了，将夏季转换成了清凉的秋。处暑就是一道秋夏季节交替的围栏，把热烈和清凉悄然对立，而此时的我，就如那只残喘不死的秋蝉，在依然明媚的日光中，高声嘶叫着想留住夏天。

到了这个季节，转眼就是七月十五中元节，我们这里俗称鬼节，家家户户满桌子的八大盘荤素大菜供老祖宗，虔诚地敬满三次酒，磕满三次头，最后还要跪拜在地上，焚烧着大把大把的纸钱，送给祖宗们，浓浓的青烟盘旋着袅袅上升。小时候懵懂地看着父母虔诚地跪拜，只盼望仪式早点结束，能够大口大口地吃上桌子上的菜，现在为人父母了，每每到了七月十五，祭祖的心和父母一样的虔诚。

这个季节，稻子不停地在拔节灌浆，棉花疯了似的狂长，棉铃还没有全部炸开；菜园子里的山芋藤在拼命地伸展着，芝麻已经收割好了，勤劳的父辈是不愿让土地闲置的，赶忙把空下来的地深翻一遍，心里盘算着种些什么样的蔬菜。

村庄的荷塘里的长满了菱盘，菱盘上已经结满了嫩绿的菱角，虽然还没有到采摘的时候，但是，这个季节的嫩菱最适合生吃，常常馋得我们站在河边的堤岸上，每每就偷偷地扯起一朵菱盘，往身边一拉，摘上几个嫩菱角，拨开咬一口，脆甜脆甜。

虽然白天夏日的余威在江南小镇上依旧在延续，在做最后的挣扎，在秋中徘徊着穿行，但早晚的凉意明显能感觉到了，走在路上的人们，已经捕捉到了这个季节给大家带来的凉意。几场风雨之后，天气就一天比一天凉了，不知怎么了，我心里依旧执着地想留住夏天，我在心里深处一直都莫名地抵触暮秋时那满树的落叶，满目的苍凉。一到那样的季节，我的心也会随之荒凉。

清晨外出散步，走到小区的景观带内，会有许多珍珠般晶莹的露珠打湿鞋袜，这样慢行的时候，就有许许多多的情愫涌入心中，秋是一个让人沉醉，让人思念的季节，此刻，塞外大漠的早秋也有这样珍珠般的晨露吗？当年我们在一起的那个秋日，也是处暑的时候，也是天高云淡的大好时光，我们在塞外的古长城边踏秋，看夕阳，沉静其中不知归路地陶醉。我俩一起走上古长城烽火台的遗址，放眼看去，群山延绵，秋光满眼，天空蓝得透明，绿是深深褐褐的绿，黄是平平仄仄的黄，眼前是半人高的荒草和隐隐约约的土堆，强劲的山风从山脊掠过，满眼的红叶打着滚在空中旋转，秋天的萧瑟扑面而来，还记得你给我披上的那件红毛衣吗？当年塞外早秋的相见，虽然那么悠远，却仿佛如昨天般清晰。

月光很柔和地照在地上，天是一望无际地蓝，月亮在云中不断地穿行，夜风吹过，树枝随风摇动，发出沙沙的声音，像和即将远行的暑热告别一样。

秋风秋雨中，油然感到，人到中年就越发理解秋的含义，处暑，秋夏交替的季节，有太多的思索和感悟，遥遥相望，那深邃的苍穹，是心中的一弯月亮。

诗意白露

无可奈何白露秋，大鸿小雁来南洲。
旧石玄鸟都归去，教令诸禽各养羞。

每年的九月八号前后太阳到达黄经165度时，为“白露”节气。《月令七十二候集解》对“白露”的诠释：“水土湿气凝而为露，秋属金，金色白，白者露之色，而气始寒也。”

白露，“八月节，阴气渐重，露凝而白也。”天气渐渐转凉，在清晨时分发现地面上和叶子上有许多露珠，这是因夜晚水汽凝结在上面，所以得名。古人以四时配五行，秋属金，金色白，白露实际上是表示天气已经转凉，这时，人们就能明显感到炎热的夏天已经过去，而凉爽的秋天已经到来。

秋始白露，如果说处暑是秋夏交替的围栏，那么白露就像一朵清凉傲放的菊花，把夏天和秋天彻底分开。从此，风轻云淡，天高水长。

“白露秋风夜，一夜凉一夜”，这句谚语形象地形容白露时节气温下降的速度。白露，夏季的风逐渐被冬季的风替代，冷空气转守为攻，暖空气慢慢地退避三舍。此时节，鸿雁和燕子等候鸟正在往南飞避寒，百鸟开始储存干果以备过冬。

有一句古语说得更为贴心，“白露勿露身，早晚要叮咛”，意思是天气凉了，要注意身体不能裸露太多的地方，早晚要多加件衣服。

节令至此，正当仲秋季节，气候一如春季，不仅花木依然茂盛，而且花的颜色较春天更艳，如木芙蓉、秋海棠、紫茉莉、鸡冠花、雁来红，特别是田野里迎风招展的荻花。古诗云“日照窗前竹，露湿后园薇。夜蛩扶砌响，轻娥绕竹飞”。此时天高云淡。气爽风凉，可谓是一年之中最可人的时节。白露这个蕴藏着诗情画意的名字，赋予了诗人多少的灵动呀，唐诗宋词话白露，又有多少诗人踩着诗词的韵味把白露柔情吟诵。

诗意白露，诗经秦风《蒹葭》，“蒹葭苍苍，白露为霜。所谓伊人，在水一方。溯洄从之，道阻且长。溯游从之，宛在水中央”，大片的芦苇苍苍，清晨的露珠凝结成霜，我所怀念的心上人啊，站在对岸的河边上，逆流而上去追寻她，追寻她的道路险阻又漫长，顺流而下寻寻觅觅，她仿佛在河水的中央。这首诗整体象征的意境，表现了主人翁对美好爱情的执着追求和追不到的惆怅心情。在露气凝重的秋日，在茫茫的芦苇丛中，人人都渴望白露般纯净的爱情涉水而至。这样的浪漫，相传了几千年，是因为作者创造的“在水一方”的美好意境，那个熠熠露水孕育出的水般女子，那个宛在水中央的美丽身影，一直是男人心中的最爱，一直是女人想修炼的那个神韵。

从诗经水般女子的神韵中离开，又跨进了唐诗宋词话白露的门槛，李白《玉介怨》：“玉介生白露，夜久侵罗袜。却下水晶帘，玲珑望秋月”；杜甫《白露》：“白露团甘子，清晨散马蹄。圃开连石树，船渡入江溪”；颜粲《白露为霜》：“悲秋将岁晚，繁露已成霜。遍渚芦先白，沾篱菊自黄”；高适《送别》：“昨夜离心真郁陶，三更白露西风高。萤飞木落何淅沥，此时梦见西归客”。白露这个词，频频出现在文人墨客的诗词里，寄托爱情的向往，承载唯美的奢望，升华无限的精神，我喜欢这些诗词，喜欢体会诗词中的意境，只是赏析完后，一种莫名的惆怅和迷离堵住心头。

诗意白露，八月十五前后，各种桂花竞相开放，清晨，那万点金黄，幽香十里的花瓣上，晶莹剔透的露水，立在花瓣的上面，我轻轻抚摸湿润的花瓣，特别地清凉湿滑，一种透彻心扉的清香，看露珠俏皮地立在花瓣上，看花瓣亲吻着露珠，那晶莹剔透的露珠，是大自然与花草相恋的馈赠，虽然太阳出来了它们就要离开，但经过了清晨的恋爱滋润，就延长了花的生命。

“露从今夜白，月从今夜明。”桂花盛开之时，就是中秋来临之日，又有多少人在期待把酒问青天的时候，把思念融化成了白露的露珠，满天满地洒落出去。

诗意白露，到了白露节气，秋意渐浓，最适合翻开一本诗集品味白露茶，古人有“春茶苦，夏茶涩，要好喝，秋白露”的说法，如果说春茶喝的是那股清新的香气，淡淡的青草味，那么白露茶喝的则是一种浓郁的醇厚味道，经过一夏的酷热，茶叶也仿佛在时节中熬出来最浓烈的品性。

一年一度的秋风起，我的心头早晚也凝结凉爽的露霜，人到奔五的年龄，已是进入了季节的白露时分，曾经的青春容颜已不在，曾经快乐的心境也很难光临，光阴无意，流水无情，看着飘落一地的枯叶，不知曾经的记忆该停留在何处，也不知最初的甜美、最真的童稚飘落在了何处，不久的一天，我头顶的青丝会被这露霜冷凝成花白，但这时的我，坦荡的胸襟如白露的天空一样辽阔，有事业的召唤，有理想的吸引，有朋友的温馨，我不会涉入秋的悲凉凄婉，经过岁月的历练，清风明月般爽朗的胸襟，荡漾在了骨子里。

仲秋时分

自入秋分八月中，雷始收声敛震宫。
蛰虫坏户先为御，水始涸兮势向东。

最近几天，天气晴朗，阳光灿烂，虽然有时也会飘落下零星的雨丝，但已记不清我生活的这个城市酣畅淋漓下雨的时间，今天是秋分，受冷暖空气共同作用的影响，从昨天夜里开始就有小雨光临了。

每年的九月二十三日前后，太阳到达黄经180度时，进入“秋分”节气。“秋分”与“春分”一样，都是古人最早确立的节气。

按《春秋繁露·阴阳出入上下篇》云：“秋分者，阴阳相伴也，故昼夜均而寒暑平。”“秋分”的意思有二：一是按我国古代以立春、立夏、立秋、立冬划分四季，秋分日居于秋季90天之中，平分了秋季。二是此时一天二十四小时昼夜均分，各十二小时，此日同“春分”日一样，“秋分”日，阳光几乎直射赤道，此日后，阳光直射位置南移，北半球昼短夜长。

我国古代将秋分分为三候：“一候雷始收声；二候蛰虫坯户；三候水始涸。”意思是秋分后阴气开始旺盛，故不再打雷了；由于开始变冷，蛰居的小虫开始藏入地穴中，并且用细土封起来，以防寒气侵入；这个时候降雨量开始减少，由于天气干燥，水汽蒸发快，所以湖泊与河流中的水量变少，一些沼泽和水洼处于干涸中。

秋分的第一天会出现三种非常有趣的特殊现象，一是南北极过着共同的白昼，太阳直射赤道，南北极同时都可以看见太阳，分享同一个白昼。二是高度和影子一样长，在北纬四十五度线上，用不着爬高，便可测量出建筑物的高度，因为这一天高度和影子一样长。三是找不到自己的影子，太阳直射点不偏不倚地照在赤道上，在赤道线上，就会发现任何物体都找不到自己的影子了。

不同于夏天的雨水多，温度高，秋分天气干爽，燥气为主，秋燥易伤人，秋气与人体的肺脏相通，肺在五行属金，金克木，木在中医属肝，如果肺气过强则容易伤肝，产生虚火，身体的血、津液和痰是一体的，会相互转换，当藏血的肝功能弱时，身体血液循环不足的地方津液就不足。故在这个季节，要多吃些秋季养生的食品，多吃些滋阴润燥的食品，情绪保守，收敛元气，早睡早起，多接近大自然，吸收天地之精华。

秋分时节逢重阳，登山是最适合健身的活动，诗圣杜甫于重阳节独自登高望远，写下“无边落木萧萧下，不尽长江滚滚来”（《登高》），王维的《九月九日忆山东兄弟》一诗“独在异乡为异客，每逢佳节倍思亲，遥知兄弟登高处，遍插茱萸少一人”更是人人皆知。可见古人就有秋季登山的习惯，自古登山是重阳节的主要活动。登山有益于身心健康，可增强体质，提高肌肉的耐受力和神经系统的灵敏性，还可以培养人的情操，登上山峰，极目远眺，把壮丽的美景尽收眼底，尽心舒畅。

这个季节的清晨，夜晚的湿气还没有退散，一些露珠在朝阳下升腾，远远近近的景色都披上了一层雾气，两只小鸟在天空中上下盘旋飞舞，追逐打闹，相距不过一米的样子，难道它们是在这样舒适的晨光中谈恋爱，共舞爱的追逐吗？看着鸟儿的追逐嬉戏，整颗心彻底放松了，每一根神经细腻地感受到了这个季节的美好。等到太阳升起，雾气散尽时，在阳光的照耀下，慢慢地独步在小路上，阳光温和地抚摸着我，风儿在阳光的引导下也很温柔，路边的菊花已开出了一片芬芳。

秋风秋雨的呢喃，磕破了秋夜的沉静，月光高高地挂在空中，在仲秋的晚风里守望着丰收的田野，日趋发黄的树叶，纷纷落下，把曾经的繁华掉进尘埃，如洗的月光洒在落下的叶子上，影影绰绰，斑斑点点，如果秋风落叶里隐藏着些许苦闷和无奈，那么在这个季节的云淡风舒中，多看一看橙黄菊白，多接受菊花酒的熏陶，最是舒适惬意，在酣畅淋漓的感觉中心神安宁，万物祥和。

凝露秋寒

寒露时节天渐寒，农夫天天不停闲。
小麦播种尚红火，晚稻收割抢时间。

每年的十月八日前后，太阳移至黄经195度时为二十四节气的寒露。

《月令七十二候集解》说："九月节。露气寒冷，将凝结也。"意思是气温比白露时更低，地面的露水更冷，快要凝结成霜了。二十四节气中，白露、寒露和霜降三个节气，都是水汽凝结现象，而寒露是气候从凉爽到寒冷的过度，在夜晚仰望星空，可以发现代表夏的"大火星"已西沉，这时，我们可以隐约听到冬天的脚步声了。

"寒露寒露，遍地冷露。"如果说白露节气标志着炎热向凉爽的过渡，暑气还没有完全褪尽，早晨可见露珠晶莹闪光，那么寒露的到来，是天气转凉的标志，露珠寒光四射，万物随露气的增长，逐渐萧条。此时雨季已经结束，天气常常昼暖夜凉，晴空万里，一片深秋的景象。

我国古代将寒露分为三候："一候鸿雁来宾；二候雀入大水为蛤；三候菊有黄华。"此节气中鸿雁排成一字或人字形的队列大举南迁；深秋天寒，雀鸟都不见了，古人看到海边突然出现很多蛤蜊，并且贝壳的条纹及颜色与雀鸟很相似，所以便以为是雀鸟变成的；第三候的"菊始黄华"是说在此时菊花已普遍开。

气温降得很快且雾霾严重是这个节气的特点，一场较强的冷空气带来的秋风秋雨后，气温就会明显下降，当遇到秋雨，空气中丰沛的水汽很快就达到饱和，就会出现雨雾混合或雨后大雾的情况，特别是夜间，这种情况更为常见。有时连续受到高压的控制，大气层稳定，在连续无风无雨的情况下，聚集在空气中的汽车尾气和工厂排出的废气、粉尘不容易扩散出去，也会形成烟霾天气。如果空气中湿度大，还可以形成雾和霾混合的天气。

俗语说："西风响，蟹脚痒，金秋正好吃蟹黄。"寒露时节，是吃大闸蟹的最佳季节，大闸蟹是河蟹的一种，我们江南的河塘由于水域生态优良，水草覆盖较多，水质清澈，故养殖的大闸蟹口感最鲜美，有甲壳脆而坚，肢体肌肉丰满，体格硕大的特点，更以青背白肚，金爪黄毛，膏腴丰满，营养丰富而享誉全国，大闸蟹的吃法以醉蟹尤为味美，一般用足膏足黄的大闸蟹，八年陈的沙洲优黄、老陈皮、上好的冰糖和蒜封缸腌制，等到拿出来吃的时候，嫩滑到每一口都可以把肉和蟹黄轻轻吸出。

"深秋浓雾锁院庭，清晨寒露湿小径。"清晨出门，已然是深秋的模样了，身感微凉，单衣已经阻挡不住寒意的侵入，轻踱闲步，忽闻一阵清香，原来，身旁各种颜色的秋菊上凝重的寒露，它们就这样静静地躺满了菊身，此时的秋菊已傲然怒放了，万千思绪随着花香蔓延，你错过了春夏的浪漫，是要为谁在这秋冷的季节里留下满身的灿烂，也许，我就是那个懂你的人，花开花谢，犹如人的生命，身在这美丽而又遗憾的尘世中，在红尘中与那缘定之人的相逢，为清纯的相遇而欢喜，也为无奈的离别而落泪，生命中的那份缘深缘浅，就像眼前的菊花般脆弱，纵然现在是满身的灿烂，也抵挡不住寒露霜降的摧残，倾力挣扎着，最后还是落满了一地的花瓣，直至凋零枯萎。一阵寒风吹过，把我内心尚存的一点温暖转换成了思念的凄凉，我心已乱，不知我倾其所思的那个人，此刻身在何方？可否和我一样在萧条的色彩里感叹秋菊满身的芬芳，本以为在望穿秋水中，有你的影子和这缕缕的菊黄，最后只能把思念凝结成了满身的寒露。

寒露虽不是最冷的季节，但它带来了凛冽的秋凉，正午明媚的阳光突然变得温暖柔软了，秋日的风在这个季节以它最伶俐畅快的姿势疾卷而来，那凉意的秋风，在枝头上嘶喊着，在树枝上摇曳挣扎的树叶，一阵劲风过后，便落地了，忍不住蹲下身子，从地上拿起一片小小的落叶，爱玲地抚摸着，细看那片叶子的纹路，已经染上了岁月的沧桑。落叶作为深秋景色的象征，飘落下来时支离破碎，缠绵得让人心疼，突然地，我读懂了它的大气磅礴，即便是枯败，但仿佛看到了一种壮士一去不复返的气概，到春天时，它们夹杂着泥土馨香的味道洒满人间。

追随着寒露而至的秋天，永远是最美丽的时节，你看，秋风萧瑟，秋雨淅沥，秋雾弥漫，秋霜宁静，秋菊傲然，秋意绵绵等形容词都是为它而书的。

夜深了，风儿打着哨声从窗前吹过，它在追逐着季节的脚步，快速地向霜降苍凉的暮秋狂奔。

霜降苍凉

休言霜降非天意，豺乃祭兽班时意。

草木皆黄落叶天，蛰虫咸俯迎寒气。

霜降是秋季的最后一个节气，含有天气渐冷，初露出现的意思，是秋季向冬季过度的季节。

每年的十月二十三日前后，太阳到达黄经210度时为二十四节气中的霜降。

《月令七十二候集解》说："九月中，气肃而凝，露结为霜矣。"此时，中国黄河流域已出现白霜，千里沃野上，一片银色冰晶熠熠闪光，树叶枯黄，片片凋落。

我国古代将霜降分为三候：一候豺乃祭兽；二候草木黄落；三候蛰虫咸俯。就是这个时候，豺狼开始捕获过冬的猎物，以兽祭天，是为酬报万物之根本；大地上的树叶枯黄掉落；蛰虫已全部在洞中不动不食，垂下头来进入冬眠状态。

诗人陆游的《霜月》："枯草霜白花，寒窗月新影。"形象地说明了寒霜是出现于秋天晴朗的夜晚。秋天的晚上没有云彩，地面上如同是揭了一层被子，散热很多，温度骤然下降到零度以下，地面上不多的水汽就会凝结在溪边、桥间、树叶和泥土上，有的形成冰针，还有的成为六角形的霜花，霜，只能在晴天形成，俗话讲"浓霜猛太阳"就是这个道理。

这个季节，家乡的田野里单季杂交水稻已经收割完成，棉花也全部采摘完成，棉秸基本拔除，大豆也全都拔回家晒在场地上，整个田野空荡荡的，只剩下一寸多高的稻秆桩齐刷刷地静立在稻田里，经过几天白霜的润透，这稻秆桩已经变得非常柔软了。

天气朦胧，落水湿足，我的父母已在田间忙碌了，他们已经开始在稻田里播种麦子了，原先的稻田平整得像铺上了一层地毯，横平竖直的沟像条条经纬线般散落在田地里，此时，父亲在用深锹挖沟，母亲边用钉耙把稻秆桩剁掉，边把父亲挖出来的泥块剁碎，在上面均匀地洒上麦种，并在麦种上再覆盖上一层细土和自家猪羊圈里挑来的有机肥料。此时的土地软绵绵的，麦子们就在这厚厚软软的土地下，踏实地做着一个又一个丰收的美梦，等待着瑞雪兆丰年的隆冬过去，拔节着接受春姑娘的抚摸。播种好麦子后，父母就开始深翻原先棉花田里的土地，在那里栽种上油菜苗，等到大田里的农作物全部收种完毕后，父母才有时间整理自己菜园子里的蔬菜。

霜降后，山芋就真正成熟了，小时候最喜欢跟在父母后边去挖山芋了。挖山芋是个技术农活，得小心细心用心去挖，不然挖出的山芋伤残的比较多，不利于储存，那时我们用两个篮子把好与坏的分开放，挖着挖着会挖到一丛脆甜的黄皮山芋，母亲就会挑个小的嫩的山芋用袖子套使劲地擦干净，扔给我吃，看着我在那里啃皮狂吃的样子，父母会心地笑出声来。等到全部挖好后，母亲就把挖坏的山芋清洗干净，回家蒸煮，傍晚时分，整个村庄都会弥漫着香甜的山芋味道。

小时候不知道为什么，经过霜打的蔬菜，有一股特别鲜甜的味道。现在才知道霜降后，青菜里的淀粉在植株内淀粉酶的作用下，变成麦芽糖酶，又经过麦芽糖的作用，变成葡萄糖，这就是青菜变得清甜可口的原因。所以经过霜的覆盖，菠菜、青菜、白菜和大蒜等蔬菜吃起来味道就特别鲜美。

村旁小河边的柿子树上的柿子像红红的小灯笼似的高高挂着，

村子里每家的场地上都晒满了豆子和山芋，老人们坐在太阳底下，一边收拾大豆，一边唠着家常，说着今年的丰收，说着孩子们的孝顺，皱纹里写满了欣慰和满足。

寒露不算啥，霜降变了天，所谓霜降杀百草，此时田埂上的杂草几乎没有绿色的，苍凉了许多，沉默地看着这空旷苍凉的暮秋，就会莫名地伤怀，寂寥寥的心情，感知着人世间的残酷和无奈，我亲爱的父亲就是在这个季节走到天堂去的，还有我的许多父辈亲友，在这个季节，只在一个转身的瞬间，就再也无法看到他们的身影了，他们的身体随着浅浅上升的青烟，追随片片落叶，与风轻舞，飘落在被霜打湿的地面，最后像落叶般埋进了泥土，成了永恒的离别。

在这样暮秋的暗夜倾听寒风吹来的声音，聆听秋虫的呻吟，蓦然就会泪流满面，那些疲惫荒凉的心事如同漫天飞舞的落叶般在心里弥漫开来，等到第二天早晨，在那温暖的太阳的照耀下，心里面注满暖暖的阳光，去看看朴实的大地，看看曾经青葱的岁月，也许这世上只有土地是永远的。

寒风乍起立冬时

谁看书来立冬信，水始成冰寒日进。

地始冻兮折裂开，雉入大水潜为蜃。

每年的十一月七日前后是“立冬”节气，我国古时民间习惯以立冬为冬季的开始。

《月令七十二候集解》说：“立，建始也”，又说：“冬，终也，万物收藏也。”意思是说秋季作物全部收晒完毕，收藏入库，动物也已藏起来准备冬眠。看来，立冬不仅仅代表着冬天的来临。完整地说，立冬是表示冬季开始，万物收藏，规避寒冷的意思。

我国古代将立冬分为三候：“一候水始冰；二候地始冻；三候雉入大水为蜃。”此节气水已经能结成冰；土地也开始冻结；三候“雉入大水为蜃”中的雉即指野鸡一类的大鸟，蜃为大蛤，立冬后，野鸡一类的大鸟便不多见了，而海边却可以看到外壳与野鸡的线条及颜色相似的大蛤。所以古人认为雉到立冬后便变成大蛤了。

连绵不断的秋雨飘落了三四天，凄凄沥沥的雨滴声令人心惆怅，满地的落叶，想起了《红楼梦》中林黛玉的葬花吟：“花谢花飞花满天，红消香断有谁怜？游丝软系飘春榭，落絮轻沾扑绣帘。”这虽写的是暮春之景，但若第一句改成“叶落叶飞叶满天”，就与眼前的意境如此的紧贴，叶儿急急地飘落了，经风一吹漫天飞舞，褪尽了绿意的昌盛，消逝了醉人的繁华，又有谁去吝惜它们呢？冷寂荒凉，袭上心头。

可就在今天，立冬之日，天空突然放晴了，晴空万里，只是冷风变大了，西北风的脚步没有挡住太阳的笑脸，人间万物沐浴在暖阳中，看着每一个阴暗潮湿的角落都洒满了光芒，暖暖的，心里一种难以言语的欢喜，这立冬时温暖的阳光，安详柔和，把前两天的惆怅之心也融化了。

立冬，表示冬季就此开始，万物归藏，规避寒冷的意思。可这个时节，在我家乡的江南小镇，真正的冬天还没有到来，即便是寒风扫过，气温也会迅速回升，常有十月小阳春，无风暖融融的说法，此时，绵雨已经结束，如果遇到冷空气南下，有时不到一天时间，降温可接近十度，甚至更多，但大风过后，阳光照耀，冷空气很快变性，气温回升较快，此时，令人惬意的深秋已接近尾声，很快会进入初霜期。

立冬，在古代社会中是个重要节日，古代此时，天子有出郊迎冻之礼，并有赐群臣冬衣，矜恤孤寡之制。在家乡，立冬有开始进补的习俗。

一早，爱人就去买好了羊肉和大花鲢鱼头，羊肉鱼头火锅，加上羊肉馅饺子，儿子把两位老人接了过来，一家人围着圆桌吃火锅，热气腾腾的羊肉鱼头火锅就着饺子，说着闲话，整个屋子都暖烘烘的，看着老人舒心的笑容，看着儿子虔诚地帮老人添汤的神情，幸福到了骨子里，有人爱着，有爱的人，最是心暖，我想，立冬时的这一抹亲情，定能温暖整个冬季。

小时候，在这个季节，父亲总会把我扛在肩头，和母亲一起到镇上去赶集，每一次，母亲都要到菜市场口的弄堂里给我买个烧饼，感觉那弄堂里的烧饼是烤得最好吃的，有椒盐和甜的两种口味，芝麻也放得特别多，边烤边卖，每次都挤满了人，烧烤的松脆的皮，黄澄澄的芝麻，刚出炉的烧饼，吃上一口，又烫又香，张开嘴吹着气，那香味把一路上的寒气全都吸掉了。

天气略带寒意，天空高而深邃，暖阳下，还未感到冬天的寒冷。秋天的影子还在，满树的秋黄，满地的落叶，有风吹过，满地灿烂。

大地上的景色整片灰暗枯黄，发黄的枯草，衰老的残荷，杂乱无边的蔓延，红枫的姿态在这时特别突出，把曾经晾晒的心事变成了一首阳光般的歌谣。想起了放学出去捡枯树枝叶做柴火的情景，想起了埋在灶膛里树枝下红薯的温暖，想起了忧郁的小女孩夹在书里的那一枚红叶和写下的青涩小诗，随心翻开时，为青春留下了永久的记忆。

茫茫旅途中的杜牧看见夕阳下的红枫勒马停车，留下了美誉红枫的千古绝句，“远上寒山石径斜，白云生处有人家；停车坐爱枫林晚，霜叶红于二月花。”姑苏枫桥边的张继在半夜时分的月光寒霜下，手执枫叶聆听钟声，看江中渔船灯火闪烁，吟唱出传世纪的诗篇，“月落乌啼霜满天，江枫渔火对愁眠；姑苏城外寒山寺，夜半钟声到客船。”红枫的时候，染红了多少文人墨客的心，这些如画的叶子，每当靠近时，总有种莫名的情绪，片片的思念，淡淡的忧伤，漫漫的温情，在寒霜下的红叶，红了自己的身体，暖了人们的心田，我能感受到它身体里记载的思念和幸福，弯腰捡起一片枫叶，和自己的心说句悄悄话。

冬天快要来到的时候，大地总会特别安静，飘落到地上是秋冬叶子的走向，正如死亡是每一个人的宿命，满树的叶子成群飞舞着飘落下来，它们迫不及待地要在严冬来临之际拼尽全身的力气，换取最后那轰轰烈烈的壮观。世界上最最无能为力的事情是看着身旁的亲人渐渐地在风霜中老去，却无法挽留。父亲去世后，母亲的头发一下子全变白了，原来白发之变比落叶之声更让人揪心，母亲染白的不仅仅是头发，更是对岁月刻骨的眷恋，和生命走到深处时无法表述而又透彻的辉煌。当对强大的命运无能为力时，我选择了包容和善良。善良地包容，淡化了生活中的诸多不如意，把生活过得像童年的往事般快乐。

冬天的冷，其实是风，那人那树那草那河都因西北风的到来而战栗，风里含有霜的味道，还带来了雪的信息，在西北风的催促下，不时传来岁月年轮驰骋的消息，小雪将至，冬季在候。

小雪不见雪

逡巡小雪年华暮，虹藏不见知何处。
天升地降两不交，闭寒成冬如禁锢。

每年十一月二十二日前后，太阳到达黄经240°时是二十四节气中的“小雪”，表示开始降雪，雪量小，地面上无积雪。

《月令七十二候集解》有曰：“十月中，雨下而为寒气所薄，故凝而为雪。小者未盛之辞。”这个时期天气逐渐变冷，虽然开始下雪，一般雪量较小，并且夜冻昼化。

我国古代将小雪分为三候：“一候虹藏不见；二候天气上升地气下降；三候闭塞而成冬。”小雪节气间，夜晚北斗星的斗柄指向偏西，冬季星空的标识猎户座已在东方地平线探出头。进入该节气，西北风开始成为常客，气温下降，逐渐降到零度以下，但大地尚未过于寒冷，虽开始降雪，但雪量不大，故称小雪，此时阴气下降，阳气上升，而至天地不通，阴阳不交，万物失去生机，天地闭塞而转入严冬。这是个寒潮和强冷空气活动频数较高的节气，强冷空气影响时，常伴有冬季的第一次降雪，且夜冻昼化。

“荷尽已无擎雨盖，菊残犹有凌霜枝。”家乡，进入了小雪节气，才意味着冬天的开始。北风萧萧，落叶纷飞，是一片秋冬的景象，基本是不会下雪的，只是有时小雨纷飞，此时的阴雨天气，给人们的感觉已经不是深秋凉意，而是满身的湿冷了。有时降温多了，也会有一点半融半冰的雨雪同降现象，称其“雨夹雪”。

“小雪腌菜，大雪腌肉。”儿时，碰上晴好的天气，父母就会带上我和哥哥，到自留地里去挖萝卜和收白菜，田野上的麦苗在太阳的映衬下，泛着淡淡的绿意，远远望去，一层层薄薄的新绿此起彼伏。父母在前面用铁锹挖，我们紧跟在后面，用手把萝卜上的泥块扒拉下来，然后放进箩筐里。挖好了萝卜，就去收白菜，相比挖萝卜的辛苦，收白菜就简单多了，拿一把锋利的砍刀，朝着裸露的根系砍一两下，白菜就滚落下来了。

收回家的大白菜，顺着院子根朝上排开，稍微晒晒，吹吹风，去掉多余的水分，挑出饱满结实的，在根上紧紧地系上一根草绳，把它们挂在辅房屋顶的木梁上，白菜炖豆腐，白菜炒油胚，是一个冬季的主打菜，碰到难得的好日子，还能吃上母亲做的白菜烧肉，当然，肉是尽着我和哥哥吃光，父母是不会去碰的。剩下的那些不是很结实的白菜，就洗干净切碎，放到扁子里晒干，然后开始腌制，铺一层菜洒一层盐，最后还得压上一块石头，用塑料布把坛子口封住，用绳子扎紧，封好口后放在阴凉通风的地方储藏。腌制萝卜的方法与白菜是一样的，一个月后，取一碗出来，是每天早晚喝粥时的小菜，脆生生的，爽口极了。这样的腌菜，是二十世纪七八十年代村子里乡亲们的大众菜，每家每户都是这样的，过去吃腌菜是穷困所致为了生计，现在根据健康学的理论，已经很少吃腌菜了，难得吃上一口，是为了替换荤腥，找回清爽的口感。

躺在簸箕里的爆米花，像一个彩色的世界，温暖了这个季节的整个童年。我们农村的孩子，真正的零食几乎是没有的，唯有到了这个农闲的季节，一样很有趣很好吃的零食就会出现在我们的世界里，那就是爆米花。“砰”，只要听见耳边传来炸爆米花的巨响，就像是把我的心也炸开了花，缠着母亲要一碗玉米粒，加上一毛钱，去大伯那里炸爆米花。那个时候的母亲总是很温和，都能满足我的要求，高兴呀！蹦跳着就去排队，炸爆米花摊位前排队的小孩很多，穿着五颜六色的花棉袄，脸上挂着灿烂的笑容。大伯一只手拉风箱，一只手摇着一个带温度计的小爆炉，爆炉下面的火苗旺旺的，一会儿，大伯就停下拉风箱的手，拿起小铁铲往里面加上一些煤块，接着再拉风箱，摇爆炉，每当大伯站起身来，朝我们挥手的时候，我们就知道是爆米花出炉的时候了，一个个捂住耳朵散到稍远的地方看着，“砰”的一声后，又都围上去捡掉在地上的爆米花吃。记得我姑父就是炸爆米花的，来到我们村庄时，是我最骄傲的时候，他总是在我家的场地上炸，因为不要我家的钱，母亲就会给我炸几种爆米花，玉米的、大米的，还有黄豆或蚕豆的，又是第一个炸，羡慕死那些村里的小伙伴，那趾高气扬的神情，现在还在眼前晃着，爆米花和下面的火苗，让接下来的寒冬温暖了许多。

想起了很久以前的时候，每天这个季节的晚上，都会坐在沙发上边织毛衣边看电视，爱人和婆婆在边上逗着刚刚学会走路的儿子，是一幅多么温馨的画面。那时刚结婚生子，把对亲人的关怀和体贴，一针一线地编织在了毛衣的花色里，每次爱人骑着摩托车去上班时，都要看着他戴好我编织的围巾和手套才安心，每天晚上对着毛线书，编织着夜空下的思念，编织着幸福美满的生活。如今，在室内恒温的空调里，出门驾着汽车，一件薄薄的羊绒衫就足够了，已经不需要自己编织的厚毛衣了。

昨晚开始就下起了连绵不断的小雨，一直断断续续地飘到了现在，这时一场初冬的雨，空气中的寒气变重了，这雨依然在下着，窗外已经能感受到冬天的萧条和灰暗。除了常绿的冬青树外，其余树上的叶子基本都落尽了，只剩下光秃秃的枝头升上天空，粗壮树干上的圈圈皱纹，记录着生命的印记，整个夏季，我和爱人带着我家可爱的小比熊在这里漫步，黄昏的路灯照着这一片浓厚的绿影婆娑，把一份阴凉带给了我们，如今眼见着这一抹衰败和寂寞。一年之间，随着季节的更替，它们在春天里发芽开花，夏日里拔节生长，秋天里丰硕收获，冬天里荒凉沧桑，这是大自然的规律。

大雪流淌的温暖

纷飞大雪转凄迷，鹖旦不鸣马肯啼。
虎始交后风生壑，荔挺出时霜满溪。

每年十二月七日前后，太阳黄经达255度时为二十四节气之一的大雪。

大雪，十一月节。大者，盛也，至此而雪盛矣。这个季节，我国大部分地区的温度均降到了零度以下，在强冷空气前，沿冷暖空气交锋的地区，会降大雪。

我国古代把大雪分为三候："一候鹖鴠不鸣；二候虎私交；三候荔挺出。"这是说此时天气寒冷，寒号鸟也不再鸣叫了；由于此时是阴气最盛的时候，正所谓盛极而衰，阳气已有所萌动，所以老虎开始有求偶的行为；荔挺为兰草的一种，也感到阳气的萌动而抽出新芽。

"小雪腌菜，大雪腌肉。"这是家乡的习俗，家家户户都忙着腌制过年时用的"咸货"，将盐加八角、桂皮、花椒和白酒，抹在鱼肉鸡鸭的内外，反复揉搓，一块一块地放进缸内，最后，把用剩下的腌料全部倒入缸内，用石头压住，放在阴凉背光的地方，半月后取出，挂在朝阳的屋檐下晾晒干，以迎接新年的到来。记得儿时的二十世纪七十年代，由于普遍贫穷，每家腌制的咸货数量少得可怜，买不起肉就用猪头替代，我家就是这样，每年买上两只猪头，由于猪头上面的毛很多，故父母弄干净那两个猪头往往要用半夜的时间，先用松香融化后抹在猪头的表面，再慢慢地一块块剥下来，这样，猪毛就随着松香脱落下来，再把猪头按类分割腌制，那天晚上，我和哥哥就是再困也不会先去睡觉的，因为知道父母忙完了就要给我们煮猪脑子汤吃，脑子粉嫩粉嫩的，那美味和温暖现在还在眼前，这一点点咸货，新年留亲戚时，端进端出，不过正月十五父母是不让我们动筷子的。到二十世纪八九十年代，随着乡镇企业的迅速发展，经济有了翻天覆地的提高，几乎是所有的企业，年底都要发鱼鸡作为职工福利，若是一家有几个人在上班，鱼和鸡是根本吃不完的，家家户户的门前晾满了这种咸货；到了现在，越来越注重养生了，这样的咸货腌制得很少了，替代的是自灌的香肠。只源于过年的喜庆和习俗，这种腌制咸货还是家家户户在传承。

有雪，最好是一场大雪的冬天，才是真正的冬天。可是，我们这里不是年年都有大雪的，盼一场大雪，有时要等几年，只是下点小雪，在地上薄薄地撒上一层就草草完事，感觉这雪就像是一个顽皮的孩子，不想认真地完成老师布置的作业，敷衍着就算是对冬天的交代。儿时怕冷，路况也不好，就特别不喜欢冬天的冰雪和泥泞，随着年岁的增长，却越来越怀念儿时那冰凌落下，满天满地大雪的日子。

记得，儿时的冬天特别冷，雪下得好大好大，一场大雪，在夜间悄无声息地就来了，有时早晨竟门也推不开，父亲要把门板卸下来，拿铁锹把门前的积雪铲掉，然后再装上门板，才能打开门，到处是白茫茫的一片，铺满了平展展很厚的一层，整个世界都是晶莹剔透的，屋檐上的冰凌子长长地倒挂下来，踮脚伸手就能摸到，一脚踩下去，几乎要陷到脚腕处，两只雨鞋里灌满了雪，人就陷进了雪里，走过的路程，留下了串串深深的脚印。雪后天空放晴，云彩洁白，晚上也是皓月当空，大大小小的星星清清亮亮的，它们都出来看人间的银装素裹。望着这雪白的世界，觉得自己的眼睛也像星星般的晶莹明亮。等到太阳出来，屋上朝阳的雪就会融化，化出一层雪水，屋檐下的冰凌子滴滴答答地像下雨般地往下落水，流到地上，变成了一地的冰碴琉璃。大人们走出屋子，相互间打着招呼，开始打扫院子和屋顶上的积雪；孩子们看到厚厚的雪，高兴得手舞足蹈，摘下冰凌子，揉个雪球，就能打雪仗了，在厚厚的雪地上追逐打闹着，温暖了冬天的时光。

后来有了自己的家庭，我喜欢在下雪的日子，拥一炉火锅，烫一壶美酒，在家等着爱人的归来。傍晚时分，爱人裹一股凛凛的寒气推门进屋，迎接他的是一炉火锅的温暖，一壶美酒的清香，我清晰地看到爱人脸上洋溢的笑，我把荤素菜均往火锅里拨，边看着爱人品尝美酒的惬意，边欣赏窗外飞舞的雪花，有时会忍不住酒香的诱惑，端起爱人的酒杯品尝一二口，两人相视而笑，眼角上都是满满的幸福，感觉满世界无声的落雪，都沉浸在醉眼蒙眬的幸福之中。

大雪的日子，可以和爱人一起品尝美酒，可以一个人静静地捧杯热茶，随心所思，心如白雪般的纯净安宁，一些悠远的往事随心而出，温暖着我的心灵。

冬至如小年

短日渐长冬至矣，蚯蚓结泉更不起。

渐渐林间麋角解，水泉摇动温井底。

每年的十二月二十一日前后，太阳黄经达270度时是二十四节气中的“冬至”。冬至日，与夏至相对，冬至这天，太阳直射地面的位置到达一天的最南端，几乎直射到南回归线，这一天北半球得到的阳光最少，白昼也是最短，且越往北白昼越短。

我国古代将冬至分为三候：“一候蚯蚓结；二候麋角解；三候水泉动。”传说蚯蚓是阴曲阳伸的生物，此时阳气虽已生长，但阴气仍然十分强盛，土中的蚯蚓仍然蜷缩着身体；麋与鹿同科，却阴阳不同，古人认为麋的角朝后生，所以为阴，而冬至一阳生，麋感阴气渐退而解角；由于阳气初生，所以此时山中的泉水可以流动并且温热。

冬至，太阳高度最低，日照时间最短，对于家乡来说，已然是真正进入冬季了，冬季日后便开始“数九”，每九天为一个九，到三九前后地面积蓄的热量最少，天气也最冷，所以说“冷在三九”。而到九九时，我国大部分地区已经入春，因此有“九九艳阳天”的说法。

在小学的时候就能背数九歌消寒歌：一九、二九不出手；三九、四九冰上走；五九、六九，沿河杨柳；七九河开，八九雁来；九九加一九，耕牛遍地走。入九以后，古代的文人雅士还流行填九九消寒图以供消遣。九九消寒图通常是一幅双钩描红书法，上有繁体的“庭前垂柳珍重待春风”九字，每字九划，共八十一划，从冬至开始每天按照笔画顺序填充一个笔画，每过一九填充好一个字，直至九九八十一天，春回大地时，一幅九九消寒图才算大功告成。填充笔画所用的颜料根据当天的天气所定，晴则为红，阴则为蓝，雨则为绿，风则为黄，落雪填白。

冬至后，天气骤冷，疯狂的西北风凛冽着冻威，寒流一次次地袭来，千家万户在阵阵的西北风里感受到了寒冬的威力。小时候因为自己手脚上的冻疮和母亲手上的流血的裂痕，就特别地害怕冬天，特别地想着冬天也是温暖的，但是那时的冬天要比现在寒冷，好像特别漫长，一眼望不到头，从大雪时就开始生的冻疮，到冬至时，手脚上全部都烂穿了，天天流着血水，露出里面红色的鲜肉，一寸寸地侵蚀着肌肤，太阳出来稍微暖和一些，就更加难受了，那种钻心的奇痒，穿孔的地方又不能挠，每天晚上父亲就帮我轻轻地揉，眉心里写满了心疼，后来听村里人讲，秋天时，把盛开的芝麻花摘下来放在生过冻疮的地方使劲揉搓，冬天就不会再生冻疮了，就每年都要种上些芝麻，到开花的季节，每天摘下花帮我揉搓，功夫不负有心人，也许是父亲爱子的行为感动了上苍，经过三四年连续不断的揉搓，我的冻疮真的慢慢地好了，即使是每年最寒冷的时候，也只有一点点的红肿，再也没有穿孔流血的难受。可是母亲手上的裂痕却从来没有好过，在这个季节，母亲因每天繁重的农活和琐碎的家务，两手都是裂开的，裂口很深，一动就流血，可母亲是不懂疼的，流血了就随手拿块橡胶或破布绑一下，从来没看见她因为裂开的双手而歇息。

冬至被称为小年，一是说明年关将至，二是表示冬季的重要性。把冬至作为一个节日，至今已有两千五百年以上的历史。居记载，周秦时代，以冬十一月为正月，以冬至为岁首过新年。《汉书》有云：“冬至阳气起，君道长，故贺。”也就是说，人们最初过冬至节是为了庆祝新年的到来。古人认为，自冬至起，天地阳气开始兴作渐强，代表下一个循环的开始，是大吉之日。因此，后来一般春季期间的祭祖聚餐习俗，都是在冬至。

冬至如小年。冬至节这一天是要吃饺子的，吃了冬至的饺子，不冻耳朵不冻手。现在的年轻人，不像我们以前那样期盼冬至的饺子了，取而代之的是洋人的圣诞节，走在大街上，满眼都是圣诞节的气息，儿子在圣诞夜也总是要送我们苹果。是呀，在现在这样甜美的日子里，有谁还会眼馋一碗饺子呢？生活在恒温的空调里，有谁还会想起在寒冬时为你灌一个热水袋暖脚的父母，在漫漫寒夜中几次起身为你掖紧被子的父母，冷风中为你穿上自制花棉袄的父母。

对于老祖宗传下的这个温暖节日，我每年都要召集家里人到母亲家热热闹闹地度过。一家人围坐在一起，男人们喝酒聊天，女人们则有的包饺子，有的煮饺子，有的炒菜。幸福的滋味在饺子的热气中升腾，温馨的感觉在舒心的笑脸中弥漫，许是年龄的缘故，我总觉得在冬至这个属于自己的节日里一家子围坐在一起吃饺子，要比年轻人喜欢的圣诞节温暖踏实，你看，胖胖的饺子在热锅里翻滚，预示着生机勃勃充满希望的幸福生活。

“天时人事日相催，冬至阳生春又来；刺绣五纹添弱线，吹葭六管动浮灰；岸荣待腊将舒柳，山意冲寒欲放梅；动物不殊乡国异，教儿且覆掌中杯。”吟一首诗圣杜甫的《小至》，携着岁月前行的脚步，又一个冬至节相拥而至，过了冬至节白日渐长，天气日渐回暖，春天即将来到了，斟满美酒，迎接梅花的怒放。

数九寒冬

去岁小寒今岁又，雁声北乡春去旧。
鹊寻枝上始为巢，雉入寒烟时一雏。

小寒正值三九前后，标志着开始进入一年中最寒冷的日子，每年的一月五日前后，太阳运行到黄经285度时是小寒节气，二十四节气中的第二十三个节气。小寒之后，我国气候开始进入一年中最寒冷的时段。俗话说，冷气积久而寒。此时，天气寒冷，大冷还未到达极点，所以称为小寒。

《月令七十二候集解》：“十二月节，月初寒尚小，古云，月半则大矣。”冷气积久而寒，进入小寒，就进入了“出门冰上走”的数九寒冬了。

小寒中的三候，其物候反映分别是：“一候雁北乡；二候雀始巢；三候雉始。”在候鸟中，一候时阳气已动，大雁开始向北迁移；二候，北方到处可见喜鹊的身影，并且感到阳气而开始筑巢；到了三候，野鸡也感到阳气而生长鸣叫。

“小寒大寒，冷成冰团。”小寒大寒和小暑大暑一样，都是表示气候冷暖变化的节气。村里的小河也在这个时候散发着寒冷，整个河塘都结冰了，冰，看着就是一个非常寒冷的字，小河结冰了，那些流动的水，被寒冷冻住了，这样的冰在这个寒冷的季节里还会一点点地增厚，虽然我们江南小河里冰的厚度，承载不了我们在上面溜冰，但冰上面布满了砖石块，那是我们每天在河岸上比赛手的力度留下的痕迹，冰层的下面能朦胧地看见水草在晃动，也能看见一些鱼儿在里面游荡，冰不仅覆盖住了村里的小河，还无声无息地渗透到了家家户户的井台旁，这个时候你上井台打水要非常小心，一不留神就会摔跤，这是不小心洒到井台上的水凝结成了透明的薄冰，人走上去滑倒的结果。

现在整天待在恒温的空调房里，突然对儿时村庄小寒冬日的阳光有些怀念，有些向往，虽然村庄是江南最普遍的村庄，那村庄里的事也是最普通的事，总觉得村庄的小寒明显比城里温暖了许多，在城里的高楼里，许多的人家在这个季节是晒不到太阳的，太阳的光辉被高大的楼房遮挡住了，走在路上非常的寒冷。而我的村庄呢，这个时候四周非常的安静，蝉鸣和蛙声都消失了，树木的摇动也无声息，树上也看不见蜻蜓和蝴蝶地飞舞，房前屋后的小菜园子也沉寂了，只有太阳的光辉安静地照在村子里，整个村庄在冬日的暖阳里安详温暖着，在这样一个冬闲的季节，大家都在自己的庭院里晒着太阳，小孩子嘴里吃着母亲炒熟的南瓜子，看着父母在庭院里做一些琐碎的零活，或听着老人讲述着村子里那些被时间沉淀下来的许多故事，似懂非懂的眼神里写满了真诚。

进入小寒，年味就近了，大人们开始陆陆续续准备年货了，大雪时节腌制的咸货已差不多了，挑个天气晴朗的日子拿出来晾晒，经过晾晒的鱼肉吃到嘴里特别香，如果遇上春节有喜事的人家，这个时候晒出的咸货就特别多，不仅有鸡鸭鱼肉，还有猪舌头猪耳朵猪肚子等，因为办喜宴时要用这些做冷盘待客，那时的喜宴都是在自己家里热热闹闹办的，冷盘一般要有舌头、肚子、耳朵、咸肉、咸鸡、咸鱼等八样，基本上都是自己腌制。

春节期间要嫁女儿的家庭，在这个时候都要开始打嫁妆了，木料是早就准备好搁在房间里，把木匠师傅请进家门，商量好最时髦组合家具的图样，就开始断料、弹线、刨料忙得不可开交，待嫁姑娘不停地给木匠师傅递烟送茶，时不时问上几句，被师傅调侃后，惹得姑娘羞红的脸上洋溢出更加迷人的笑容。不出十天，五斗橱、梳妆台、电视柜等整套的家具就在他们手中打好了，一家子看着摆在屋里的嫁妆，不时说笑着，笑声传出了屋子，引得村里人的围观赞叹，又是一阵阵朗朗的笑声。

当清晨的阳光晒满村庄的时候，村里弥漫起来腊八粥的香味，这个季节的腊月初八，是农人教育孩子认识五谷杂粮，品尝生活丰富滋味的日子，于是家家户户都要煮腊八粥，用红枣、赤豆、花生、瓜子、红薯、胡萝卜、芋头、青菜、红糖等八方食物合在一块，和大米共煮一锅。

柴火烧的灶膛里，火苗跳跃着，铁锅里的腊八粥在不停地翻滚着，热气在不断地升腾，母亲在往灶膛里续着柴火，我那双充满期待的眼睛，不时地看着锅里升腾的热气，闻着飘出来的香味，心中越发地渴望，等母亲揭开锅盖，满屋都是香香的味道，快乐的心就要蹦出来，母亲会把第一碗腊八粥给我，知道我最喜欢红枣，就有意多挑些红枣，坐在太阳底下的小板凳上，捧着热热的碗，那碗粥里充满着喜庆和温暖。

如今，那个被灶火映照着幸福的小女孩，已走进了人生的秋季，但每年这个季节，腊八粥里思念的味道还在不停地升腾，母亲遥望的目光被拉得很长，和日子一起牵挂，生活就是在季节的守候里被涂抹成的浓浓思念和幸福，有多少的回忆和感动，在季节里暖暖地流动着，未曾停止。

大寒迎春

一年时尽大寒来，鸡始乳兮如乳孩。

征鸟当权飞厉疾，泽腹弥坚冻不开。

大寒，二十四节气里的最后一个节气。每年的一月二十日前后太阳到达黄金300度时为大寒。“大者，乃凛冽至极也。”就是说，大寒是气候达到最冷的时候，气候寒冷到了极点。如果说，大暑是季节的脊梁，把天地间温度推到了最高点，那么，大寒沉淀在季节的最底部，积蓄满了春夏秋冬的精气，竭尽力量把天地间的温度推到了最低点，向大自然散发着冷峻和严寒，让人们一下子感受到了季节的冷酷和炎凉。

这时，寒潮南下频繁，是我国大部分地区一年中最寒冷的时期，风大、低温、积雪，呈现出冰天雪地，天寒地冻的严寒景象，到处透满了滴水成冰的冷酷和大雪纷飞的圣洁，殊不知，在冰天雪地里，大寒的腹中正在把一个新的春天孕育。

这个节气就可以孵小鸡了；而鹰之类的征鸟，正处于捕食能力极强的状态中，盘旋于空中到处寻找食物，以补充身体的能量抵御严寒；在一年的最后五天内，水域中的冰一直冻到水的中央，且最厚最结实，孩子们可以尽情在河上溜冰。

大寒的节气，时常与岁末时间相重合，到了大寒，人们便开始为过年忙碌，赶年集、买年货、写春联等，扫尘洁物，除旧布新，同时要准备各种祭礼供品，陆续开始祭灶祭祖，祈求来年风调雨顺。

腊月二十四前要祭灶，传说灶王爷是玉帝派到每家每户监察人们平时善恶的神，每年岁末要回天宫向玉帝奏报民情，供玉帝赏罚，送灶时，人们要在灶王爷像前放上糖果，黄酒，豆制品等祭品，还要在灶王爷的嘴上涂上红糖水，恭恭敬敬地敬上三次酒，磕上三次头，最后还要给些元宝，贿赂好灶王爷，就不会在玉帝那里讲坏话，到正月十五晚上，还要恭恭敬敬地把灶王爷接回来，这样的祭礼代代传承，一点都不敢懈怠。

祭好灶后再祭祖，年味愈加地浓郁了，婆婆唠叨着要贴上新春联，说是看着喜庆，让家里早早地开始红火起来，赶紧到街上的书店买上一瓶胶水，指挥儿子搬来梯子竖在了门框边，爬上去撕掉旧的春联，在原处涂上胶水，贴上新春联和福字。福字倒贴，福气就到，婆婆看着孙子忙碌着，满脸的皱纹都笑开了花。

年关一天天接近，过年的气味越来越浓，人们每天沉浸在温馨和兴奋之中，家里的费用也只有在这几天才会大方些，儿时，物质的贫穷制约着生活的水平，但是，二十世纪七八十年代的人们，对物质的奢望比较低，小小的改善就很容易满足，过年穿的新衣服妈妈已从裁缝店取回来。我和哥哥都有，喜气洋洋地试穿着，肥大的花罩衫套在妈妈新缝的棉衣外面，新棉鞋也是妈妈自己做的，穿在身上，争抢着照家里的镜子，试穿好后，再不情愿也还是要乖乖地脱下来的，等到正月初一时再穿。

除夕之夜，一家人高高兴兴，忙里忙外，围坐在一起，吃着丰盛的年夜饭，七个碟子八大碗，妈妈把一家人一年的渴望都摆在了桌上，明亮的灯光下，父亲舒服地品尝着烈酒，在火辣辣的滋味里琢磨着一年的收成，我的兄弟姐妹们，一起畅谈着一年的喜怒哀乐，话语里充满着浓浓的亲情，欢欣得如五月盛开的牡丹，妈妈包的饺子，在粗糙的盘子里溢满了香气，饺子就着米酒，全身的血液止不住地沸腾，醉了的心里露出柔软的红肉，释放着除夕之夜圆满的温度。亲情像灶膛里熊熊的烈火般浓郁，温暖着我们这个普通的家庭，许多年以后的一个个除夕，依旧执着守望着那时的幸福，那满桌的酒菜里依然储藏着妈妈的味道，那满地爆竹的碎片依然还是当年的样子。

此时，一场雪，越过村庄的上空，洋洋洒洒地飘落下来，覆盖住村庄的屋顶、树枝、小路和田野，覆盖住父母对丰收的渴望，雪花无声，把村庄带入童话般的世界，记忆里儿时的欢声，儿时的奔跑，雪地里深深的脚印映满了整个村庄，窗外的瑞雪悄悄挤满在门前，与炉膛里的火花交相辉映着，映满了父母满满的期待。

在大寒的雪地里，飘满了阵阵的梅香，梅香里涌动着新春的气息，附耳倾听，能听见麦苗的呼吸，能听见花草的心跳，等它们醒来时，旭日东升，万紫千红的春天就在眼前。

村庄写意

CUNZHUANG XIEYI

村庄写意

在我的记忆里，村庄就是母亲站在落日黄昏的村口等我归来的身影，就是村子前后一片片开阔的田野和那条逶迤流淌的小溪，就是房屋上面那一根根婷婷袅袅的炊烟。村庄是我的根，是我的血脉，有了这渊源，我的生命才有寄托，我的思念才能温暖，可现在我已失去了我的村庄，我已触摸不到儿时村庄的脉搏和温度，村庄只能成为我心中永远的写意。

我的村庄是江南农村最普遍的村庄，那里的每一条乡间小路上都印满了我童年快乐成长的脚步，那一串串长长的脚印，串起了我最珍贵的记忆。不管我从这条小路上走到哪里，身在何处，那家门前的小河依然能够清晰地倒映出我童真的笑脸，那房前屋后的菜园子里依然能看见母亲忙碌的身影，那房屋上面婷婷袅袅的炊烟里依然有着饭菜的香味……

我的儿时，虽然没有电脑游戏机，没有肯德基麦当劳，没有永远也做不完的功课和上不完的补习班。但我们在野地里打滚，在柴垛里躲猫猫，在小树上捉小鸟摘野果，在小河里摸小鱼捉小虾。我们生活在自己快乐的童年里，每天自由自在无拘无束，直到日落黄昏时，在家家户户屋顶升起的炊烟和母亲呼唤孩子回家的声音里，意犹未尽地追随着饭菜的香味回家。

村庄写意，藏不住母亲用那双不知被镰刀割伤了多少次的手，为我们缝纳的一双双新鞋子和一件件新棉衣；藏不住父亲用那挑来的一担担百余斤木桶里的水粪，灌溉出的一块块肥沃土地和一季季丰收喜悦；藏不住父母每天辛劳的身影，父母的汗水，滴滴答答地流淌在村庄的土地上。我亲爱的父母啊，在每个季节里，都把自己奉献给了这片深爱的土地，春天的播种，夏天的生长，秋天的收获和冬天的储存，每一步都离不开父母辛劳的双手，他们竭尽一生的精力像呵护我们成长般地呵护着村庄的这片土地。

村庄写意，写不完儿时天刚亮时，哥哥搀着我穿行在田野旁的阡陌小路上，背着母亲缝制的新书包，向着几里外的学校快步行走的脚步；写不完哥哥带着我在小河里摸鱼捉虾，哥哥在小河里跳水的敏捷身姿，像一个专业运动员般矫健；写不完过年时大门上的红春联和屋外的爆竹，寓意着下一年平安和丰收的期盼；写不完除夕之夜，一家人围满八仙桌，欢欢喜喜吃年夜饭的温暖，七个碟子八只碗，母亲把一年的丰收全部摆上了桌子，满满的笑脸，映红了一家人的脸庞，流进了一家人的心里。

时光在飞逝，已然是人到中年，我祖祖辈辈世代生活的村庄，已全部被现代化的浪潮吞噬得无影无踪，那段纯真的岁月离我越来越远，不知怎的，随着年龄的增长，却越来越清晰，仿佛就在眼前，伸手就能摸到，抬眼就能看清，似乎还是那个星星点灯的夜晚，似乎还是躺在屋外乘凉的桌子上，似乎母亲摇着蒲扇还在为我驱赶蚊虫，父亲还在给我讲着天空中的月亮、星星和嫦娥的故事，田野里青蛙的叫声似乎还在耳边唱响。

如今，记忆里的点点滴滴，连同那不断变化的村庄和不断流逝的岁月，叮叮咚咚地在我心里敲响着，如果还可以转身，多么想在村头摘下那朵盛开的野菊花，送给我亲爱的妈妈佩戴；多么想到小卖部买上二斤老白酒，送给我敬爱的爸爸解乏；多么想帮父母驱赶着鸭子回家；多么想帮父母做上一顿可口的晚饭，好让他俩从田里回家就能填饱肚子；就这样静静地奏响一曲曲深情的望乡曲。

脚下的路越走越长，儿时的明月依旧挂在天上，却再也看不见村庄和父亲的模样了，曾经出门就把我扛在肩上的父亲永远地离去了，母亲的青丝也覆盖满了一层白霜，可村庄的写意永远躺在了心中最最柔软的地方。

菜花烂漫的喜悦

三月，正是油菜花烂漫的金黄季节，那些童年时随处可见的油菜花，顶着鹅黄色的小花冠，在田间地头，在房前屋后，年复一年平平淡淡地开花结籽，是我童年美好记忆里最普通的田间作物，长大了离开乡村，居住在钢筋水泥的城市里，油菜花几乎淡出了我的视野。

三月底，市作协组织我们一行近三十人到长阴沙农场去采风，这是我二十多年间第一次零距离地把自己融进这成片成片的油菜花海里。这里的油菜花连成片，汇成海，湛蓝湛蓝的天空，洁白纯净的几片白云下，是片片金黄色的油菜花，一眼望不到头，只见，大片大片金黄色的油菜花，伴着温暖的阳光，一朵朵，一簇簇，一片片，连绵地开着，浩浩荡荡地铺张开来，如波浪般在春风里翻滚起万千风情。它们大部分是四个花瓣，偶尔也有五个花瓣的，呈十字形，薄得几乎透明，环抱在花蕊周围，浓绿色的叶子很大，不断地为菜花输送养分，碧绿秆子上的朵朵油菜花，欢快地随风摇曳着，把我的心情，我的思绪都染得金灿灿的，站在这梦境般的花海里，看着一只只风筝悠然地从头顶上的天空飘过，我的心也随风筝飞去，风筝牵着我童年的梦，思绪里涌动着我家乡的田野，我眼前这片盛开的花海，变成了一座座金碧辉煌的宫殿，我就站在这宫殿前，任凭和煦的春风抚摸着我的脸颊，整个身心都被荡涤得干干净净。

这像宫殿般盛开的油菜花地里，有我童年抹不去的记忆，在家乡，油菜花是村里每户人家必种的农作物，油菜的一生，从播种、开花、结籽、收割、压榨，最后成为人们的食用油。这些听起来有些诗意的词语，是父辈们日常生活的一部分，那些金黄色的花，不仅是用来供人们欣赏的，更有其实实在在的价值，自从我有记忆的那一刻，我们家的食用油，全部是用自家种的油菜籽压榨出来的，父辈们对油菜花的感情，比我们这一代要朴实、厚重，因为，油菜一直是当时的主要经济作物。

我的童年是被大片金黄色的油菜花所占据的，那些盛开的油菜花，花丛中飞舞的七彩蜜蜂和蝴蝶，还有那油菜地里传出的蛙鸣声，这就是我记忆里充满欢乐的田园，童年时的我，放学回家，就提着篮子和小伙伴们一起，沿着油菜地的田埂旁去割青草，我们一边割青草，一边在油菜田里嬉闹，大人们禁止我们私自跑到田中央去玩耍，生怕踩坏油菜，碰掉花蕾，结不出籽来，影响收成，但是，调皮和疯狂，是我们童年活动的主要色彩，在父母眼里的那份乖巧和安分，离开了家门和小伙伴一起时，转眼间就消失得荡然无存，无视被蜜蜂针蜇的疼痛，也不怕屁股被打的教训，常常借着割草的大好时机，偷偷躲进那成片成片的油菜地里，玩游戏和捉迷藏，那是我们百玩不厌的快乐活动，胜了的一方，就会赢来一把刚割回来的嫩草，败的一方，只能乖乖地把自己的青草捧出来送给人家，眼睁睁地看着自己的劳动果实瞬间转移到别人的篮子里，油菜花地成了我们童年快乐疯狂的乐园。

油菜花籽成熟后，父母的背就弯成了一把把的镰刀，他们把黑金子般的油菜籽收割到家里的晒场上，等到金灿灿的阳光把菜籽晒干后，父母把他们装到蛇皮袋里，农闲时，到镇上老街的榨油厂里把它们变成金黄色的菜油，随着榨油机的转动，菜油就顺着一端的管道慢慢流出来，流到一个专门装原油的大桶里，菜籽渣则被压榨成脸盆大小的约三厘米厚的圆饼，大人们称其“菜籽饼”，可以做肥料，也可以喂猪喂鱼，故那条老街，每到春末夏初，便荡漾着浓浓的菜籽油的香味，和那花开时空气中轻扬的浅浅甜香不同，菜籽油更有一种深沉厚重的味道。

“黄萼裳裳绿叶稠，千村欣仆榨新油，爱他生计资民用，不是闲花野草流。”清朝乾隆皇帝的这首《菜花》诗写出了油菜花的寓意。

我爱油菜花，不仅仅是因为它香气迷人，同时还因为其结出的串串饱满果实，从田野到餐桌，从花香到油味，当我的父老乡亲在土地上种下了油菜籽，也就种下了希望，我清晰地看到老农们脸上洋溢着油菜花般浓艳的笑颜，深呼吸，让那笑容和花香都流进我的肺腑。

徜徉在田野里的时光

村庄的后边是一片辽阔的田野，分布着一条条纵横交错的沟渠，这些沟渠连接着村里的小河和块块农田，广阔的田野里有林有水有坡，是我儿时和小伙伴们玩耍的天堂，每个寒暑假和放学后的时光，我们都在这片田野里疯狂，只有到天空完全黑下来或肚子饿的时候，才无奈地回到家里。

村里的田野虽然不是很多，平均每人一亩也不到，但大田和坡地分布均匀，是大自然赐予村里人得天独厚的宝贵财富，是乡亲们耕种收获生存的肥沃宝地，也是我们儿时无拘无束游玩的理想天地。

那片广阔的田野里，生长着各种五颜六色的奇花异草和野菜；那一条条纵横交错的沟渠里，游荡着各种各样的鱼虾和螺蛳；那一片片的小树林里，生长着各种各样酸酸甜甜的野果……这些地上长的，河里游的和树上结的各种花草、鱼虾和野果，吸引着我们的眼球，牵引着我们的脚步，田野里的沟沟洼洼里留下了我们的脚步，沟渠里有我们摸鱼捉虾的身影，树林里有我们打野果子的欢乐，一年又一年，伴随着我度过了最最快乐的童年时光。

也许，人们保留的最美好记忆，都是在童年时代，因为儿时的那颗童心，是最美最纯的，如一颗沾满了露水的含苞花蕾，一尘不染，那时候徜徉在田野里的美好时光，是一首首快乐的歌谣。

在田野旁的沟渠里摸鱼留给我的印象最深，听老人们讲，村里原来没有这么多的沟渠，为了灌溉粮田的需要，在村长的带领下，利用冬闲的时光，乡亲们自己动手开挖出来的，那弯弯的，自由自在流淌的沟渠，与小河和农田相通，农田里的各种生物是鱼儿的美味食品，沟底里绿油油的水草，是鱼虾嬉戏的最好地方，河水清澈见底，鱼儿们在沟里摇头摆尾，随心畅游，经过我们的仔细观察，发现鱼儿喜欢躲在沟渠的深水拐弯处，发现了这样的秘密，我们的小脑筋摸索出来一套摸鱼的方法，大人们看到了也会摸着头表扬我们。

摸鱼也是要靠智慧的，首先观察哪一段的鱼儿最多，就在鱼儿较多那一段的上下游，用湿泥巴和砖石拦起一条小坝，把鱼儿围困在这一段，然后在下游的坝上开一个小孔，让水在小孔里慢慢流走，坝的两头有人专门负责看管，防止坝梁被水冲走或鱼儿逃走，等到水放得差不多了，沟里鱼儿就会感到害怕，便开始在浅浅的水里胡乱蹦跳，这个时候，男孩子们就只穿一条裤衩，每人拿个水桶，光着脚丫子跳进沟里，用桶舀着水连同鱼儿一块儿往岸上泼，鱼儿离开了水源，在岸上蹦跳得就不厉害了，小女孩也能用双手捉住鱼儿，往水桶里扔。等到沟里几乎没有水了，里面的鱼儿要呼吸，只能张着口，把头伸出水面，此时，沟里的男孩子们就扔掉了手里的水桶，徒手捉鱼，虽说那时捕捉到的都是些小鱼小虾，但是只要能够捕到鱼我们就心满意足，就是一种胜利，最后按人头平均分配。那个时候，大人们怕出危险，禁止我们去捕鱼，但他们要忙田里的农活，无暇顾及我们，等到晚上回家，妈妈看到水桶里的鱼儿，边骂几句边收拾干净烧给我们吃。

捕捉好了鱼，我们每个人脏得像一条条泥鳅，就到小河里去洗澡，女孩子们天生胆小，只能坐在台阶上，下半身子埋在水里，上半身子露在水上，用手撩起清凉的水，一边闲适地洗着，一边抬眼看男孩子们站在小桥上跳水，很是舒适，男孩子们的跳水比赛，引来女孩子们的阵阵喝彩声，在加油的呐喊声中，男孩子们的比赛越来越起劲。

村后坡地上的小树林里，最适宜野草的生长，那时的野菜分布得很广，但由于挖的人比较多，就很难挖到，往往出去半天，边玩边挖，只能勉强挖到一点点，在我的印象里，有荠菜、马兰头、洋槐花等，这些都是家里的美味佳肴，妈妈包的荠菜馅馄饨的香味现在还不能忘怀。

不经意间，三四十年过去了，我早不是那个跟在哥哥屁股后面在野地里挖野菜，在水渠里摸鱼的小女孩，可每次和儿子讲起那些徜徉在田野里的美好时光，总是那么的亲切。

豆角裂开的声音

现在这个时令，快要立夏了，我们这里，就有立夏吃三鲜的习俗，像豌豆、蚕豆等这些豆类食品就是其中之一。

我勤劳的乡亲，永远不会辜负大地母亲的馈赠，田头地角的一些零星角落，都是栽种这些豆类植物的好地方，因此，家家户户的房前屋后，或是田间的阡陌小路旁，都种满了蚕豆、毛豆、豌豆、绿豆等，刚过完年，父母就要先把种子栽种到路的两旁，春暖乍寒，这些幼小的种子，就在凛冽的寒风中勇敢地探出了头，睁开惺忪的睡眼，相约着钻出地面，淡淡的绿色，小小的蔓尖，迎接春天的到来。四月时，这些豆苗已经像娇媚的姑娘般水嫩了，一棵棵茎秆直立，枝干上开满各种颜色的花，花冠碟形，花色艳，亦有带斑点或镶边，像蝴蝶在青蔓上飞舞，四月下旬，豆花便慢慢枯萎，这些豆花的根下便伸出一串串翠绿的豆荚，豆荚渐渐长大的时候，是我们最最幸福快乐的时候，仿佛能听见豆角裂开的声音，看见一颗颗胖胖的圆圆的豆子，从豆荚内钻出来，涌上我们的餐桌。

四月的季节，是农村最美的时候，路边的田野里长满了五颜六色的野花，还有清脆欲滴的豆荚，放学回家时，常常小心翼翼地摘上一把野花来玩耍，有时放在鼻子下使劲闻，有时欣赏着花瓣的颜色，豆荚是不敢摘的，怕被乡亲看到了挨骂，但站在豆荚边却不肯挪步，哥看到我直流口水的样子，勇敢地跳到田里去，偷偷地摘几把豆荚，放进我的书包，此时的豆粒，绿莹莹、嫩生生的，剥开豆荚，取出其中的豆粒来吃，既清甜又脆嫩。偶尔也会被乡亲看见，却不会责怪我们，只是微笑着摸摸我俩的头，嘱咐着不要吃太多。

豆类成熟时，是我们最开心的时候，母亲带上竹篮，从田里挑选那些籽实饱满的豆粒回家，拿到门前的小河里洗干净，或连荚在清水里煮，或剥出里面的籽清炒着吃，今天豌豆，明天毛豆，隔两天是蚕豆，我和哥经常每人面前都有一大碗这样的美食，肆无忌惮地享受美味，享受温情，在那些常年几乎没有零食可吃的年头了，这样蒸煮或清炒出来的豆豆，无疑是我童年记忆里不可多得的美味。

豆类全部圆滚滚成熟得快裂开时，母亲便连豆秧一起割回家，搬到晒场上，用连枷噼噼啪啪地一粒粒打下来，这时，就能听到清脆的豆荚裂开的声音，伴随着声音，一粒粒圆滚滚的豆子钻了出来；然后挪到风口，一簸箕一簸箕地把碎叶扬干净；接着在筛子里筛匀了，把细小的泥粒筛出去；最后，还要把一粒粒的石子和坏的豆子拣出来，把饱满的豆子晒干后，装进口袋才完工。在做这些时，母亲是不愿意休息的，可在那光知道吃的年龄里，看着母亲在做这些时淌下的汗滴，却不懂得母亲付出了多少辛劳，真是因为有了父母的辛劳和付出，才有了我幸福快乐的童年，才有了我们温暖的家。

童年的冬天特别寒冷，寒假里，我们用脚炉焐手温脚，这种脚炉是用木屑加热后生成的。

在那时的我看来，这种脚炉不仅能够取暖，还有一个更重要的功能，就是能给我美食，等父母都劳动去后，哥哥就到装豆粒的袋子里，捧出一大把黄豆，把脚炉的盖子打开，拿出三五颗豆豆，用筷子夹好了，放进脚炉的木屑里，上面用燃着的木屑盖严实，再盖好盖子，两双眼睛紧盯着脚炉，三五分钟后，听见里面砰砰的声响，豆豆就熟了，赶紧打开盖子，便有一股香味扑面而来，用筷子把里面的豆豆找出来，等不到凉，直往嘴里送，香香的、脆脆的，一股暖流充满整个身体。但是，脚炉经不起我们的折腾，就会熄火，等父母回家看到凉了的脚炉，就明白是咋回事，知道我们嘴馋了，母亲就会给我们炒上一些蚕豆或黄豆，第二天，我们一边焐脚炉一边吃香喷喷的豆豆，那日子，要多舒服就有多舒服。

豆角裂开的声音，是世界上最饱满最幸福的声音，如天籁般的美丽，比过年的爆竹更动听。

过年的爆竹，虽然热烈有势，但在一阵剧烈的爆响后，热闹就散尽了，而豆角裂开的时候，是里面果实最饱满的时候，成熟的果实，伴着父母辛劳的身形，能温暖整个冬天的严寒。

欢畅的时刻

记忆里最深刻的是挂在院子里门框上那盏明亮耀眼的射灯，照在身上很是温暖，这是从村里要办喜事的人家门前射出的光芒，也是村里人们最最欢畅的时刻。

那时，村里人总是把结婚的喜宴放在年尾或年头来办，因为只有那段时间是农村人难得的长时间的农闲时期，还紧挨着过年的喜庆。

远远望去，新郎家的房子刷得雪白雪白，所有的门窗上都贴满了大红双喜字，家具物件上也贴满了双喜字，放在墙角边的扫帚上也系上了象征着喜庆的红线。

在婚宴的前两天，新郎家就开始忙碌了，先把家里所有的电灯都换上大瓦数，院子的大门口装上一盏大功率的射灯，明亮的光芒照射得很远很远，村里人看到从这里射出的灯光，就知道这户人家就要办喜事，都会主动跑上门来帮忙，主家人赶忙递烟敬茶，管事的长辈开始分配活计，喜宴要准备三五十桌，一桌八人，总共多少人，几个冷盘，几个热菜，烟酒饮料糖果，先上啥菜，怎样组合等，帮忙的人越多越好。

女人们一边在厨房里给厨师打下手，一边高声谈论着村里的各种传闻，从屋里传出的阵阵笑声惊动了路边的行人；男人们忙碌着采购各种物品，把村里其他人家的桌椅板凳都搬来了；无事可干的孩子们口袋里装满了糖果和零食，换着花样地玩游戏，偶尔也有打架的，被厨房里出来的女人大骂几声，吓得又出去玩游戏，不一会又传来一声声欢快的呼唤声。每个人心里都乐开了花，整个院子飘荡着浓烈的香味，欢畅热烈，喜气洋洋，新郎逢人就笑，跟在忙碌的人们身后，一脸幸福，心里早就乐开了花。

新娘家也在忙碌，谁家女儿要结婚的好消息传出后，亲戚长辈都要来送礼，被单被子，枕头枕套，茶具水瓶等，五花八门，应有尽有。眼看着出嫁的日子快要到了，挑个吉利晴朗的好日子，新娘家就要叫上大娘婶子一起来扮嫁妆，被请来的长辈都要身体康健，夫妻健全，儿女双全，图得吉利圆满。

古语讲："嫁出去的女儿泼出去的水。"养了二十多年的女儿，转身间就要成为别人家的人，就再也不是捧在家人手心里的公主了，父母心里舍不得，虽然脸上也布满了笑容，可是心里有一种被掏空的感觉。新郎家迎亲的队伍走到村口，接连着放起震天的爆竹，随着村口爆竹声的响起，新娘家也点响了接应的爆竹，等到女方家的爆竹响起后，迎亲的队伍才能进村，家里的长辈出来把队伍引进家里，敬烟、喝茶，嗑瓜子、讲闲话，时间不早了，媒人开始催促，新娘家的长辈紧摇着手说，不急不急，天还没暗了，等到天色都黑下来了，媒人又开始催促，里屋的新娘，才在有经验嫂子的帮助下开始梳妆打扮，这时，母亲端进来一碗满满的饭，叫"离娘饭"，这离别的饭，新娘哪能吃得下去，早已泪流满面，母亲也哭了，父亲的眼睛也红了，这时，媒人又开始催了，新娘才勉强吃口饭，母亲松开了抓住女儿的手，新娘在七个小姐妹的陪同下，与长辈们打着招呼，眼泪汪汪地走上来迎亲的车。

最欢畅的时刻，是在新娘到新郎家村口点燃爆竹的时候，听到村口的爆竹声响，新郎家赶紧点燃接应的爆竹，刹那间二踢脚、鞭炮和烟花同时开花，新娘在一阵又一阵不间断的爆竹声中，在新郎的婶娘搀扶下走进大门，先在父母的床上坐坐，再到自己的新床上坐坐，婶娘端来团圆和荷包蛋，喂给两位新人吃，婶娘还要讲些夫妻和睦、百年好合等吉利的老话，这团圆和荷包蛋不能都吃掉，必须要剩下一部分留给父母吃，寓意在结婚后的生活中，每样好的东西都要留给父母，含有孝敬父母的意思。等到新舅舅背来的包袱扔到新床的角落后，喜宴就正式开始，在婚宴上，一对新人不停地敬烟敬酒，以示真诚的感谢之心。

喜宴结束已经很晚了，没有人想着要离开，有那么多的东西需要收拾，大人们在灯下继续忙碌，一场婚事就是那么的神奇，前前后后三五天的时间，四面八方的亲戚朋友都聚在一个大院子里，院子的大门敞开着，院子里面人影绰绰，行动和声音里都透着喜庆，认识和不认识的人们都格外亲切，熟悉和不熟悉的孩子都在一起玩耍跳跃，光与影里折射出来的都是欢畅和团聚。

以后我走出了村庄，那片耀眼的灯光也永远地留在身后了。

老屋记忆

从1998年买到镇上的商品房后，就很少回到农村的老屋里居住了，只留下婆婆一个人替我们守望着老屋，源源不断地给我们提供着新鲜的鸡鸭蛋和环保营养的时令蔬菜，把辛劳和寂寞独自承担。

平时回去，很想住下来，但老屋里没有儿子想要的电脑游戏，却有蚊虫的叮咬，虽然婆婆也很希望我们能一家人热热闹闹地住下来，但因心疼孙子，每一次到了晚上，就催促着我们回去，所以这么多年来，就很少住在老屋。今年，随着市里土地集约化的政策，要把农村的房子全部拆除，统一搬迁到安置小区集中居住，上半年已测量评估，估计很快要拆除了，一下子勾起了我对老屋的所有记忆，急切地想回到老屋住上几天。

八月中旬月圆的一天，我们一家回到了老屋，晚饭后，爱人问婆婆要蚊帐，婆婆说，你们那屋子我早就打过蚊虫药水了，我试过，一只蚊子都没有了。老人总是那么细心。爱人说，我们想在二楼的凉台上睡。婆婆说，不用，你们的房间也很凉快。我说，就搭床吧，好让你孙子体会一下在露天睡觉的感觉。我的心里有些感动，记得有一天，我偶然跟爱人说起小时候在露天乘凉睡觉的趣事，他竟然放在心上并已开始行动了，他总是这样，看起来粗枝大叶，实际上心细如发。

准备完毕，夜色已经笼罩乡村了，现在已没有人睡在露天了，周围很安静，偶尔有车辆在旁边的公路上穿过，开始天空很暗，慢慢地星星闪出来了，接着，越来越多，星星们密密麻麻地嵌在天宇中，天显得那么近。我和他们讲起小时候乘凉的故事，我喜欢枕着妈妈的大腿，爸爸拿着扇子，一边帮我拍打蚊子，一边给我讲好听的故事，还有流星飞过的惊喜。我们边讲边等流星，到半夜了，儿子等不到流星，忍受不住蚊子的叮咬，就回屋去睡了，只有爱人睡在我旁边，已是鼾声如雷，就在这个星星点灯的夜晚，我想起了许许多多关于老屋的故事。

老屋建于1988年，距今已有近25年的历史了，房子位于村子的后边，是座三上三下的砖瓦结构的两层楼房，房子的前边是用围墙围起来的水泥地大院子，院子的东西各有一个花坛，四季都盛开着各种颜色的鲜花。后边有两间辅房和一口水井以及婆婆常年侍弄的菜园子，那块菜地，有了婆婆对收获的憧憬和希冀，小菜园里婆婆翻弄的四五垄菜地，一年四季都是绿色的，由于栽种及时管理精心，各种蔬菜长得都特别地好，平时，婆婆都会洗干净分类放在保鲜袋里，让我带回去，每次回到老屋，都很喜欢走进婆婆的小菜园，欣赏着满眼的翠绿，一边帮婆婆收拾菜园，一边和她唠家常话。

这样的房子，与村上其他人家的房子没有什么两样，在一般人眼里很是平常，然后，对于从这里走出去的子孙，感觉就不是那么简单，房子上的一砖一瓦是熟悉的，院子中的一草一木是熟悉的，屋子里的一桌一椅是熟悉的。在这期间，老屋里发生过多少动人的故事，已说不清楚，婆婆的三个儿子都是在老屋里长大并成家立业的。听爱人讲，我公公1960年抗美援朝复原后，就和婆婆到新疆支边，直到1986年身患绝症，想自己能够老在故乡，并把骨灰葬在故乡的泥土里，就举家迁回了故乡，回到家乡不到两年，公公就永远地去了，刚刚建造了一半的老屋里只留下了婆婆和三个未成年的孩子，婆婆的大半生是伴着辛苦度过的，她很能吃苦，有坚韧的身体和要强的性格，除了务农外，还有一种摆摊做小生意的特殊谋生手段，婆婆早出晚归、风餐露宿，靠着这个小摊让三个儿子都风风光光地成家立业，直到个个从老屋搬出去，并都争着把老人家接去共享天伦之乐，但婆婆却不愿意离开老屋，说离不开那个各处都熟悉的老地方，是的，那老屋是婆婆大半生饱尝世事艰辛，拉扯儿女成家立业的见证，是一家人半忧半喜踏踏实实走到今天过上幸福生活的见证，它给婆婆带来太多的依恋和寄托。坚持一个人悉心固守着老院子和一天三次的炊烟，近些年，为了减少婆婆的辛苦，我们买回来现代化的炊具，但婆婆还是喜欢在土灶上生火做饭。

平时回到家里，我最喜欢在土灶下生火，能让我回到童年快乐的时光，婆婆怕炉膛的柴灰把我弄脏，嗔怪着不让我烧，但我全然不顾，无奈，老人家看到我回去，就把灶膛旁整理得干干净净，并把一小捆一小捆的柴火准备好，整齐地堆放在旁边。特别是到了冬天，灶肚里的硬柴刚燃尽后，可以往里面扔一两个山芋，用余灰把山芋覆盖住，此时人不能离开，需要极为殷勤地侍弄它，不然会烤焦，让柴火的余热使它慢慢变软、变黄、变香，直至山芋皮稍微有些焦黄，就可以拿出来，便有一股香喷喷的味道扑鼻而至，引得我来不及等它稍微变凉一些，就忍不住一边叫烫一边撕下皮，直往嘴里送，那股香味和暖流一下子充满整个身体，要多惬意就有多惬意。

就这样漫无边际地想着我的老屋，不知什么时候成群结队的鸟的鸣叫声在耳旁吵醒了我，看看身边爱人已起床，听见他和婆婆在院子里轻声讲话，婆婆已经做好早餐，并把洗好的衣服晾晒好了，老人家勤劳体贴，只要我们回来，总是想方设法给我们弄好吃的，而且什么事都不要我们去做。

婆婆对承载她大半生的老屋拆迁是很不舍和无奈的，她常对我们反复唠叨的一句话总是，没有了老屋就没有了根。终究有多少的无奈和不舍，政策使然，老屋最终会全部拆除的，我在心里承诺，婆婆，没有了老屋还有我们，你就是我们的根基，有我们相伴，你一定会很幸福的。

老屋的记忆，年复一年，永远是没有尽头的。

母亲的守望

路遥的长篇小说《平凡的世界》，每隔一段时间我都要拿出来细看，因为那里面的描述，几乎和我熟悉的父老乡亲，和我熟悉的田野和村庄没有两样，虽然我生活在江南最普通的村庄，和小说的原型相距甚远，但里面的灵与肉是如此的贴近。

十年前的深秋，一个在这世界上与我有最亲密血缘关系的人，生我养我的父亲永远地走了。那时，我才彻底读懂了“树欲静而风不止，子欲养而亲不待”的无奈，于是，在这几年间，时常回老屋去陪伴母亲是我们一家永远的风景。

母亲的眼里，父亲就是一座大山，是一座永远也不会倒塌的大山，是我们全家永远的依赖，感觉父亲就是一头任劳任怨的老黄牛，一辈子都是在辛勤的劳作里度过，即使是承受风霜雪雨也沉着坚定，纵然是遇到电闪雷鸣也依旧勇敢前行。突然地，父亲就无声地走了，走到了阴阳两隔的天堂，母亲眼里的大山一下子就坍塌了，消失了。母亲顷刻间就苍老了，却坚定地要住在老屋里守望着父亲，守望着他们那些年风雨同舟的生活。

每一次，看到母亲孤单地站在老屋门前的空地上，向外远眺等着我的那一刻，泪水禁不住溢满了眼眶。父亲已离世整整十年了，母亲的身旁已没有了父亲的陪伴，十年来，母亲都是一个人固守着老屋，静静地看着墙上镜框里的父亲，一个人细数着往事。我不知道，在母亲的生命里，一天天在老屋中守望着什么。

母亲的老屋前后是一块块四季常绿的菜园子，菜园子的边上栽种了数棵桃树和枣树，还种了一些不知名的花花草草，不远的前方是一片片的稻田。金黄色的秋天，阳光透过树梢的枝叶斑斑点点地洒落在母亲的身上，母亲安静地坐在屋前的菜园子旁，我在洗晒着母亲的衣被，爱人在忙着做母亲喜欢的饭菜，儿子陪伴在母亲的身边，一位历经岁月磨砺的老人脸上舒展的皱纹和喋喋不休的话语，一个半大小子帅帅的笑容和认真的应答，祖孙两个爽朗的笑声在秋天致远的上空飘荡着。而屋外的田野小路上，这一老一小牵手散步的身影，是对母亲过往时光最美好的诠释吧。

儿子在小学的整整六年间，母亲怕学校的伙食不好，每天的午饭都是亲自烧好步行送到学校去的，每次送饭时还不忘带上零用钱，怕孙子要买学习用品。这么多年来，母亲为他所做的一切，都已锲刻在儿子心里了，儿子现在已长成青春阳光的男子汉了，每次去外婆家，总会给外婆带上一盒牛奶或一些糕点，已经知道尽自己的努力来回报外婆了。如今，看着儿子和外婆这般浓浓的亲情，看着老人望着孙子高兴得合不拢的嘴，我知道，这是母亲最大的喜悦。

母亲的守望，在我童年的时候，是等待着我成长的期盼；在我求学的时候，是等待着我放学的饭菜；在我出嫁后，是等待我回家的身影。步步走来，尽是牵挂，如涓涓溪水般源源流淌，母亲满头的白发，母亲守望的身影，叫我如何报答。

熟悉的村庄，还有母亲慈祥柔和的笑脸，与秋天静美的阳光和清新的空气，竟然是如此的和谐，无须重墨华彩的描述，祥和幸福的气氛已悠然而至。这样的一刻，就是我最想要的，我知道，这辈子我欠得最多，能让我白欠的，不求回报的只有父母了，好好生活，善待父母，只有这样，等到有一天，生我养我的那两个人都走了时，就会少了许多遗憾。

一如时光的安稳和岁月的静好，村前的田野里是一片丰收的景象，一片片金灿灿的稻子笑弯了腰，伸手我就能触摸到稻谷上的温度，又能闻到一簇簇稻谷的幽香，这是个收获的季节，在这个季节里，我要敞开怀抱，伸出双手去收获这浓浓的亲情，收获大自然的一切美好。

攥住我的心，扯着我的肝，记着我的忧虑还有我的爱，母亲的守望，是我最幸福的向往。

阡陌田野的小花

风是季节的使者，它总是最先把换季的消息告诉我们，当拂面的春风润湿了人们在冬季里干涸的双唇时，染满了人们满身的诗意，在无限的春风中，春天来到了。

阳春三月，万物复苏，长在干枯枝条上的迎春花争先恐后地开放着，那一朵朵淡黄色娇嫩的小花瓣迫不及待地怒放着，甚是张扬，仿佛要把春的消息传递到每个人的眼里。

站在春天的田野间，醉人的春风带着雨水的润泽，和着田野间的花香和小溪畔的草滩，菜园和庄稼以及远处村庄房顶上的袅袅炊烟，一切都是那么的静美和谐。这一刻的春色，已经深深地锲刻在了我的心坎上，我那被光阴打磨已久的心绪，顷刻间结成了一片净土。

阳春三月，村庄旁的田野里已是一片绿色，青青的麦苗，已分蘖出新的叶片，牙尖上挂着亮莹莹的光彩，在温暖春光的抚摸下伸直了腰杆，舒枝展叶；金黄色的油菜花散发出浓郁的芳香，和着轻柔的春风，扑鼻而来的花香沁人心脾；小河边的柳树摇着婀娜的身姿，频频与田间劳作的乡亲讲着花语，阡陌交错的田野上开放着各色小花，白色的是荠菜花，淡紫色的是马兰头花，白色和黄色的绒绒球是蒲公英，还有一些不知名的小花，或一小片连着一小片，或零星的分布于绿色的野草之中，充满了勃勃的生机。

“野火烧不尽，春风吹又生”，千万年中，这些野花随着大自然季节的变化默默地生长，带着旷野的热情绽然开放，每一朵就是一个神话，如远古幽梦，慢慢地走近它，如走入了五彩斑斓的童话世界。

翠绿欲滴的蚕豆苗整齐地立在田埂旁，地上，一片片墨绿的马兰头上开满了淡紫色的小花，小花只有硬币般大小，多片花瓣，呈淡紫色，花瓣上精雕细琢着纤细的柔美的花纹，鹅黄色的花蕊镶嵌在花朵中央，弥漫着淡淡的芳香，煞是好看。花朵下面细而长的绿茎连着纤长的叶儿，在风中微微抖动，一丛花有几十朵，每朵花都精力充沛，不遗余力地怒放着，成片成片的，凑近些、再凑近些，用鼻子去闻闻，真的有花香呀，淡雅的幽香里透着清新的小资情调。

影片中，在夕阳的徐风中，那些逐风飘扬、漫天飞舞的蒲公英，铺天盖地的壮观场景，总是让我憧憬和感动，因为它的花语是“停不了的爱”。

那些爱的蒲公英，在我家乡田野的小路上到处都是，其属菊科类多年草本植物，基生叶莲座状。直根长，茎光滑中空。叶全缘、齿裂或深裂。头状花序，种子上有白色冠毛结成的绒球，花开后随风飘到新的地方孕育新生命，蒲公英的花中午开，早晨和傍晚不开放。乡亲们都叫它布谷英。慢慢地贴近它，吹一口气，飞舞起如细雨般的小伞，飘啊飘，朝着理想的方向，随着心的脚步，就在太阳升起的地方。那小小的、洁白的翎羽在风中舒展，在那飞翔的翅膀上，承载了我多少童年的纯真和梦想，还有远方朦朦胧胧的向往。

阡陌田野的身边，还有许许多多不知名的野花，有红色的团花，有蓝色的小星星花，还有白色的呈五角星状的花，挤成一团一簇，在春风的抚摸下，沐浴着阳光的滋润熠熠生辉，五彩的颜色里，透着安宁和喜悦，纯净如前世遗留的梦，那种细小不屈的生命力量，让人心生敬意，这是春天的使者，这是生命的图腾。

田野旁小河边的水很清，俯身下去，把人影照得清清楚楚，就像是三月的阳光在河面上挂了一面镜子，几片花瓣和叶落在河中，河面上激起了细微的涟漪，不想，这飘落的花瓣和细微的涟漪，竟能扰乱我那本已宁静的心绪。

我的手指轻触着它的花瓣，我的鼻子与它亲吻着，让它与我的灵魂能有片刻间的亲近和呢喃，我倾听到了来自泥土的声音，于是，我的呼吸潮湿起来。我知道，那开满田地间的野花和春风细雨的缠绵，是阳春三月故乡田野永远不能淡忘的诱惑，它永远躺在了我记忆里最柔软的地方，那是大地母亲的味道，浸润得我身心荡漾，我静静地依偎在它的身畔，就这样，安安心心地把自己放进了它的怀抱。

洒满黄金的田野

田野黄金，乃水稻也；水稻，乃粮食也；粮食乃天地之精华也。

想起水稻，想起了父辈对土地的恭敬，对粮食的尊重，如同想起了最挚爱的亲人。

很久以来，我的祖祖辈辈就居住在长江以南的一个鱼米之乡，当我像一粒种子生长在这片土地上，我的呼吸间，我的五脏六腑里，融合着泥土和稻谷的气息，我深深地眷恋上这一片洒满黄金的田野。

三月的暖阳下，母亲便嘱咐父亲搬来储藏稻种的小缸，从缸里取出一捧又一捧的种子，放在筛子里一粒粒地挑拣，轻轻地抚摸，温暖的阳光定格在母亲爱惜和珍视的脸上。种子就在母亲虔诚的祈祷中，沐浴着春风、阳光和布谷鸟的叫声，浸泡在家里那盛满清水的水缸中，直到它们开始发芽，父亲将它们从水中捞起，开始了一年的忙碌。

年复一年，目睹父母光着脚，走进泥泞的稻田，翻土、施肥、耙平、封埂，然后将一手手汗湿的稻种均匀地撒向稻田。十多天后，嫩绿的秧苗就长出来了，端午时，便到了插秧的季节。

插秧时，天空里布满了淘气的白云，经常烟雨蒙蒙，天刚亮时，整个村庄就热闹了，男女老少从各自的屋里冒出来，赤着双脚，说说笑笑地走向田野。

父亲挑着码得像宝塔似的秧把走到自家的田边，拿起秧把在天空中扔出一道美丽的弧线，秧把们就乖乖地排队站到在水田里等着的母亲身旁。母亲顺手拿起秧把，迅速把捆秧把的稻草拆开，一分为二，左手握住秧苗，用手指敏捷地将秧苗一株株分开，右手快速夹住，再往水里插去，在母亲移动过的水田里，嫩绿的秧苗一行行竖了起来，不久便让空旷的田野披上了整齐划一的绿色，父母用他们的汗水染绿了白晃晃的水田。

青青的秧苗，沐浴着阳光和雨露，漫长的萌动、放叶、拔节、抽穗和扬花等过程，每步都离不开父母的精心呵护，施肥、杀虫、除草、追肥，即使在成熟的夜晚，田埂旁，还有父母倾听风吹稻谷的脚步声。

夏季是水稻生长的主要季节，秧苗一个劲地生长着，在追过两道肥，拔过三遍草后，季节就入伏了。这时秧苗就长得更快了，不几天就有齐腰深，开始抽穗。那些谷穗，悄悄地就蹿了出来，刚开始如同刚怀孕的少妇般羞涩地把谷穗藏在宽大的叶子里面，慢慢地就显露出丰韵。这一切都逃不过时常在稻田旁转悠的父亲的双眼，父亲看到了饱满的谷穗，开心的笑意在脸上荡漾开来，跑田野的脚步就更加勤快，看着谷穗扬花灌浆，看着谷穗日渐饱满，日益沉甸，直至看着谷穗粒粒开始变得金黄，这时的父亲，每每走过稻田，都要扯下两粒稻谷，小心地剥开来，放在掌心里仔细观察，最后丢进嘴里咀嚼着，慢慢地黝黑沧桑的脸上布满了笑容。父亲知道稻谷干浆了，再晒上三五个秋天的太阳，稻子就完全成熟了。

有了像金子般成熟的稻田，秋天才能蕴含收获的喜庆。稻子一天天成熟，空气里弥漫着稻谷的香味，早晚时分，父母就开始收拾农具，把镰刀磨成了一弯明亮的新月。

开镰了，割稻的人们身躯起伏着，镰刀在稻谷里左右飞舞，金色的光芒在刀刃上闪烁着，在刀刃的舞动中，原来挺立的稻秆沙沙地躺下了，直到田野的尽头。稻谷上洒满了阳光的碎影，人们的心里就乐开了花，仿佛闻到了米饭的香甜。

宽大的晒场上，晒满了金色的稻谷，是的，那是真正黄金的颜色，是秋天丰收的主色调，稻谷在天高云淡的高空下，在温暖凉爽的秋风中，接受太阳最后的洗礼。

多少年来，我还清楚地记得，父亲临终的最后一段时间，正是稻谷金黄的季节。他常蹒跚着走在这金黄色的田埂上，像走在一幅金色的油画里，不时捧起一束谷穗仔细端详，口里喃喃着，脸上的每一道皱纹里都流淌着微笑。父亲一定在想，想这稻谷生命开始的嫩芽，想不久后村庄里收稻时的忙碌，想稻谷给人们的贡献，回家时带着满身稻谷的香气。他身子骨不行了，却叮嘱着我们，准备好收割用的镰刀、袋子等一系列事项。走入暮年的父亲，他就认准一个理，人活着就要吃五谷杂粮，粮食才是人生命中最宝贵的东西，那么，对待稻谷就要像对待神灵般的虔诚。

金黄的稻谷，生动地用叶片、谷穗和色彩托起了我们美丽的家园。我离开了村庄，离开了那片金子般的田野，但是，对水稻那份与生俱来的依恋和敬仰却从未改变，四季轮回，这种情感，随着年龄的增长，日益剧增。

婷婷袅袅的炊烟

每个人的心里都有那一抹乡愁，我心里最温暖的记忆恐怕就是村庄上空的炊烟，那些在黑色屋顶烟囱里冒出的炊烟，此起彼伏，绵绵不断，总会唤起我心底那份最柔软的感情，点燃一堆堆温馨的记忆。

小时候，我的村庄有近百户人家，五六百口人，那个时候，村里年轻人不像现在这样在外工作，除了在外求学，基本都在家务农，人口多了，村子里就生机勃勃。

有炊烟的地方就有家，一根炊烟代表一个家庭，由于家庭较多，每天，一根根婷婷袅袅的炊烟，就成了村庄永远的风景线。

最好看的炊烟，自然就是黄昏时分，家家户户做晚饭时屋顶上飘起的炊烟。此时，你若站在村口，把目光凝聚在全村，先是看到一根两根的炊烟飘上天空，慢慢地就多了起了，紧接着，全村近百户人家的屋顶上都飘起了炊烟，轻轻地飘逸着，旋转着，你中有我，我中有你，环绕盘旋在村庄的四周，来势汹汹，波澜壮阔，汇集在村庄的上空，那些婷婷袅袅飘起的炊烟里，散发出柴火香的气息和母亲在灶台上忙活后饭菜的香味，就是这些香味，引领着在村子里疯狂的我们走进自家的大门。

炊烟在夕阳余晖的映照下，淡淡地，散散地，从青黑色的屋顶上飘来，含情脉脉地看着村庄，顷刻间，整个村庄都笼罩在这温柔的烟雾里。一阵微风徐来，这些烟雾轻盈缥缈，慢慢地幻化成一团团雾霭，湿润润地缠绕在村庄的上方，幻化成一朵朵故乡的云。此情此景，用最诗化的词语都无法形容，因为这根根生机勃勃的炊烟，是村庄真实生命的写照。

炊烟升起的地方就是父母无私的爱。

我出嫁后，带着儿子回娘家的那一天，父母总会杀上一只自养的老母鸡，熬一锅鸡汤给我滋补身体。那时候没有现在用的燃气灶，都用柴火烧的土灶，父母家的灶台是用混凝土和砖头砌成的，烟筒用青砖垒起，近一米高顶端用了砖头支撑，既有利于烟雾散出，也能防雨水进入，从墙外老远就能看得见炊烟缭绕，很美的一种景象。灶台的中间镶嵌两口小铁锅，下面是对应的两个炉膛，炉膛里燃起木柴，鸡汤的香味慢慢地从铁锅里升腾，满屋的清香。这时，我家的门前只要有人走过，总是不自觉地深深吸口气，恨不得把鸡汤的香味都吸进肚子里去。邻居们打趣说，只要女儿回家，我家屋檐上飘起的炊烟都是香的，说笑着，我父母的脸上都乐开了花。

只是，随着时间的推移，后来就几乎看不见那些熟悉的炊烟袅袅升起的那种宏伟，有时候，在某个黄昏时分，我站在父母家的场地上，固执地向四周探望，偶尔还是能够看到炊烟，只是很少很少，只有一户或两户人家的屋顶上飘出的几缕青烟，很快就消失了，根本就没有以前村庄上空那数十根炊烟同时升起的壮观。如同大雁披着夕阳的光辉在头顶上掠过，划破了村庄的宁静后，就没了踪影。

是呀，那时烧的都是用柴火的土灶，家家户户的门前堆满了像小山似的柴垛，后来，这些土灶基本上被燃气的灶具替代了，只有极为少数几户还留着，也只是逢年过节时才使用，烧燃气的人家多了，村庄上空的炊烟自然就少了。

如今，父亲已不在了，母亲也苍老了，老屋和村庄都已经消失了，连同昔日那温暖的炊烟和父母的那份爱，再也无法找回，父母屋檐的炊烟只能永远定格在我的梦里。

面对农村城镇化的进步，面对村庄上空炊烟的慢慢消失，最后直至整个村庄的全部消失，我不知道是感到欣慰还是可惜，我只知道，以后的游子再也不会思念家乡的炊烟了，也不会再有我心中的这份思念和寄托。

蜿蜒流淌的小河

我村庄的东边是一条蜿蜒流淌的小河，小河的两旁是一片片开阔的田野，多少年来，这条小河年复一年唱着四季的歌谣，春天滋润了播种的颗颗种子，夏季疯狂了生长的片片农田，秋天收获了满满的果实，冬季捕捉了肥硕的鱼虾，唱响了村庄的四季牧歌，唱乐了乡亲们的笑脸。

在我的记忆里，这条小河没有名字，紧靠着我的村庄，自北向南缓缓地流淌，进出口有个闸口，连接着村外的大河，由于是内河又有闸口，即使是夏季的狂风暴雨，它也不会发怒，只是泛起微微的波浪。

听老一辈人讲，为了便于灌溉农田，村里组织壮劳力，向农田旁开通了一条条纵横交错的水渠，引进河水的滋润，田野里就有了丰收的喜悦。

由于小河与外面的活水河流通，管闸口的老农时常会根据情况调整水位，小河里的水位不是很高，阳春三月，小河经过一个冬天的沉寂后，河水清澈得可以清楚地看到鱼儿在杂草里穿行，可以看到河底的那些水草摇曳着的青苔，小河里的水绿得醉人，将河水注满了春色，春天的暖阳，唤醒了沉睡一个冬天的鱼虾，它们排着队在河里欢快地游荡着。

通往河边的沟渠，保证了庄稼对水的需要，同时，田野里丰富的资源又给河里的鱼虾提供了美味的食物，特别是在插秧后的季节，为了要保证秧田里的水量，经常要往秧田里灌水，所以那个时候沟渠里的水总是满满的，这些沟渠就成为我们小时候捕鱼的极好地方，那时候，我哥哥一天要弄湿几次衣裤，但总是有收获，等傍晚时父母收工回家，总能看到水桶里哥哥捕到的鱼虾。

河岸边长满了青草，远远望去一片绿色。小学的六年间，每个放学的午后，这里都有我割草的身影，为了补贴学费，家里养了小山羊和长毛兔，隔些时间剪了毛，卖到供销社去，这是家里一笔不小的收入。放学回家的第一件事，就是把小羊牵到河边，拴在河边的柳树上，自己便在附近割满一篮子嫩草，带回去给小兔子吃。河边高大的柳树，水里的小鱼和河岸旁的水渠，是我最好的陪伴。每天坐在河岸的草地上，看着小羊在旁边吃草，自己嘴里嚼着一种叫毛针的小植物，甜甜的、嫩嫩的，望着天空中的晚霞不愿离去，直到母亲急切的呼喊声从远方传来，天已经完全黑了下来。

夏天的黄昏了，晚霞徐徐升起，孩子们在河岸上追逐奔跑，在水中游泳嬉闹。等到忙碌一天的父亲们下河洗澡，母亲们在河岸上洗刷东西时，孩子们才安静下来。晚饭后，人们便三三两两地来到河岸边乘凉，我父亲总是赤裸着臂膀，肩上搭着一块毛巾，手里拿着一把蒲扇，给乡亲们讲述古代的水浒传、三侠五义等故事，宋江、包拯、展昭等一个个鲜活的形象，诱惑着乡亲们久久不愿离去。

小河最热闹的时候，要算是年前村里集体捕鱼的壮观了。年前的冬天，河水就算是不结冰也会刺骨般的寒冷，此时的鱼虾特别地肥美，冬天又是一个农闲的季节，故每到年前，村里就会挑一个晴朗的日子捕鱼，先是用水泵和管子把河里的水往外引，等到只有浅浅的一层水，能够看到河里的鱼虾在水里跳动翻滚时，村里的壮劳力就开始往河里撒网，分别站在河的两岸，拉起渔网往另一头跑，最后，用尽全部的力气把渔网拉上岸，此时，岸上的妇女们早就准备好了放鱼的大箩筐，争抢着把网里的鱼虾捉进筐里，等到这样往返着拉过几次后，河泥里边还有大鱼，此时，会水性的男人们，就会先喝上几口自家酿造的老白酒，暖暖身子，穿上皮衣皮裤，下到河底里去摸鱼，冬天的鱼比夏天好摸，在寒冷的水里不怎么游动，听凭着人们把它捉在手里往岸上扔。等到把河里的大鱼全部捉干净后，在村长的指挥下，按户数和人头大小分均匀后，就开始抓阄分鱼，家家户户扛着分到的鱼虾喜气洋洋地回家。

小河的水在身后缓缓流淌着，它带走了父亲的人生岁月，也带走了我无忧的童年时光。

常常会想念起那条小河，它委婉而曲折，清澈而美丽。

宁静方能致远，在忙忙碌碌的追求中珍藏起心里的那份宁静，我们的生活或许会更美。

夏 夜

“远远的街灯明了，好像是闪着无数的明星。天上的明星现了，好像是点着无数的街灯。我想那缥缈的空中，定然有美丽的街市。街市上陈列的一些物品，定然是世上没有的珍奇……”《天上的街市》这首诗，我在小学时就读过，郭沫若先生把满天繁星的夜晚，想象成是点着无数街灯的街市，把空中的流星想象成是牛郎织女提着灯笼在街上闲游，向人们展示了一方流水的恬静与安宁。

夏夜的宇宙，在浩瀚的银河中，温柔的月光如水般透彻，那银色的月光，祥和地泼洒在人们的身上，几颗大而璀璨的星星镶嵌在月亮的周围，仿佛是在提着灯笼巡视着人间的美景，仰望星空，思绪万千，我的心有了最美好的回忆。

二十世纪七八十年代，那时我童年的时候，我生活的家乡是江南一座美丽的小村庄。当时，由于农村生活的相对贫乏，村里还没有通电，电风扇和空调更是天方夜谭，夏天的晚上便成了村里人最为难熬的时光。

傍晚时分，家家户户都要用井水泼洒在大门前空旷的场地上，一会儿，暑气就会蒸发掉一些，就在那里放两张长凳上搁上一扇门板，把家里的小椅子搬出来，用井水把门板和椅子都擦一遍——在夏天，村里人都喜欢用井水擦拭东西，另外，井水还是那时候的天然冰箱，田里摘的瓜果和街上买的汽水都喜欢放在篮子里，用绳子吊在井水里，井水的清凉能使暑气望而却步，那种清凉的感觉，使人心生舒服。这门板，不仅仅是晚上乘凉的地方，还是每家晚饭的临时饭桌，夏日的晚饭一般都非常简单，不是凉面拌黄瓜丝，就是用中午的冷饭泡泡，偶尔母亲炒个鸡蛋，已经是额外的奢侈了。

吃好晚饭，家家户户的场地上，门板挨着门板，蒲扇摇着蒲扇，大人们互拉家常，小孩子先是在自家的门板上蹦跳疯狂，等聚齐了五六个小朋友，每个手里拿个玻璃瓶，一起到田野里去抓萤火虫。刚上学时，就听老师讲过一个关于萤火虫的故事：在晋朝时，有个小孩子酷爱读书，可家里贫困，连灯油也买不起，便捉来很多的萤火虫，装在一个玻璃瓶里，对着萤火虫发出的光亮读书学习，后来这孩子终成大器，不知道是因为这个故事还是萤火虫身上的光芒。这样的夜晚，我们特别喜欢拿个瓶子去捉萤火虫，夏夜的萤火虫到处都是，只有米粒般大小，长着一对小小的翅膀，昼伏夜出，池塘边、草丛里，闪耀着一片黄色的或紫色的光亮，上下翻飞，左右移动，那闪闪发光的物体，那把夏夜点缀得像童话世界的小生物，它们喜欢栖息于草丛中和植物的叶片上，对于萤火虫为什么会发光这个神奇的问题，大人们也不能给出正确的答案，直到长大后才知道，是因为它们身体里有一种叫作荧光素酶的化学物质与氧气发生作用，从而产生光亮，我们对着飞过来的萤火虫，用手轻轻一拍，萤火虫就会落到地上，轻轻捡起，放入玻璃瓶里，待到把玻璃瓶装满了，我们就胜利而归，踏踏实实地回到门板上听父亲讲故事。

玩累了，就乖乖地躺在门板上，头枕着母亲的大腿数着天上的星星，母亲用蒲扇帮我驱赶蚊虫，在我的记忆里，这样的蒲扇在村里很常见，是大家的必备之物，蒲扇成为夏夜不可缺失的物品，一把小小的蒲扇，为人们扇风去暑，驱赶蚊虫，无数个夏夜，母亲都是摇动蒲扇，哄我入睡，蒲扇呼呼啪啪的声音，每晚飘荡在我的耳边，亲切而温馨，记忆里，母亲几乎是通宵达旦地为我扇风驱蚊，就是睡着了也要下意识地拍几下，经常能听到她把自己的身上拍得啪啪直响，那是她只顾给我驱蚊而自己给蚊虫叮咬的缘故。这样的夏夜，母亲帮我驱蚊，父亲给我讲从收音机里听来的评书，《三国》《水浒》《杨家将》等，诸葛亮草船借箭、刘关张桃园三结义等，故事的来龙去脉，人物的传奇经历，经父亲绘声绘色的讲述，填充了我儿时头脑里的许多空白，也激发了我看书学习的热情，让夏夜多了许多情趣。清楚地记得，父亲指着天上的星空，给我讲的嫦娥奔月，吴刚伐桂的故事，多少次我在这样的故事里入梦，梦见自己变成了小白兔，蹦蹦跳跳就进了月亮，在浓郁的桂花香里，静静地躺在了嫦娥仙子的怀里。

蛙声是夏夜的主旋律，青蛙从晚上一直要叫到第二天的清晨，通常是通宵达旦地鸣叫，叫得欢畅嘹亮，此起彼伏，整个村庄淹没在一片蛙鸣的海洋里。虫鸣是伴奏，夏夜的昆虫繁多，有蟋蟀、蝈蝈、蚂蚱和知了等，睡梦中，除了蛙声，充耳的就是各式各样的虫鸣了，虽然分不清来自那种昆虫，但无处不在，除了蚊子苍蝇恼人的嗡嗡声外，其余的鸣叫声，在我听来都是自然界的天籁。

其实乡村的夏夜是最有诗意的，风轻云淡的夜空里的那轮明月是诗意，几颗流星伴着一弯弦月是诗意，萤火虫身上闪烁的光亮是诗意，蛙声虫鸣的天籁是诗意，母亲的蒲扇的呵护是诗意，父亲故事的浇灌更有诗意。

时光悄然流逝，璀璨的星空，轻柔的晚风，夏虫的鸣叫以及乘凉的门板等，这些渐行渐远的童年时光，已永远地躺在了我心灵的深处，成为最美好的回忆。

青粽飘香

时令已进入了农历五月，超市里的粽子忽然多了起来，这些形状不同、大小各异的粽子，唤起了我心中记忆，近些年来，粽子的商品价值越来越高，粽子的外观也空前地漂亮，但它们很难与我心中的粽子相比，因为记忆中的粽子总是带着母亲的味道。

粽子的香味在我的头脑里弥漫开来，香喷喷的糯米，一粒粒丝丝缕缕地纠缠在一起，紫红色的赤豆裹在米中，咬开粽子时会从里面露出来，用一支筷子对着粽肉插入，把粽子放在盛有红糖的碗中轻轻一转，然后将其高举过头，抬起头慢慢地咬，口舌生津，不腻不黏，香气沁人。

童年的端午节是没有忧伤的，总是能充满着纯真的欢乐，早上，兴致勃勃地跟着父亲把艾草一支支插进房檐，感觉很棒很特别，因为家家户户的房檐上都有这样的纪念，最热闹的还是我们这些孩子，手脖上都是母亲系上的一圈五彩线，嘴里吃着糯米粽子，还有煮熟的咸鸭蛋，村子上的端午节每年都是这样的。

在母亲还是黑发的日子，端午节的粽子都是母亲一只只包裹出来的，粽子外面的芦苇叶，家乡的池塘里到处都有，是父亲自己采摘的，采摘芦苇叶时要尽量找宽大的叶子，还不能把芦叶弄裂，五月的池塘边上一片碧绿，芦苇非常茂密，枝叶交叉相连，只见父亲赤着脚，把裤管挽得高高的，双手拉开密密麻麻的芦苇，小心翼翼地挑肥大的叶片摘下来，一片片码放整齐，在回去的路上，跟在父亲的身后，心里一直是美滋滋的，因为在我心里，这芦叶早已变成了粽子，裹满了白白的糯米和红红的赤豆。

母亲把芦叶仔细检查一遍后，洗净表面的尘土，放入开水中稍微煮一下，翠绿的芦叶变成了深绿色，经过煮烫的芦叶，会变得很柔韧，在包粽子时就不会裂开，母亲把煮烫好的芦叶放入冷水中浸泡，端来在脸盆里泡好的糯米和赤豆，拿来预先准备好的稻草，开始包粽子，只见，母亲在左手中铺开两三片芦叶，用右手拿起一把米，上下左右对折几下，扯过一根稻草系上，一个粽子就包好了。我在旁边看着，觉得母亲的手太神奇了，那么折几下，芦叶就能裹住糯米呢？母亲看着我煞是羡慕的眼神，每一年都手把手地教我，每一次都教得特别耐心，一遍遍地讲述着、演示着，尽管我也学习得很认真，但终因心手太笨，不是芦叶根本包不住米，就是虽然勉强包在一起了，但不是这里漏了，就是那里破了，一次次地浪费了很多的米粒和芦叶，直至现在都没有包出一个有棱有角，完完整整的粽子来，许是自己的孩子吧，尽管是这样，母亲也没有说过一句埋怨的言语，每每看着我在那里无头绪地忙乱，眼睛里流露出的尽是满满的爱意。

粽子终于包好了，父母就把它们放在家里土灶的大铁锅里，等吃过晚饭，开始煮粽子，小时候，总是不明白，粽子为什么要煮上整整一个晚上，每次要等到第二天早上才能吃，长大了，慢慢地悟出了一些道理，粽子里的米粒和赤豆都是生的，又被芦叶包裹着，父母整个晚上就要守在灶前煮粽子，直到我的眼皮开始打架，最后，我上床睡觉时，母亲还在往灶里添柴，粽子的香味就飘进我的梦境，第二天早上刚睁开眼，整个屋里都弥漫着粽子的香味，那时的粽子和咸鸭蛋真的是太好吃了，又甜又香，每回，吃得我肚子总是胀胀的。

后来，随着年岁的日渐增大，因为在书本上认识了屈原，心中就增添了无限的感慨，每年的端午节，油然伤感，总会想起这位伟大的爱国主义诗人，想起汨罗江上飘荡着诗人悲怆的魂魄，也就对粽子不再那么亲切了。但还是喜欢吃母亲包的粽子，好像是粽子上有母亲的味道一样，只是现在母亲全都是白发了，手上又患有疾病，再也不能包粽子了。虽然单位年年要发粽子，我从来都没有吃过一个，因为，这些粽子里再也找不到母亲的味道了，但每年还是要买把艾草放在门前，这是一种什么样的情愫我也说不清楚，应该是一种传承，一种祭奠吧。

中秋月圆

明月几时有？把酒问青天；
不知天上宫阙，今夕是何年。

中秋节，是月圆之夜凝望月光时饱满的情思；是思念远方母亲慈爱目光时流下的泪水；是凝望凋败残荷时眉间凝聚的哀愁；是端起茶杯后念念不忘的那一缕思绪；是亲朋好友团聚时那笑容里荡漾出的憧憬和美好。

中秋一词，最早见于《周礼》，根据我国古代历法，农历八月十五，在一年秋季的八月中旬，故称“中秋”，中秋节盛行始于宋朝，至明清时，已与元旦齐名，成为我国的主要节日之一，月亮成了这个节日独具象征意义的主角，月亮的圆成就了世人的圆。

人说月是故乡明，因含了深意，便格外不一样，而最美的圆月在中秋，因为月圆成全了家圆。举头望明月，低头思故乡，李白的这首诗醉倒了多少世人的心。有多少远离故乡的游子，中秋之夜在异土一个人静静地面对圆月，面对孤寂的自己，泪水洒落一地思念着故乡，思念着亲人。在这夜，酒到嘴边亦越显香醇，其间堆积着浓烈得化不开的思念，游子们就想在这样的月圆之夜喝酒，然后静静地沉醉，在梦里就能回到故乡，拥抱亲人。

今夜月圆，皎洁的月光如流水一般，透出了桂花树满地的疏影。月圆了，却忽然想流泪，杯里的热茶已渐渐失去了温度，仰望苍穹，在这无边的银河里，哪一颗星星是我亲爱父亲的化身？父亲已经离我而去，去得那么遥远，也许早已化为天上的星宿，我俩相隔的距离比银河还遥远。恍惚中，我从那蓝色的夜空中，看到了父亲慈爱的目光，正在亲切地看着我，顿时，洒在身上亮晶晶的月光，同我满脸的泪水一样闪烁，月光依旧，天地相隔，亲人难逢，思念竟成了这遥远的水中之月。

这样的静夜，这样静谧的月光，平日里很少去用心感受的许多往事也接连涌至，一些久远的记忆便慢慢浮上心头，记得小时候，总喜欢过中秋节，因为中秋节的晚上有月饼、菱角、苹果吃，到了中秋这一天，就一直盼着天黑，盼着月亮出来，等大人们祭好月亮，祭好灶王爷后，我们就可以吃拿下来的供品，那时候的月饼，没有好看的包装盒，只用一张白色的纸包裹起来，五个月饼叠在一起像圆柱体，正面贴着一张寓意吉祥的红纸，就是那样简陋包装的月饼，却特别甜，是豆沙的，甜甜的、油油的、香香的、酥酥的，那香滑可口的味道，随着牙齿的触碰，满口的香味扑鼻而来，吃完了，手里会有掉下来的酥渣渣，把每个手指头都舔过，还是香香的，那时候我就想着长大了要吃很多很多这样的月饼，现在，我已可以购买整个童年月饼的总和，但却找不到童年的食欲和渴望了，如今的我，再也不盼望中秋吃月饼了，一家人高高兴兴地在一起，其乐融融地吃顿团圆饭才是最重要的。

此时，拎一盒象征团圆的月饼，怀一份浓浓的忠孝情结，走进长辈们期盼的目光里，走进热乎乎的天伦之乐中，去延续流传千古的中秋神话，此刻，嫦娥姐姐的广寒宫还寂寞吗？我想她一定也为这人间的温暖，为芸芸众生的欢笑而月上眉头，喜上心头。

中秋月圆的期盼，是融入血脉，烙进肌肤了，一块块月饼，一杯杯浓酒，包裹着情感的方圆，酝酿着思念的芳醇。就在这月圆的晚上，焚一炷清香，将满腹的情思凝聚成世人的共同心愿，“但愿人长久，千里共婵娟”！

春节的味道

“爆竹声中一岁除，春风送暖入屠苏，千门万户曈曈日，总把新桃换旧符”。宋代大诗人王安石的这首诗确实是恰到好处地渲染出了春节的气氛，家家张灯结彩，人人欢天喜地，在连绵不断的爆竹声中，春节的味道越发尽显。

直至现在，我的潜意识里，只有到了春节才是真正的过年，因为只有到了那时，总能给我们农村小孩带来许多平时得不到的东西，一年到头难以添置的新衣新鞋，垂涎欲滴的大鱼大肉等。那时，过大年，穿新衣，放鞭炮，踩高跷是所有孩子对春节的期盼。

春节的味道是甜甜的、暖暖的：记忆里，从腊月初八，喝了母亲用糯米、红枣、莲子等加上红糖熬成的八宝粥后，春节的味道就开始充满我家三间低矮的平房。腊月二十四，掸尘扫房子，是我们全家最忙的一天，因为这一天的扫尘有着“除陈布新”的含义，故父母都格外的重视。打扫完角角落落的卫生后，我和哥就一起给大门和墙壁上贴上春联和年画，通常是《五谷丰登》《福禄寿》等经典的大红春联和彩色年画。腊月二十六蒸包子和做年糕，腊月二十八搭油锅炸丸子。腊月三十吃好年夜饭后再搓团圆炒瓜子。年三十等父母忙完了，母亲把她亲手缝制的新衣裤、新鞋袜都小心翼翼地整理好，轻轻地放在我的床头，那时，母亲的脸上总是洋溢着朝阳般和煦的笑容，像迎春花般的尽显温暖。父亲则会根据年景的好坏在我和哥的枕头下塞上几张用红纸包着的零碎压岁钱，钱不多但很沉重，那钱所承载的情感，是父母对儿女深深的爱意和希冀，可惜，那时的我还不懂这些感情，只知道，第二天拿着这些钱屁颠屁颠地跟在哥哥的身后，跑到街上的小卖部买上几盒盼望已久的最简单的小花炮，一路上噼噼啪啪地放回家。

春节的味道是红红火火、热闹和谐的：春节的主色调是大红，红对联红灯笼红炮仗还有红衣服，亮丽的中国红营造出了春节喜庆的味道。春节是要闹的，闹得越热闹越好，那时的正月初一，是同一个村子的人们相互拜年的日子，一大早，等大人们放好开门炮仗，合家吃完团圆后，小辈们便穿上最漂亮的新衣服，成群结队地到村里的每一家去拜年，长辈们则在家里准备好香烟、糖果、花生等待客的茶水和食品。一支支的香烟往外塞，一把把的糖果花生往外捧，不要也给，硬是往衣袋里塞，平日里农民的小家子气荡然无存，一年中邻里难免有的磕磕碰碰、口角纷争，在这一天的拜年中烟消云散，整个村子，处处荡漾着热闹和谐的味道。

只是如今春节的味道没有以前那样的浓郁了，随着家庭经济的日渐好转，添置新衣服已变得容易了，过年时，孩子们穿在身上却没有我们那时的兴奋，因为这些衣服在现在的孩子眼里已不再是一件难得的东西。面对餐桌上的大块鱼肉孩子们不会再狼吞虎咽了，因为他们早已吃腻了。花花绿绿的各类糖果代替了妈妈大年夜炒的南瓜子。

尽管如此，除夕这一夜，我还是要坚持和爱人带着儿子一起看春晚守岁的。在守岁的嘀嗒声里，感恩祖国，祖国的崛起和强大，给我们创造了幸福生活的广阔空间；感恩命运，给了我一方最平淡的人间烟火，滋润了我们“执子之手，与子偕老”的幸福味道；感恩生活，让我懂得了知足常乐，时刻拥有一颗感恩的心去回馈社会。

就在此刻，当春节来临之际，让我们一起敲响希望的钟声，在心中祈祷吧，让大家看不到失败，叫成功永远在；让世界找不到黑暗，幸福像花儿开放！

元宵节的火把

元宵节是新年后的第一个月圆之日，也称上元节，又称灯节，在一元复始、大地回春的节日夜晚，天上明月高悬，地上彩灯万盏，人们观灯、猜谜，吃元宵，合家团圆，其乐融融。

在我的家乡，只有过完了元宵节才算是真正地过完了新年。

与现在的元宵节相比，我喜欢小时候在元宵节的晚上，跟在爸爸和哥哥身后边，扛着火把，到自家田里去照田财的感觉，真的是让我无比的兴奋和快乐，田野里遍地的火光照亮了我的整个童年，那时的火光现已永远地亮在了我的记忆里。总觉得那时的夜晚要比现在宁静，挂在夜空中的月亮和星星要比现在圆又亮。

记忆中的元宵节，是我们村里孩子最快乐、最热闹的节日，家乡的村庄并不大，但田野的四周河道弯弯，风景特别地美丽。刚过完了年，离元宵节还有两三天时，家家户户就开始磨面粉、黄豆和芝麻，剁肉馅和菜馅。妈妈包的汤圆很圆很圆，里面的馅虽然只有两三种，那时汤圆的馅，甜的只有芝麻和豆沙两种，咸的只是在野菜里裹上一点点猪肉馅。元宵节的傍晚，妈妈总会在自己的米酒酿汁里煮汤圆，只见快熟的汤圆漂在大铁锅里，妈妈轻轻地用木铲一拨，整锅的汤圆就在锅里打着旋儿转动，甚是好看，酒酿的香味随着汤圆的沸腾四溢出来，引得我和哥站在铁锅旁用舌头舔着嘴巴，那个馋呀，我俩的心扑通扑通地跳动到了嗓子眼里，我们知道，尽情享受美食的时候快到了。

吃妈妈自煮的酒酿汤圆只是我童年元宵节的序幕，最高兴的是元宵夜晚到自家的地里去照田财。吃完了酒酿汤圆，揉着鼓鼓囊囊的肚子，看着靠在墙外爸爸给我们扎好的照田财的火把，一颗痒痒的心早已飞向了四周的田野，等待着黑夜的降临，盼望着天上星空的闪烁。现在想想，这种照田财的火把做起来其实是很简单的，那是爸爸用一根向日葵的秆子削平后，在细的那头绑上一捆能燃烧的干柴，只要用铅丝绕上三五圈，干柴就被牢牢地绑在了向日葵杆子上了。这种干柴，一般是晒干后黄豆秸秆和稻柴的混合物，一则是干稻柴很容易燃烧，二则是黄豆秸秆燃烧时的噼啪声，寓意着一年的丰收和吉祥。爸爸把火把扎好后，再喊上我和哥抱上一把把的黄豆秸秆和稻柴到自家的农田里，指挥我俩用这些干柴在田里堆成一座小山，这一切的工作，都是为了等天空完全黑下来，到田里去照田财准备的。

夜幕降临，村里所有的孩子们都扛着火把，紧跟在自己爸爸的身后，连蹦带跳地涌向自家的田地，不知是哪家最先点燃了火把，我和哥跳着脚催爸爸帮我们点燃火把，火把一着，我俩就扛着各自的火把飞快地把田里的每一个角落都走过，边走边唱：“正月十五照田财，田财娘娘到我家里来……”当时只管唱着，也不知是什么意思，现在想想应该是祈盼丰收的意思吧。爸爸看着我们的火把走完了田里的每一个角落后，就开始点燃田野中间的那堆小山似的干柴堆，这时，只见整个田野间一个一个的火把在跳动，稻柴引燃了秸秆后，噼噼啪啪的火光引爆了整个田野，不绝于耳的噼啪声此起彼伏，飘荡在整个夜空，打破了田野的宁静。此时，夜月如明镜高悬，星星在不停地闪烁着，一堆堆的篝火与明月交相辉映，把夜晚装点得如童话般的美丽。我们就在田野里奔跑着，追逐着。刚下过雪的麦田里泥烂滑脚，照完田财回家，我和哥都是满身满脸的泥巴。

为了过年的圆满，照好了田财回到家后，大人们又一次放响了新年的爆竹，人们的欢喜将随着整夜的爆竹怒放，向新年作最后的祝福，正月里闹新春，元宵节一过，就算过完新年了，虽然这一晚睡得特别晚，但在整夜的爆竹声中我们睡得格外地香甜，因为过了今晚，大人和小孩都要把心收回来，大人们要开始一年的劳动，小孩们要背着书包走进学校，带着父母亲的希望，开始新学期的读书。

心中的温暖

当晨曦初露，站在村旁的杨树林里眺望，白墙、黑瓦、炊烟与晨曦交相辉映，整个村庄似幅油画般美丽。鸟叫声、山羊的叫声、大黄狗的吠叫声以及公鸡的啼鸣声，预示着新的一天的开始，宁静的村庄开始沸腾起来。

土地承包到户前，生产队是农村最基本的单位，只要哨子声吹响，村民们就彼此吆喝着赶向田地，常听父母讲述，由于爷爷奶奶故去得早，在襁褓中的我，总要在出工前送到村里的一位阿婆家去照看，与他们家的小孙子同睡一个摇篮，一年到头不要一分钱，偶尔父母摘几只自留地里种的瓜果带过去表示感谢，也是执意不肯收下。虽然在襁褓里的我还没有记忆，但现在的我能够清晰地想象到，一个小脚老太太同时照看两个襁褓里小孩的那份辛苦。

土地承包到户后，村庄里的乡亲们也是和睦相处，互相帮助，农忙时候，哪家的田地都不是孤立的，哪家的秧苗还没插好，哪家的稻谷还没抢收，大家相互叮嘱，吆喝着一行行地插秧，一丘丘地收割，一担担地挑回，谁也不愿意看到谁家的粮食烂在田地里。

田地汇集了人心，显示了同一村庄人是一个命运共同体的集体的力量。

夏日的午后，每家每户都要把啤酒、汽水、瓜果等解暑的东西，放在篮子里用绳子吊到井下的水里边凉爽，待到晚饭时享用，此时，谁走过若是口渴了，只要把篮子拉起来，拿走一个香瓜或一瓶汽水，哪家都认为是理所当然的事情。夏日的晚饭，没有一家是在家里吃的，大家都把桌椅搬到自家外的场地上，三三两两围坐在一起，喝上半碗用糯米自酿的米酒，品丰收，品喜悦、品真情，谈笑间感到往后的日子越来越红火。

这种感觉，让人温暖，让人感动。

忘不了在父亲快要离世的那段时间，由于病痛的折磨，父亲已骨瘦如柴，腹大如鼓，进食艰难。这段阴霾日子里，每天村里的人你来我往，进进出出看望父亲，陪伴父亲，好多人看了一次看二次，看了两次看三次，每天都陪伴在父亲的身旁，同他家常里外，村里村外地有讲不完的话，堂屋的柜子上，摆满了乡亲们送来的营养物品和水果罐头。那时近四十岁的我，第一次知道了无能为力和无可奈何这两个词的真实含义。父亲离世后，又是我的父老乡亲主动相帮着，按照传统的习俗料理完父亲的后事，那段日子里，泪水与感激时常模糊着我的双眼。

时间进了又进，村庄退了又退，最后，终于在繁华中失去了历史，消失得无影无踪，村庄只能成为我心中永远的写意，从钢筋水泥的都市到散发着泥土芬芬的村庄，有些脚步匆匆忙忙。我怕，也许忘了村庄昔日的样子，忘了村庄熟悉的声音，分不清村庄在时空变迁里，曾经真切又清晰的轮廓，趁我还有记忆的时候，在夜深人静时疯狂滋长的乡愁里，用文字记录下我与村庄、故土，乡情交融在一起的感觉，便是足够的温暖。

心灵之约

XINLING ZHI YUE

爱的约定

我的爱，我的爱是你，我的文字，只是这些年有些把你给冷落了，我知道，你已经失望地淡忘了我，我也知道你还是会需要我，还是在乎我的，因为，只有你能明白我是那样地深深爱你，只是如今的生活太过甜美，我真的不知道该如何让你与我一起分享，因为你总是如此的忧郁、如此的伤感，无论是把你揉成散文的形状还是捏成诗歌的模样，你却总是那么的彷徨失落。难道我是真的懒散到了不知道如何用文字来记录心中所涌动着的东西了吗？就这样任凭自己一天天地和你生疏，但心中对你的爱却一次次地在黑暗中把我惊醒，随之而来是满心的失落，我知道如果真的丢失了你，我的人生就不会圆满。我现在正在尝试着小心翼翼地把你重新拾起，在夜深人静时泡杯浓浓的香茶等你，随意翻开一本书静静地读你，就这样与你相恋相爱，和你紧紧依偎，让你体会到从来没有过的幸福与快乐，真的希望我能够把你轻轻地淡淡地描绘出来，是的，只要淡淡的就好！

亦是爱，我爱的是你，也许世界上只有你能给我的，没有恋爱没有承诺，有的是婚后二十余年来的忠贞和守候，让我看见了一幅你精心修饰的春天，还有一轮艳丽的太阳。这些年来，在你的包庇和纵容之下，我理所当然地成为你身体里的寄生虫，每天依赖你给我的养分来呼吸，依赖你给我的撒娇舞台来生存，依赖你永远把我当成一个长不大的孩子来看。这么多年来，没有任何的理由，我们那爱的天平已高高地翘在了我的那头，我需要你就像人活着需要空气一样地自然。你的付出与我的给予从来就没有成为正比，你对于我的好与坏，错与对都通通地打包全收，挂在脸上的总是满满的笑意，真是你的宽容和担当。我看到了被你一笔一画勾画的日子，超出了结婚时我所有的期盼，我早已经懂得这辈子能够遇见你是上帝对我最大的恩赐，能够把自己托付给你是我做得最正确的决定，我祈求在余下的日子里我俩拥着同样的深情，不紧不慢地朝着同一个未来走去，就这样一起慢慢变老！

还是爱，我那样珍爱的你，我的生命延续，儿子，你的第一声啼哭便凝聚了我与你父亲所拥有的那份真情。我把整颗心整世的爱都给了你，只知道紧紧地守护你、细心地呵护你，傻傻地对你的未来也不曾有一个明确的目的，如今，已是青春年华的你，是那样地阳光和洒脱，我不会牵引你，也不想左右你，只希望你有着父亲那样的宽容和担当，有着母亲那样的深情，懂得回报和感恩，就这样许你一缕春风，许你一份甜美，许你一个水到渠成的未来。

今夜的灯下，望着因一天的疲劳而早已熟睡的你，感受着你不再年轻的脸和星星点点的白发，我知道，你目光所涉及的地方便是我的温暖，我懂得，你在我的世界里种满了灿烂的向日葵，我要用细碎的光阴写下爱的约定，纪念此生与你有关的记忆和无与伦比的美丽，即便我们终老的那一天，在这个世界上，还有一种东西在诠释着我们的爱，那就是文字，从此，我的文字就有了足够的温暖。

为什么我的眼角常含着热泪，因为这片多情的土地上有我深爱的人们。

父亲，一本厚重的教科书

快父亲节了，在相册里翻出一张父亲当兵时的二寸半身彩色照片，照片由于时间的原因部分已经发黄，但父亲的脸庞依然清晰，那端正的红五星军帽，深邃的双眼，微微上翘的嘴角，整个脸部表情依然是那么严肃端庄。

父亲，你知道吗？世上最最无奈和悲哀的礼物，莫过于想送出去，可再也找不到接受礼物的那个人了。

“父亲”这个让我曾经每天叫了三十七年的称谓，却在2004年11月14日中午，戛然而止，从此，在我的人生旅途中，“父亲”这一词汇便被岁月风干成了永恒的回忆与伤痛。整整十年的岁月，永远模糊不了父亲朗朗的笑语，永远挥之不去父亲劳作的背影，永远磨灭不了我对父亲的深深思念，岁月的河流永远承载着父亲对我们的一种牵挂，一种希冀，潺潺的流水永远清晰着父亲的熟悉身影和声声叮咛。

在我的记忆中，父亲挺着的脊梁，一直是一棵长青的生命树，在我生命的童话里，父亲给了我五彩斑斓的幻想；在我生命的成长里，父亲给了我脚踏实地的引导；在我秋天的收获里，父亲给了我春华秋实的成熟；在我生命的储藏里，父亲给了我平心静气的沉思。父亲，是我生命中一本厚重的教科书，让我有学不完的知识，从身体到心灵，我真挚地感受到了父爱的伟大，他如同一棵蒲公英，时时散发出淡淡的芳香，飘散在我成长的天空。

父亲是个有过七年军龄的武警兵，由于家境的贫穷，没有上过一天的学，他的所有读书识字的本领，都是在部队里学会的，父亲在部队这所大学校里，学到了他一辈子享用不完的知识和吃苦耐劳、助人为乐的高尚品德，这七年的部队生涯是父亲一辈子的骄傲和财富。后来，父亲分配到镇上的轧钢厂工作，当时我们这里已经分田到户，白天上班，下班后还要耕种几亩责任农田，那时，清晨当窗外一丝曙光透进屋内，在蒙胧中就听见一阵窸窸窣窣的穿衣声，父亲起床了，担心影响我们的休息，在黑暗里悄然穿衣。就在那时起，父亲劳作的一天开始了。作为农民，父亲精心侍弄他的土地，就像年轻的母亲呵护自己的婴儿一样，平地、翻地，播种、浇水、施肥、除草、收割……每一样工作都做得那么细致。父亲说“土地是有情的，你付出多少它就回报多少，它总是不会让人落空的……”一年的庄稼二年的苦，父亲的精心侍弄得到了土地厚重的回报，我家年年丰收，望着满仓的粮食，我从父亲的脸上读到了“勤劳、回报”的字样。

父亲是一位乐于助人的人，村里谁家盖房，谁家红白喜事，谁家就有父亲的身影，农忙时，自己地里的活做完了，父亲就会带着妈妈奔向他人的田里，帮助那些还未收完庄稼的人家。田间地头，都有父亲的身影，那洒脱的手臂、铿锵的步子。只见种子如天女散花似的落入土里。那身姿，那手臂，那种子，犹如春后整齐的秧苗，在生活的路上，父亲他撒出的不仅仅是种子，而是自己人生的一条美丽的弧线，从那时起，我懂得了这弧线的内涵，如天边美丽的彩虹，这是大自然抛向人间的优美弧线。

我的记忆里，父亲是终年忙碌的，每天都是日出而出，日落而归，工厂、田埂、地头……皆有他的身影；在我的记忆里，父亲是那么的有才能，虽然没有上过任何的专业学校，但工厂的工作和村里的农活，在我们当地都是屈指可数的；在我的记忆里，父亲又是幸福的，因为父亲的勤劳得到了村里老老少少的尊敬。

多少年来，我在父亲的深爱中徜徉，多少年来，我在父亲质朴的教导下成长，多少年来，我在父亲这本厚重的教科书里获取知识，多少年来……不知何时，我的脸上，已经满满的都是泪水，望着照片中年轻英俊的父亲，沉浸在思念的伤痛里，感受着从照片深处传来的父亲的漾漾暖意。

记得父亲六十岁那年，从工厂退休了，我和哥也相继从学校毕业，进了当地的工厂上班，家里的经济相对宽松了，那时，我家已经建造起了一座两层的小楼房，父亲依旧每天侍弄着他的土地，但每天下午能有时间去镇里的书场听上半天的苏州评书。听完了，吃上一碗小馄饨，买一些晚上的菜，回到家中做好晚饭，等我和哥下班回家吃晚饭。后来，父亲的小孙女和外甥出生的十多年时间，是父亲一辈子最幸福的日子，舒心的笑容都融化在他满脸的皱纹里，多么希望这样快乐的生活能够每天都继续下去，一刻都不要终止。可是，2004年7月的一个下午，母亲打电话给我，说最近一段时间父亲在做饭时老是咳嗽，我搁下电话就带着父亲到镇医院去检查，各项烦琐的检查后，医生给我的一张诊断书上一句话是“肝癌肺转移”。看着这无情的五个字，我像是万丈高楼失脚，扬子江心断缆崩舟一样，惊得目瞪口呆，这是不可能的，以前没有一点点的预兆，再次把父亲送到市里最好的医院，还是这五个字的结论。从那天起，就开始了父亲漫漫的求医路……殊不知肝癌晚期已经扩散，再先进的医术也是回天无力了，不到三个月，父亲已骨瘦如柴，腹大如鼓，进食艰难，父亲在弥留之际，努力睁开眼睛，幽幽地望着我们，虽没有一句话，但在他那眼神中我读出了他对我们的留恋与希望，我使劲点点头，泪流如涌……

父亲以他的弧线圆满了他的生涯。人生能有几度春，岁月无情催人老。夜风弹琴，云烟漠漠，一缕青烟浅浅上升，我与我的父亲迢迢地隔了千里、万里……

雁过长空，雁无遗踪之意，影沉寒风，水无沉影之心。十余年来，这份沉甸甸的怀念，一直压在我心怀，父亲，您是我生命里一本厚重的教科书；父亲，您是我人生旅途中的永恒怀念，迄今，我的掌心依然留着您的温暖。

父亲，我想你了

过几天就是清明节了，这是个属于父亲的节日。已经是第三个节日了，每年的这个时候，我都会来到父亲的坟头看他，用双手捧起那一把把的泥土，我不知道，我捧着这些泥土究竟要干什么？我只是麻木地把这一把把的泥土捧上父亲的坟头，然后任凭我那满眼满脸的泪水淋湿了手上的这泥土。我只知道，那个呵护了我近四十年的人，就这样永远地睡在了眼前的这堆黄土里。此时，任何言语都是苍白无力，没有经历过这种生死离别的人是根本无法理解一颗几近破碎的心，那种撕心裂肺的痛唯有我才能体会，唯有我必须承受。

那些没有父亲的日子里，我的灵魂像疯了似的四处乱窜，看着幸福慢慢地撕成碎片，看到幸福破碎的痕迹，才知道这辈子我已不可能再有酣畅淋漓的幸福了。读了这么多年的书，也写过一些怀感伤情的文章，然后每次写到父亲却感无从下手，千头万绪，却总是理不成一条线，写了这么多年，真的好难，有的只是阵阵的酸楚，阵阵的痛彻。

经常在无人的时候自己一个人偷偷抹眼泪，有时明明知道自己已经是筋疲力尽，但还会选择这样的继续，毕竟父亲是这个世界上最爱最疼最懂我的人，毕竟是他把爱全给了我，毕竟是他把整个世界都给了我，在我的眼里，父亲既严厉又慈爱；既勤劳又节俭；既热情又忠厚。从小到大，父亲一直以特有的方式爱着我，很少用语言表达自己的感情，总是默默地守护我，他对我的工作生活百分之百地放心，对我的感情婚姻百分之百地放心，唯一不放心的是我的身体，直到要去的那一天，念念不忘的还是我的身体。我是看着父亲走的，看着他眼睛的光泽慢慢暗淡，看着他咽下对人世不愿放弃的最后一丝眷恋，带着两行泪水走了，把他所有的一切都随三年前的那一场葬礼一起埋进了泥土，接着就被永远地镶在墙上的相框里，让我再也触摸不到。那个黑暗可恶的相框该是什么？生死离别？生命的短暂？还是人生的不稳定？看着相框里的父亲，我很无助，真的很无助，我只知道，从那时开始美好的日子全都镶成了回忆。

晓风残月，风絮梅雨。凄凄淡淡的声音仿佛是父亲从悠远的天际传来，是他在呼唤令他牵肠挂肚的亲人的名字吗？是他在以温和的言语关心着我们吗？是他在天上的云朵上断断续续地念着我们吗？还是这一切都是我那痴痴傻傻的幻想，父亲，你知道吗，我想你了，我只要仰望白云的时候，能清晰地想象到你的身影就足够了，而我现在唯一能够做到的就是延续你的方式去珍爱生命，坚守道德，我一直是这样努力的。

想起父亲，我就知道要多孝顺母亲，让他安心让我也安心；想起父亲，我就明白，其实做父母的是只管真心播种不问是否有收获地无悔付出。过去的，我将伤痛珍藏，将怀念化作父亲坟头的几株花草，年年盛开，年年守候，若世界真有轮回，再见到父亲时，我绝不让自己留下一点点的遗憾。

花海·心语

生活里，有些欣喜总是在不经意间闯入你的心扉。

一片花海，黄蜂采蜜，化蝶飞舞；一处风景，入眼明媚，入心荡漾。

幸运的是，在五月这个花香四溢的季节，我得到了这样的欣喜，一群文友，收拾好心情，抛弃世俗纷扰，带着一颗素净的心与花海约会。

站在花田间，蓝天白云，春风拂面，周围重重叠叠的花海浩瀚，扑面而来，这片多彩的、艳丽的花海，开得张扬而喜庆，暖暖地扯着裙角与我缠绕，轻轻地向我诉说，快乐飘扬，容我想念，容我思索。

在这样的良辰，有朋友相伴，与梦一样的风景相遇，舞蹈着，快乐着，这般深情，只有这片明媚的花海可收。

抬眼望去，多彩的波浪蔓延而来，面对这片云锦般的花海，还是忍不住拿起手机拍照，却不知道用怎样的光影把这汹涌而至的色彩表达清楚，那种明媚，那种艳丽，那种密不透风的怒放。

这样的花海，倾情绽放，这样的花语，让我的心中拥有一片花田，与温暖相伴，每一天都这么美好，细碎而充实，那些美妙的光阴有了花朵的相伴，安静又从容，分外值得珍惜，分外舍不得离开。

蹲下身子，捻着花瓣，把那些化不开的心事铺在浓浓的花田里，近处，那些紫色的薰衣草，万般柔情，自在清澈。远处，同学情，友人意，那些深处的记忆，不再留白。远近相安间，那双眸子，那份懂得，那些默契，顷刻间就有了最好的答案。

一段时光，如溪水般清澈，能够遇见真好，像眼前的花海般安然；一些文字，可刻在心里，不怕记忆遥远，任凭岁月疯狂，花海里的相遇，红酒下的熏陶，撞得身心荡漾。

是否多年以后，念念不忘中，心里仍然储藏着这片花海和这杯美酒。

流年远去

刚刚还在想，许是迎接儿童节吧，老天也背离了天气预报，原本是大暴雨的天气，竟然出现了太阳。可傍晚时分，我刚开始敲打这篇文字时，窗外还是传来了几滴的雨声，就像现在的我，想好了要在嬉戏中写些童年快乐的文字，没想到，坐在电脑前，反复听着罗大佑《光阴的故事》，随之而来的却是满心的忧郁和感怀。

童年，是妈妈在日落黄昏时，呼唤我回家时的乳名，那逢年过节时的新花衣，是妈妈一针一线缝出的锦绣，故乡绿色的旷野，是我蹦蹦跳跳长大的摇篮；童年，是爸爸日出晨光里，送我上学的目光，那彩色封面里的新书本，是爸爸一砖一瓦垒起的希望，学校明亮的教室，是我踏踏实实读书的殿堂。

上述的这段文字，是我昨晚准备为儿童节写下诗歌的前半部分，可后续的，脱离了儿童节原本快乐无忧的格调，故这首诗以失败告终。

但总觉得，在儿童节时应该写些文字，故在这种情愫的牵引下，开始换一种体裁继续。

光阴似箭，日月如梭。这是在学校写作文时经常用到的一句话，在那强烈期待长大的年龄，写出这句话是多么的快乐，可如今回过头来，再写这句话时，却是无穷无尽的感慨。

岁月如流觞，时光如流水般在指尖流过，不经意间，蓦然发现，岁月，已经在身后留下了一串串很长很长的深深浅浅的脚印，原来，在身后流淌过的，已然是属于近五十年的记忆。

突然开始怀念童年，是的，童年时那个稚嫩的我，总以为属相是每年可以换一个的；总以为胸前的红领巾真的是烈士鲜血染红的；总以为电影里的演员是真的死了；总以为外国人全都像日本鬼子一样可恨……那时的我，总用一双充满纯真的眼神，看着周围的世界，但是，却有许许多多的记忆是模糊的。

不管是否愿意，岁月执着的牵引我继续前行，在学校时，我就只喜欢文字，用我幼稚的文笔，用不很流畅的线条，勾勒出学校生活的点点滴滴，以至于我的作文能够持续地挂在校园的黑板报上，但理科却学得一塌糊涂，老师怕我因偏科而考不上高等学校，用心良苦地让我做化学课代表，想以此来激发我学习理科的决心，无奈没有一点点的效果。

也许从那时起，就注定了我与文字的结缘，注定了光鲜欢畅的外表下却藏着一颗似乎沧桑的心。我喜欢文字，喜欢那文人骚客出口成才的傲世情怀，喜欢那如诗如画的意境，也喜欢自己如醉后飘飘欲仙敲打出的文字，去描绘出心中涌动的东西。

那些逝去的青春并没有告诉我，是谁带走了我的童年？我所能带走的，也许只有一片失落的云彩，寂寞的内心，就像窗外滴滴答答的细雨，从过去一直下到现在，然后滑过我的脸庞，滑过我的记忆，内心是如此的潮湿，流去的时光告诉我，童年已去，剩下的，只是一个为生活和责任匆忙奔波的我。

微风吹过，遥远的呼声飘来，却看不见故乡的模样，看不清我童年的脸庞。岁月的年轮，带走了我梦幻般的春天和浮躁的夏天，步入了沉稳收获的秋天，虽然多了几片生命的落叶，也由此多了几分素净与稳重；虽然少了几瓣青春的花朵，也由此多了几分淡定和从容。只要心中有爱，用一颗宁静洒脱的心去享受生活，就犹如一株兰花般散发出淡淡的清香。

今夜我要在梦里，重新走回我的童年，一点点地拾起我遗落的欢声。

就这样，等待着梦里的童年。

揽一域莲花入心

夏天，是莲花盛开的季节。映在水域里的一处处莲花，弄醒了一池的清水，悄悄地荡漾起涟漪，只等夏日暖阳的轻轻一吻，便绽然开放，把我的心绪化作无尘的花瓣，在夜的深处，诉说着那些季节轮回岁月里的感悟，打开了埋葬在记忆深处最柔软的思念，随着这静美的莲花在夏日暖阳的映照下弥漫盛开。

一直以为，最好的心境，并不是避开喧哗后的那份宁静，而是享受宁静时能够在心里种植的那份美好。

夏日的清晨，独倚窗前，看如洗的天空云卷云舒，看清澈的草坪花香鸟鸣，一杯茶，一部书，一曲音乐，一段文字，敲打出红尘中的纷纷扰扰，灵魂里的丝丝缕缕，便是这个夏日最静谧的时光。

茶可以给人清新，书可以让心宁静，电脑上敲打的文字可以任心思流淌，生命就在这个夏日蜿蜒成一朵纯净的莲花。

这个夏日，拥着一颗宁静素雅的心，褪尽了眉宇间的浮华，把自己淡化在明媚的阳光下，揽一份精致的情怀，持一杯高雅的红酒，与四季轮回时光里的温暖对饮，情意盎然，寻得了心中的那一处桃花岛，聆听岁月的脚步，任文字把四季的轮回散尽，在浅秋斑驳的阳光下蓦然回首，仍有一份桃花岛主的从容和洒脱。

回眸季节轮回里青葱岁月中的那份纯真，在流逝的时光里，默数着那串深深浅浅脚印的长度，脚印有多长，思念就有多长，那个夏日的黄昏，那条蓝底碎花的衣裙，那片片飘落的栀子花瓣，是我书写的信笺，那厚重的脚步声，还一下下在我的心头踏响。

岁月，是一树树的叶生叶落，是一朵朵的花开花谢，有些东西错过了就永远不在，时光总是在无情地带走许多东西，然后让人回忆，使人心痛。或许生命的美好，就在于遇见、离开思念间留下的心路历程，时光的流逝中，温暖了多少的相遇，又惆怅了多少的离别，那些潮湿的记忆，淋湿了谁的眼角？牵挂了谁的心头？湿润了谁的思念？伸手似乎还能触到往日的深情，抬眼似乎还能摸到往日的温暖，只是，蓦然回首那人那事已不在老地方了，那么，就不问是缘是劫，是因是果，浅浅相遇，真真爱怜，深深藏起，彼此安好，便是岁月给我留下的最美好一笔。

很长的一段时间，记忆都是封闭的，只是这个夏天，在尝试着写一些季节文字的时候，再次忆起这份美好，依然能深深扯动最柔软的心扉，虽然隔着长长的时间隧道，为何还要端起茶杯，依然是那样的美好，那样地清晰，为你念念不忘。

佛说，遇见或者离散都有定数，那么，曾经的缘分，或许已经被岁月更改，不管怎样，思念在时光里渐行渐远，多少的刻骨铭心，也只是岁月流逝中的一段，这个尘世间有多少的人来人往，就有多少的擦肩而过，有些东西，错过，也许就是最好的结局，在以后的岁月中偶尔捡起，依然能温暖所有的曾经。

写着季节的文字，才知道岁月就是写满自己心路历程的一本书，纵然有多少的五彩缤纷，最后也只是悲欢离合，沧桑是一种经历，坦然是一种智慧，幸福是一种感受。

在轮回的季节里，有些事，终要到隔了漫长的岁月后，才能看得透，想得明，捂得透，生命的美好，就是经历了人生酸甜苦辣后的那份坦然，这是一种浸润到岁月深处的从容。

这个夏日，揽一域莲花入心，写满季节轮回的文字，将岁月的记忆拾起珍藏，给岁月一个深深的回眸，给自己一份浅浅的微笑。

思微醺

已经记不清有多长时间，像现在这样如此安逸地来喝一杯我喜欢的越南手磨咖啡了。这咖啡还是去年同事送给我的，一次在办公室品完他的咖啡后，我说起喜欢在深夜写些文字，他就慷慨地送了我一大份这款来自越南的很醇香的咖啡，可惜，由于体质的原因，一直放在冰箱里，只是偶尔想放松一下时，奢侈地喝上一杯。

浅秋的假日，还是那首抒情的小提琴曲，窗外的秋雨星星点点地落下，家里只有我和可爱的比熊犬糖糖，糖糖脖子上美国队长领结里的铃铛时不时地响起来，很像风铃荡起的声音，这样的氛围刚好适合品杯咖啡，还是四分之三的咖啡豆，四分之一的伴侣，放进电磁炉上壶里的沸水里煮，几分钟壶里就翻江倒海，香气弥漫，整个屋子里顿时充满了浓郁的香味，咖啡煮开后，倒入杯中，还是杯里五分之三的量，这样的分量最适合小酌，加入一块雪白的方糖，用小勺轻轻地搅动，然后小心翼翼地喝上一小口，慢慢地咽下去，那微微的苦、淡淡的甜和浓浓的香充满整个身心。

每次喝咖啡前，我都喜欢用小勺轻轻地搅动，细看方糖在咖啡里融化的形态，在这样一个浅秋的早晨，方糖在咖啡液里融化的是时光里的那份静谧，细细地品尝一口那苦涩中的醇香，窗外细细斜斜的细雨曼歌轻舞，心里酥酥的，这是时光深处最真的沉淀。

人生走到现在，恰是古人说的知天命之时，那些所谓的年少轻狂已全部磨平，那些所谓的青春迷茫已经随风逝去，随之取代的，是一定的人生阅历和对生命更深层次的感触，在思绪飘飞的记忆里，涌动着满满的小幸福。

在小勺轻轻地搅拌中，咖啡醇香扑鼻，禁不住再次喝上一口，含在嘴巴里却舍不得咽下，任咖啡在嘴里回荡，等那浓郁的香味溢满口腔，再满满咽下，随之而来的醇厚香味，在唇齿间留香很久而不散。

人生原本就是一场与时间的赛跑，亘古以来，时间总是以自己独有的方式缓缓地向前流逝。在那些成长的时光里，也曾经天真冲动和迷惘惆怅过，也曾经犯过错误走过弯路，也曾经哭得一塌糊涂，却也笑得潇洒洒脱，就像白岩松所说的那样，成长的过程就是一个痛并快乐的过程，太多太多的时候，我一直庆幸在世事的纷杂中，还能始终保持着自己对文学和文字的这份喜欢，累了倦了时，还能在文字里轻轻地微笑着。

再次喝上一口，更能感受到这咖啡醇香圆润的口感。一路走来，对人生的感触也变得更多，在现在这些依旧选择求知的岁月里，我终究还是能清醒地选择了跟着自己的心一起走。也许生活太安逸，从出生到现在，一直都在同一个地方，故一直很神往“漂泊”这个词，从一个地方到另一个地方的生活，始终贯穿了我所有的梦想。虽然漂泊的路途充满了艰辛，但那些沿路的风景一定很美，那些沿途的风俗民情一定很有意义，那些旅途上遇到的人和事一定很有趣味。那时候总以为自己还很年轻，年轻到有足够的时间去体验和思考；年轻到有足够的时间任性地去浪费，只是到长大成熟后才知道，人生并不是一场说走就走的旅行，生活中有许许多多的事情是没有勇气放下的，那些平淡而丰富的生活经历，那么真切地丰富着我的人生，其实人生在很多的时候，并不是在指向所谓的结果，唯有那些在人生的光阴里成长的过程是最重要的东西。

喝下杯中的最后一口咖啡，突然有些感怀，我可能是有些微醺了吧，是的，咖啡浓郁的醇香也可能把人醺醉的，当然还有它足够的后劲。

回顾一路走过的心路历程，我心中唯有感恩，感恩自己的每一步足印，才有了今天安逸幸福的生活，到了这个年龄，时常能看着身边的亲人在每一个转身的时候，生命便彻底地消失了，便更感生命的宝贵和上苍的恩赐。人的一辈子，就像是自然界中的阴阳轮回，沧海桑田，生命在生长、蓬勃、凋谢和隐藏的轮回中生生不息，在不断地学习、努力、成长和进取的过程中品尝着人生的酸甜苦辣，悲欢离合，在每一个阶段都有不同的感悟，这或许是在生命进程偶然中的必然，唯有相信所有的今天自己都在珍惜，那么我想生命就会一直充实和愉悦了。

把以往的岁月梳理打包，并轻轻地把它打开，往事终究会随风飘逝，从不满足到满足，再从满足到感恩，我才突然发现，对于今天的我来说，不是感叹光阴的流逝，而是应该在之后的人生里重新背起岁月的背包，重新投入新的拓展和延伸。

偶尔喝上一杯咖啡，偶尔打开岁月的背包，看看我成长路上的那些云和树，感受着背包里边装过的希望和惆怅，像是捡起了一张张岁月的邮票，找回真实的自己，把自己寄给明天，这样的感觉真的很好。

思微醺，微醺之际，坐看浅秋，风华更清明。

芦花飞絮

只是一刹那，就暮秋了，苍凉了的秋光里，一片的颓废，一片的枯萎，荒废的形象，来势汹汹，好像要把大自然所有的美好全部往回收的样子，那么的凄凉、那么的寂寥、那么的绝情，一下子，整个身心染满了愁思。

寂寥的河岸湿地上，秋水长天，碧波奥妙，水鸟迁徙，孤独的云，缕缕地飘向远方，湿地辽阔，风透凉，空荡荡的枯草和碧水间，有大片大片枯黄的芦苇荡，雪白的芦花随风摇曳，不远不近，在我的眼前飞舞。在这样一个不敢张扬、不敢狂妄的季节，满天飞絮的芦花，就那么突然地，闯入了我的眼帘，荡进了我的心魂，像一个久违的梦，一个洁净、素然的梦。

芦花飞絮，飘逸、灵动，像雪花一样满天飞舞、摇曳。漫天飞絮的芦花是为了谁？恰似一个江南女子，优雅地从雨巷中来，期望在美好的年华里，遇到所期待的那一场最美的爱情，那么，芦花就在我的眼前飞絮，难道它要带着我飞过万水千山，去追寻那一场所期盼的爱情，我在这里与芦花相会，像是一场有缘的相约和等待。

情和爱，花为媒，千里万里梦相随。我的心颤动了，那一刻，我听到了芦花在轻轻地吟诵："蒹葭苍茫，白露为霜，所谓伊人，在水一方。"芦花啊，你荡尽了我伤秋的阴霾和纠结。我不觉惊心叩问："哦！芦花啊，你就在这里等我吗？"而我，才来，我错过了你风华正茂的季节，却在你褪尽繁华的时候来了。

在亘古沉浸的湿地里，那一层层，一丛丛，一簇簇的芦花，不知历经了多少年的流光，经历了多少次的生生灭灭，漂浮、沉积，终于，修炼成这一滩滩的芦苇，挺立着高出水面，有的一米多，有的甚至二米多高，静立在河岸的湿地里，无数芦花的精灵，零落成泥，堆积成这芦苇根下的黑土，滋养了一季又一季的芦色青青。

青黄相接，芦花飞絮的留痕，就是岁月的年轮。在四季流转间，芦苇从容淡定地走过，并在荒芜的季节里，张扬地飞舞出满天的芦花，追逐在蓝天碧水间，在人们的心头荡漾出多少的情爱恋意。

冰雪融化时，春雨滋润，芦苇就疯狂地青了，鱼戏碧水，万鸟飞翔，那朝阳的时光，像一个亭亭的美少女，醉倒在青春的梦中，那么的舒展妩媚；夏风吹拂时，艳阳高照，芦苇就肆意地绿了，蝶花飞舞，蛙鸣璀璨，那铅华的美景，像一个婀娜多姿的女子，荡漾在静美的湖面上，那么的柔情怡人；秋风初起时，秋雨清凉，芦苇就悄然地黄了，枝叶多彩，百虫齐鸣，那妖娆的气象，像一个成熟的女人，行走在陌径小路上，那么的稳妥醉人；晚秋的风雨，肆意摧残，芦苇枯黄，芦花飞絮。

芦苇拔节成长时，我没有来，芦苇翠绿繁盛时，我没有来，暮秋了，当大地一片苍凉时，我才从远处而来，来了，就遇见了芦花飞絮。秋光里，我久久地凝望，绽放飞絮的芦花，那么的唯美，此时，在秋的水岸，思念，融合成满眼的温暖，当我再次回望这枯黄颓废的秋景，却又是满眼的，一片的凝重，一片的长绵，分外庄严。

爱这样素白，贞观的芦花，爱这样不晚的等待和相遇。此刻，我已经融化成一朵风中的芦花，散散淡淡，舒舒展展，自自在在地追逐在蓝天碧水，望着阳光，争着朝夕，无所顾虑地为爱追过万水千山，你就用最美的心胸融化我，温暖我，让我们共舞在苍茫的秋光里，舞出一世的浪漫。

梅雨肆虐

梅雨，俗称黄梅天，指我国长江中下游地区，每年六月中旬到七月中旬之间持续阴天有雨的气候现象，此时段正是江南梅子的成熟期，故称其为“梅雨”。

柳宗元《梅雨》：“梅实迎时雨，苍茫值晚春。”初夏，江淮流域一带经常出现一段持续较长的阴沉多雨天气，此时，器物易霉，故称“霉雨”，又值江南梅子黄熟之时，故亦称“梅雨”或“黄梅雨”。中国史书上记载，芒种后第一个丙日入梅，小暑后第一个末日出梅，六月中旬以前，雨带维持在江淮流域，天气连日阴沉，降雨连绵不断，时大时小，温高湿大是梅雨的主要特征。

梅雨锋暴雨是不同尺度环流系统相互作用下形成的一种特定地区的特定天气，大气环流的变异性，导致各年梅雨期开始有迟有早，梅雨持续时间有长有短。有的年份，梅雨锋特别活跃，暴雨频繁，造成洪涝灾害；有的年份，梅雨锋不明显，出现空梅，形成干旱天气；有的年份，会出现梅雨带被移后又返回江淮流域，再度维持相对稳定的现象，习惯上称“倒黄梅”。

随着每年如约而至的梅雨，家乡的六月，总是这样地闷热潮湿，这时候，即使是难得不下雨的日子，被雨水摧残的昏沉沉的太阳躲在阴沉沉的浮云后面，吝惜地向地面洒下昏昏沉沉的光，没过多久便又躲到云层里去了，即使有一点风吹草动，也不会感到舒服，浑身热烘烘的，想发汗又发不出来，墙体上、楼道里、地板上都是湿漉漉的一层，周围的整个世界变成了一个桑拿区，空气湿润极了，随手抓上一把，手心里能挤出水珠来。

风调雨顺的梅雨季节，还是惹人喜欢的，绵绵的小雨连续不断，下得很是柔情，淅淅沥沥地飘洒下来，源源不断的雨丝，把家乡的白墙黛瓦、青石小巷、小桥流水都涤荡得一尘不染，给人带来浪漫的想象，就像是一个人撑着油纸伞在雨巷里碰到了那个丁香一样美丽柔情的女子。

其实，我的内心还是喜欢这雨的，喜欢下雨时的清凉，喜欢雨打窗棂的清脆，喜欢在雨后清澈的空气里，带着一颗安逸的心出去漫步，去寻找栀子花的浓香，喜欢家乡的庄稼被雨滋润后的粮产丰足。

南宋诗人赵师秀的《有约》涌上心头："黄梅时节家家雨，青草池塘处处蛙。有约不来过夜半，闲敲棋子落灯花。"很是喜欢这首诗。这首诗就是描述风调雨顺的梅雨时候，透过诗人的描述，仿佛可以看到一个乡村的夜晚，梅雨绵绵，青草丛丛，池塘水涨，蛙声一片，寂寞小屋内，摇曳的灯光下，诗人独坐桌前，等候夜半尚未到来赴约的客人，一边玩弄棋子，一边拨落灯花，把一幅江南雨夜的盼客图呈现在面前。读了使人身临其境，仿佛细雨就在身边飘，蛙声就在身边叫。

今年的梅雨，失去了往年的温柔，在人们毫无准备的情况下，突然黑云压顶，狂风大作，肆意摇曳，仿佛要把高大的绿树折断，暴雨如翻江倒海似的倾泻而来，顷刻间，道路变成了河流，农田变成了海洋。已经连续几天都能听到这海哭的声音，每天都是枕着雷雨声入眠，半夜里狂风暴雨，电闪雷鸣，震耳欲聋的雷声直接把我从睡梦中惊醒。

大风、雷电、暴雨和强降雨强对流天气是今年梅雨的特点，气象部门每天都在发布雷暴雨的黄色预警信息，持续的降雨，导致沿江河流的水位快速上涨，长江水务开启了强排水模式，这几天向长江排放的水量相当于我市一百个沙洲湖的水量。

早晨起床，掀开窗帘，地上仍是白茫茫的一片，这雨已经连续下了四五天，打开电视手机铺天盖地都是抗洪救灾的报道，看得人心窒息。

前两天已经小暑了，梅雨徘徊着快一个月了，随着小暑入伏的到来，梅雨就会溜走，那时，久违的太阳就要露出灿烂的小脸，尽情地挥洒着它无穷的能量，久雨盼晴，虽然知道烈日酷暑的难耐，还是期盼着明媚的阳光。

就在我快要敲打完这篇文字时，爱人泡了杯热茶进来，身边多了一个能陪我一起听雨的人，相互给予温暖，不管外面的风雨多大，只要有他在身旁，就能给我紧握双手的温馨，给我一个依靠的肩膀，翻滚的风雨下心与心的距离是那么贴近。

你若安好

遥远这个词，我已经很久没有触摸了，回忆起我们少年时的岁月，我想到的第一个词就是遥远。

年复一年，时间带走了我的童年少年青年直至中年，怀念儿时的我们，纯粹的友谊，还有你灿烂的笑容，心里就会莫名的悸动，思念、牵挂，还有许许多多说不清的情愫，一同涌来。

虽然你身处异乡，中学毕业后的三十多年我们未曾相见，也许今生再次见面的机会渺渺可数。

今晚散步时，走过你曾经的老宅，耳边响起了你我追逐时的笑声，急不可耐地想要用我最喜欢的文字来纪念，那些年和你一起的岁月。

鞠华，这是你的名字，小学的五年初中的三年，我们一直是一个班级，你也一直是我们的班长，两根粗粗长长的辫子，大大的眼睛，个子不高，很瘦弱，做事认真，学习成绩特别优秀。

我们两家的距离只有二百米。

清楚地记得，当年你的父亲是个木匠，由于手艺精湛，被选拔参加毛主席纪念堂的建设，那时候，你和我讲起你的父亲，整个脸上洋溢的骄傲，比中午的太阳还要热烈温暖，你的父亲也就成了我们全班的骄傲。

由于你的父亲远在首都，家里的农活只能让你母亲独自承担，还有一个不满周岁的弟弟，你的童年就注定比同龄人辛苦，放学回来要帮母亲做家务，还要照顾小弟弟，但这一点都不影响你的学习，成绩永远是班上的第一。

其实，我们的心都是有限的，能够容纳的东西并不是很多，因此我一直相信，一个人对另一个人的思念，那是因为真的在乎这个人。就像此刻，我在键盘上敲打下思念你的文字，这是一种很幸福温馨的感觉，如同那些我们儿时岁月里的点滴温暖，该记得的从来也未曾忘记，任凭岁月年龄的肆意疯长。

初三那年由于没有考上高中，我的学习生涯就彻底终止了，那年的暑假，我走过了人生中的很大一个坎坷，而你是怎样地安慰我。那天，我在你家的院子里静静地坐了很久，直到夕阳落下，树叶的阴影盖住了我的视线，最终我还是哭了，你陪我一起流泪，刹那间，心里生生地疼。

那个暑假后，我俩八年的同学生涯结束了，我在不久后找到了一份工作，你三年高中后，考上了理想的大学，大学毕业后，在上海一所冶金学院任教。得知你的这些信息，我放下了心中的担忧，即使我并未去到心中神圣的殿堂，依旧感激生命的这一安排，因为我一直都认为你是我们几个女孩中最该得到幸福的那一个，并为此深深地祈祷。

来来去去的岁月，熙熙攘攘的人群，我们错过了很多彼此的信息，你不知道，我也不知道，因为我们都把心思深深藏起，藏到连岁月也无法顾及的地方。

最令人心疼，最该得到幸福的女孩，你要知道，人生不是一个童话故事，看似很长，其实很短，我们已是快要奔五的年龄，所以要学会让自己放开心思，享受当下的生活，我想，你身边有最好的骑士守护着，还有你的王子或公主。

清雅如波上微澜，宁和似山间明月，我们像绽放的白玉兰，彼此把清香留到了永久。如何能不感谢你，我儿时的朋友，将来如果回到故乡，记得来到我身旁，我们就静静地坐着，微微地笑着。

我曾在心里画了一个圈，锁上我们那时的记忆，圈上那些年阳光中的桃红柳绿，此刻夜已深，窗外风清月朗，万籁俱寂，你悠悠眸子里荡漾的涟漪，随着月光一起倾斜进来，该以怎么样的深情的词语来形容我祝福你的心情，来形容一直以来藏在心中的思念，该怎么样祈祷你要继续幸福下去。

你若安好，我就快乐！

希望你幸福的心从未变过，即使曾经的记忆已经很远很远。

秋荷沧浪

透凉的风，肆意的吹拂在碧蓝的湖面，突然地，就遇见了一池的秋荷。

暮秋时节，一池满满的秋荷，就静静地睡在这里，安静极了。我驻足在荷塘边，极目环视，只见蒲扇大的荷叶相互簇拥着，铺散在荷塘的中央，大部分的叶子已经枯黄，萎缩，零星的苍绿伴着片片斑驳的枯黄，偶尔还有几个干瘪的莲盘，孤寂地挂在尚存一丝绿意的荷梗上，在枯黄中倔强地探出头，更多的莲盘已脱离了母体，杂乱地散落在水塘里，整个荷塘，凋零得七零八落，枯败地凄凄戚戚，涌入眼里的，均是满满凄凉黯衰的境况。

昨夜西风凋碧树，更何况是荷，岁月从来就是一个温柔的杀手，荷花在舍去夏天的繁华绽放后，在瑟瑟的凉风里，兀自凋零，产出莲子和鲜藕，这是一种怎样的伟大。在湖底如墨的泥土里，颀长的莲藕在悄悄地生长，深深地扎入河底，任凭波涛汹涌，把果实藏入泥土，熬过秋风瑟瑟，熬过冰封腊月，静待来春的萌芽生长，盛夏的蓬蓬绽放。只是一眼，我就读懂了，秋荷的坚韧、沉稳和傲骨。哦，秋荷，你就是这样静默无言地诠释着你生命的意义，在属于自己的季节里，现世安稳，精修轮回。

我默然不语，只是想，有谁能永葆青春，一世荣光，一世飞扬？其实，人生就像荷花，在春天里疯狂，在夏日里跋扈，在秋天里，深爱的，就是这种沉静。

我走近了秋荷，蹲下身体，用手轻轻抚摸着风干了的荷叶，捡起一枝莲盘，仿佛听到了阵阵秋荷的沧浪声："已是残荷了，你还会一往情深吗？"我轻声回答："是的，我会。"我要把那枝莲盘带回家，插在雅致的青花瓷瓶中，在寡淡的暮秋，归于沉静，不冷漠，不浮华，甘愿浸透你的情愫，在洒满月光的夜晚，伴着一壶热茶，我要以你的情思风骨做魂，和你亲密相对，就这样安然修心，要多纯粹就多纯粹，要多圣洁就多圣洁。

哦，秋荷，片片铁红的叶子，根根墨黑的枝干，坦然挺立，一场凄风，一场苦雨，一场冰霜，你依然傲然，依然顽强，依然从容，让我敬畏，让我仰慕。我滞留的双目，移不开对你的痴望，一颗紧缩的心为你深情守候，只为你一缕淡淡的荷香。

秋荷沧浪，在这样一个暮秋的季节，在这里，和你相遇，因为懂你，就要深爱，从此，我要把自己活出这一池的秋荷，取尽秋天里的这份沉积，拥有莲子一样洁白的心，孕育内心的执着和成熟，待到阳光明媚时，一大朵一大朵洁白的莲花绽放在心里。

在暮秋的荷塘，我要陪你一同沧浪，就这么自在地行走，就这么安然地修心。

秋染银杏林

喜欢那一个个温暖的记忆，深秋，这些记忆的背景便沉淀在满地金色的银杏叶里，看到那些飘舞的落叶，总会想起大新滨江公园中那片暖暖的银杏林，心里就会涌起阵阵莫名的欣喜和温暖。

周末，再次来到了这片银杏林，走进林区，放眼望去，满眼都是金色的世界，树上是黄色的，树下是黄色的，金灿灿的阳光，散发着明亮而不刺眼的光辉，秋天的颜色把银杏树染成了一种高贵的金黄色，秋日的阳光又把银杏树的美渲染到了极致，那种美，是逍遥在大自然怀抱中的真实之美，是让人毫无防备的惊艳之美。

漫步在金色的银杏林中，仿佛进入了一个神秘的童话世界。那茂密的银杏树一眼望不到头，一棵棵高大挺拔的银杏树直插云霄，树冠上的枝叶相互交错在一起，形成了一条天然的林荫走廊，阳光透过枝叶的缝隙把金色的光芒洒在了落叶上，在金黄的落叶上形成了许多或明或暗的光斑，这些斑斓漫及远方，大地被铺上了金色的地毯，辉煌凝重，把整个银杏林汇成了一片金色的海洋。此时的银杏树，绽放出了生命中最灿烂的色彩，如一团温暖的火焰燃烧在人们的心中，那种张扬的美，冲击着人们的视觉，就这么大气地释放在眼前，此刻，单棵银杏的形态美已经是不重要了，使人陶醉的是一种整体的气场之美，会让人失声惊叹，会让人欣喜若狂，会让人的整个身心都被这张扬的美所感染。

轻轻地走在林荫走廊里厚厚的银杏叶上，蓦然发现树根下，盛开着一片片、一丛丛绛紫色的小花，火一般地喜迎着前来游玩的客人，银杏林下，顽皮的小孩们追逐打闹着，在玩捉迷藏的游戏；靓丽的女人们，则三三两两地摆姿拍照，各种造型，令人赏心悦目；勤劳的男人们，此时都变成了最优秀的摄影师，为女人和孩子留下最美好的瞬间，一幅幅秋日银杏树下温馨的场景，让人陶醉其中，不忍离去。不知不觉间，已接近黄昏，落日苍茫，晚霞一抹，银杏林由金黄变成褐红，渐渐融入了夕阳的暮色之中。

夕阳之下的银杏林是那么的沉静，叶虽未落尽，可那形似枯萎的树干，分明是顽强生命的写照，沉静中却蕴含惊人的力量，是为了来年春天的满树新芽和夏天的郁郁葱葱，到那时，生命的古老和青春会在同一时刻一起绽放。这奇特的生命，不知凭借着怎样的力量，穿越那亘古的千年时空，更不知凭借着怎样的力量，在生命的舞台上全力迸发出璀璨的光芒，银杏树的独特之美和顽强的生命力，成了这里人们的骄傲，生活在这里的人们就和这银杏树一样，默默无闻地在这片土地上，奉献出无穷的力量。

这片银杏林，傲然挺立在大新这片实现梦想的热土上，铮铮铁骨铸就的不屈品质，给人以憧憬，给人以希望，我深深地为它惊叹，这就是一种无形的力量，一种可贵的精神。

秋雨轻寒

中秋已过，燥热的气温还流连在秋日的午后，终于，闷热的空气像被礼花炸散了一样，湿润清凉的秋雨淅淅沥沥地下了起来，雨丝，落在脸上，也落在心里，润泽了一份安好的瞬间。

“秋雨绵绵润无声，细雨丝丝负若梦”，秋天的雨，来得是那样静谧，那样地悄然无声，婀娜婆娑，情洒人间。说到秋雨，我们江南小镇的秋雨，最为佳。

酥酥的细雨，如绵如丝，轻柔又温和，撩得你心底柔柔的。

一夜细细斜斜的秋雨，淅淅沥沥，曼歌轻舞，却又缥缈无序，散散地洒满了整个夜空；雨轻轻地敲打着玻璃窗，发出清脆悦耳的滴嗒声，婉转动听，在心里落成了一曲曲温婉缠绵的旋律。

小雨一夜，清晨，凉了的空气伴着树叶上玲珑的水珠坠下，像一夜小雨的余韵，走在林荫路上，安静而清新；秋雨轻凉，浸了浅浅水汽的香樟树叶，落在地上，让雨水浸湿，沉在泥里，待到冬天时，化作泥土，静静地守着家乡的人们，无言，深沉。

天色转眼又阴沉了，蒙蒙的细雨连成一片，落下的雨，打在额头凉凉的，却并不很寒冷，只是为秋晕上了一层浅浅的悲凉，顺着雨，放眼望去，天与地是同一种颜色，成片的香樟树上还是满满的绿色，随着微寒的秋雨一起摇曳，雨儿打在香樟叶上，啪的一声，便大颗大颗地落下来，坠在地上，雨珠便挂满了整个树身。抬头眺望，房前的碧瓦，已全然湿透了，雨顺着瓦的纹路，汇成了条条细细的流水，落在地上荡漾出串串美丽的涟漪，此时，不消触摸，只是看，便能感觉到一丝轻轻的凉意了。

淅淅沥沥的秋雨不停地下着，阵阵微风徐来，片片树叶应声飘落下来，零星的雨丝迎面带来点点清凉，步履在潮湿的路上，感受着落叶的无奈，没有缘由，一份伤感如梦幻般的涌上心间。不喜欢雨，害怕雨季，尤其怕秋季细碎的丝雨，怕自己的心会被雨下的落叶绞得生疼，怕它常驻于心，怕那挥不去的永远的惆怅。

秋雨轻寒，秋风微淡了季节的色彩。大雁南归是季节的节奏，落叶满地是秋风的无情，秋风无意秋雨凉，一阵阵的秋雨，苍老了芦苇的素颜。秋雨的来临，多了些思念，有种“自古逢秋悲寂寥”的伤感，忽地忆起塞上的大西北了，那玉门雄关和黄河大漠上是否也是这般秋雨轻寒，想来，古长城空旷原野上秋风劲草的呐喊，也是别有一番滋味吧，遥远的牵挂变成无尽的缠绵，我要踏过整个秋季，到塞上去寻求我生命中的那份缘。

只是，最爱的，还是家乡香樟树下的小径和那微凉的秋雨。

秋之痛

清晨，我坐下来看着这个秋天，看着那些在地上飘舞的落叶，风起时，舞出不能主宰命运的哀叹，舞尽所有的悲伤，抬头望天，天空透明得像刚洗过一样，整个蓝天都是白云，有人说，白云就像甜甜的棉花糖，我知道没有一块甜的是属于我的，属于我的只有永远的疼痛。

我看着血淋淋的痛把一个生命向另一个世界渗透，而我都是只能流着泪向生命妥协。这是个应该永远记忆的秋天，在这个秋天里我永远地失去了父亲，现在，父亲的那块墓地已经长出了另一份痛，我守望着父亲的墓地，守望着我的灵魂，守望我所经过的生活，还有那个总在我身旁亲切和熟悉的背影，我又哭了，我已记不清这是第几次流泪，若有若无的泪水中含着疼痛，那些疼痛此刻已落入我的骨髓，我心疼父亲的离世，心疼母亲的孤独，心疼这样的生活。

一个人的时候，我总会想起母亲的皱纹，我一直固执地认为母亲的皱纹也是会疼痛的。从八年前，父亲离世的那一天起，母亲都是一个人守着老屋，静静地看着墙上镜框里的父亲，一个人细数着往事与梦，在母亲的生命里，除了孤独与生活，一天天在影子中守望着什么，我真的很想知道，但我却从没有跟母亲提起过，我怕稍不留神，会戳到母亲的伤口，打破现在宁静的生活。

从来没有和母亲谈起过她和父亲的感情，但我就在此刻，突然想念他们执着相伴四十余年风雨同舟的日子，在母亲一个人生活八年的时光中，我至今都没有在母亲的目光中读到任何的悲凉与伤感，现在，我想起了父亲离世的那一刻母亲蓦然流下的泪水，也是第一次，我听到母亲撕心裂肺的哭喊声。父亲的离开，是永远的。母亲在那个深秋的午后痛哭了近一个时辰后，就平静地把自己梳洗整齐，坐在床沿边看着吊唁的人一句话都没有说。整整两天不讲话，不吃饭，不喝水，就这样呆呆地坐着，这一幕时常会在我眼前闪过，我想沉默的声音也应该是有生命的力量，声音与泪水都已长久地藏在了母亲的衣襟里，那一串串我所不能释怀的泪水，母亲在那一天已都吞下去了，只是，随着时间的推移，母亲的脸上布满了深深的皱纹，像用刀刻上去似的，我想，用刀刻的皱纹应该是会疼痛的。

爱，是一种穿透心灵的光，我知道父亲的那个城堡里也一定有爱，我希望那座父亲走过的奈何桥上能盛开各种各样的鲜花。

在这个满地落叶的秋天，承载着满地的寒霜，承载着我记忆里最疼痛的年月，我从来都不害怕触景生情，那些年，父亲总是坐在庭院里，窗台上放一台红灯牌收音机，里边播放的总是单田芳的长篇评书。现在，任凭银白的月光穿透岁月的痕迹，在我仰望的方向里，已没有了父亲的背影，泪水已经汇流成河，哗啦啦流淌并彻响于我的整个生命。父亲的城堡中还有那些听他讲评书的听众吗？我想应该是有的，儿时记忆中的父亲，是个跑船的船夫，前边是一艘约五十吨的机动大轮船，后边拖着五六条货船，长年累月地在船上漂着，我和哥哥两人，每到寒暑假，都会跟着父亲上船，走遍了江南的许多小镇，记得每停靠到一个码头，父亲的船上总是围满了听他讲评书的船友，父亲把他在收音机里听到的评书绘声绘色地讲出来，父亲的记忆力和语言表达能力都是惊人的好，我想，许是时代的原因吧，不然，父亲会是个很好的评书演说家，在演讲时，父亲把他的语言表达能力和动作模仿能力都发挥得淋漓尽致，往往一段评书讲完，四周围着他的船友都久久不愿散开，父亲的脸上满满的都是欢喜，望着一脸幸福的父亲，我心中自然产生了无尽的自豪……没有离别的生活总是祥和与幸福的，而随着父亲的永远离去，漫漫的问候声中，声声都已在泪水里。

我又坐在了窗旁，看着外边的落叶，想着那些远去的背影，那些渐渐消失的印记，留下的只是感慨与荒凉。每个人都是在从偶然走向必然，得到和失去也许只是一个过程。人生就像一片从发芽到枯老到飘落的叶，无论是阳光的照耀，雨露的滋润；也无论是尘埃的覆盖，还是细雨的清洗。当飘落在地上被泥土覆盖的那天，那些枝头翩翩起舞的欢悦和风雨撕烂的沧桑，一切都失去了意义。不知道从什么时候开始，我固执地把自己的情绪与风，天空，落叶还有反复播放的单曲连在了一起。也许，这终是我要的自由。

桂花落尽了，这个秋天就要远离了，我要把自己淡到秋风里去，不再轻描任何悲凉，我想在我心里疯狂的悲凉，总有一天应该会散在蓝蓝天空中。

瞬间的美好

当暮色已静，我翻看着你的信件，独饮月下的私语，体会那泛黄信纸中留下的温暖和那苍白了韶华的甜蜜，过去的点点滴滴又浮现在眼前。此时的你，是否也在窗前，翻开曾经的老相册，与我一样重拾那些美好的瞬间。

在遥远的距离里，你像月光般的清寒。

我长揣怀想，走在旅途中的你，会不会忽然停下脚步，把在生命里邂逅的我想起，或者在多年以后，你我再次在生命里相遇，还是那张熟悉的脸，还是那份记忆里的答案，只是蒙上了许多岁月的沧桑。

南方与北国的距离，我们停留于青春的萌动时，我不敢跨越，你背负沉重走向了远方。

本可以在转身以后，把那一刻彻底放弃，但岁月穿透逝去的美好后，随之而来的却是淡淡的忧伤，既然爱已走远，为何还要端起茶杯，为你念念不忘。

你总在那一瞬间猛然跳出，那张与以前一样羞涩的脸，那双我触摸到的成熟男人的手，那个从嘴角直流入心灵的热吻，那种青春时代的纯情，突然感觉，那份美好，已定格于我的记忆。

一滴泪落下，只有它知道，时光在流去的同时，也带走了那些曾经的美好，二十余年了，你我终是不再相见。

风花雪月，满天星光，这尘世间或浅或深的情缘，都抵不过无情岁月的划痕。人与人好像是一条条独立的线，两条线可以平行，也可以相交，两个端点开始的人生，延伸着汇集到一起，有段共同的路途，然后分开，越离越远。生命中相交在一起的那几个春秋，就是爱的情缘，珍惜相爱时的拥有，将爱的种子播撒。因为，无论是否圆满，在以后的思念里，很难找到当初拥有时的那份瞬间的美好了。

你我虽有缘相恋，却无缘相守，唯有将你我的爱留在曾经我们相聚的地方，带着曾经的美好，回到最初爱的地方。

我一直在想，你我再次相遇的场景会是怎样，也许，意外见面的喜悦，只在心里静静流淌；也许，奔波劳累，早已习惯了不动声色的风度仪态；也许，双目对视，泪水自顾自地奔腾；也许，久别的邂逅是轰轰烈烈的开始。

但在柔声的问候后，终于明白，心已被时间的距离遥遥隔开，我们之间或许真的回不到当年的融合，彼此的脸上都布满了沧桑，那对双目的灵光，唯一知道的只有，我们都变了，在如烟的记忆里，已寻找不出那一个遗失的梦了。

是否真的有那么一天，你我重逢在当年的那棵古榕树下，依然是那么清纯，依然是那么美好，但是，我最害怕的，当我伸手抚摸你的脸时，发现那只是你虚无的幻影，也是我无奈的想象。我想给自己的，也留给你的，或许仅是每个午后相对而坐时，阳光下那最温暖的温度。

雨花落泪，为谁哭泣，清风中，我踩碎了夕阳的余晖，踩碎了纷飞的黄叶，踩碎了我洒落了一地的思念。

过了那么多年，我还是我，一分怀念，几分惆怅，我相信瞬间的美好能终其一生。

素淡若莲

奔波于尘世间的纷纷扰扰，有时竟忘了自己的模样。

一部书，一杯茶；一曲音乐，一段文字，最是喜欢的光阴。

闲暇时，邀上三两友人去郊外深处的村庄，乡野农家，野花素草，日出日落，袅袅炊烟，静卧于乡野寂静质朴之地，老奶奶深藏的故事，如童话般天籁。

累了倦了时，偶尔放纵自己，聚三两知己，捧几杯红酒，抛开尘世间的种种烦忧，在半醒半醉间触摸一下真实的自己，卸下心灵的重负，让自己疲惫的心找到回家的路。

若能活出这个模样，我想，必然是自己前世修来的福分。然而，人生不如意十有八九，即便是素淡若莲，安之若素，也难以逃脱尘世的繁杂，有许多事要违心，怎么能如此逍遥若仙？

欲望的世界中，有多少是纯粹的净土？人这一辈子，有许多的时间不是为自己生活的，许许多多社会的家庭的责任，还为那生存下去的资本，人在尘世的大染缸里，一样染上了尘埃雾霾，一样活不出自己喜欢的模样，尽管心头蔓延着困惑和不甘，可还得活出人前惬意，人后寂寥的两半人生。

四十余岁的年龄，正是上有老下有小的时段，为了那份足够生存的工资，每日里一点都不敢懈怠，置身于冶金行业，与钢铁的坚韧和爷们的强悍纠缠在一起，在轰轰烈烈和嘈嘈杂杂中撑起自己的事业，身心疲惫，把女子的柔情消磨得荡然无存，每日忙碌过后，回到自己的大办公室，一方小花圃，几盆最爱，养花除草；

或用一首歌的时间，听听音乐让疲惫的心静下来，畅游于文字之间，虽有诸多的不如意，但也能见缝插针，调整自己，享受其中。

生活就是修道场，人生本来就是一场修行，一路上坎坷磨难甜酸苦辣的历练？人人如此，人生百态，生活的历程，让人们追寻于喧嚣的红尘中拼搏挣扎，得到和失去，欢喜和残酷，一如飞蛾扑火的探险，生命在炎热中挣扎，从不言放弃。待百味尝遍，拥有了许多，方才安然，到了最后又发现一切都是空无。

其实，有些事大可不必当回事，不言放弃固然是好，但也要懂得尽人事听天命的人生哲理，有时生活就是一种妥协，一种忍让，一种迁就，并不是所有的事情，都适合铿锵坚韧，坚硬有坚硬的好处，忍让也有忍让的优势，多彩的生活，要懂得审时度势，适宜而为，妥协不一定是柔软，忍让不一定是无能，有时，妥协忍让也是一种智慧，在转身的瞬间，事缘也随身转机，前面的路程又会染满朝阳，天空般的湛蓝广阔，不由浅笑于心，心生感恩。

我是谁？我从哪里来？又要到哪里去？这是我至今都没有弄清楚的问题，既然这样，为什么就不能生活得风轻云淡，为什么就不能生活出自己喜欢的模样？如蓝天白云般逍遥。

调整自己的心态，遇事笑一笑，安静时与书为伴，与花缠绵，微笑着我行我素，不必在意别人是否懂得，世事万千，懂，有多难得，又有几个谁能真正懂得谁？只要学会欣赏和包容就很好，欣赏是一种美德，包容是一种豁达的生活态度。

感谢上苍吧，世界美好的一切还在，你也还在伴我健康充实的生活着，珍惜曾经走过的路程，明媚地生活着，享受着幸福和忧伤，那些付出和得到都不重要，重要的是有你相伴的一路风景。我们一起用岁月的醇酒去调配花朵芬芳，封存于心，当岁月老去，古榕树下看着，一幕幕，岁月的真情，那会是怎样地芬芳。

那么，就把自己超度出一份无人能扰的寂静和坦然，如一方水域的莲，原本是佛龛前一株寂寞禅悟的莲，却坠入江湖，居住水中央，有水和泥土孕育着，过去的缘分是水，今生的爱恋是泥，然后花开一朵或双双并蒂，承接着晶亮清明的露水，如此，心中种植着安宁，让如烟的往事，在轮回间沉淀，月静日长，最终，岁月沉香。

又到丹桂飘香时

市区沙洲西路的两旁，满满的都是桂花树，枝繁叶茂，郁郁葱葱，到了农历八月的下旬，一簇簇小米般大小的桂花挂满枝头，点缀在绿叶之间，摇曳生姿，竞相开放，向人们放送芳香，每晚和爱人牵手在那桂花树下散步时，甜甜的清香夹着热烈的温柔扑面而来，整个身心都会陶醉其中，不过几日，蓦然发现，聚集在桂花树下的人们越来越多，成了这里一道亮丽的风景线。

这些桂花树，树身粗犷，四五米高的个子，枝与枝相连，花与花相拥，一团团一簇簇娇小的花朵，你挨着我，我挤着你，团团簇拥着，羞涩的隐于碧绿的枝叶里，又不甘寂寞的纷纷从枝叶的缝隙中落出盈盈的笑脸，那点点繁星，微微泛黄的花影，妖娆着在秋风中招摇着，温婉而有韵致，把炽热而蓬勃的秋日，演绎成醉人的芬芳，仿佛在叙述着港城秋天一个个美丽的神话。你看，那淡黄似米兰的是金桂，那粉白如霜雪的是银桂，橙红若灿的是丹桂，一枝枝，一串串地张扬着馥郁的妖娆，招引着你驻足不忍离去。

世上的花，若以香论，没有能胜过桂花的，其香气具有清浓两兼的特点，清可荡涤，浓可致远，它那独特的带有一丝甜蜜的幽香，确实沁人心脾。桂花最旺的季节，大概是农历八月下旬，这个时候，花开后常有秋雨来做伴，形成一夜秋雨送爽，桂花悄然怒放的芬芳世界。此时，远远近近的都是花香。相信，在家里的母亲也能和我一样闻到这桂花的香味，因为，桂花带给我的，不仅仅是那浓郁的香味，更是一种对父母的思念与眷恋。

每到农历九月中旬，一阵秋风吹过，桂花被风摇落在地，这种桂花飘逸的场景就是桂花雨吧，此时，母亲总会在桂花雨下悉心收集很多的桂花，做桂花糕，桂花团子我们吃，母亲将糯米洗干净，在水里浸泡一两天后再捞出，放在铺好纱布的蒸笼上蒸一个小时后便成了软硬合适的糯米饭，加入适量的猪油、桂花、白糖，用擀面杖反复地搅翻，使其相互粘连在一起，再把碾成细末的芝麻均匀地铺在案板上，将糯米饭平铺在芝麻粉上压平整，再次用擀面杖擀结实，以免芝麻脱落，装在瓷盆的水中冰凉后，取出切成长方形即可。母亲制作的桂花糕，桂花团子，香甜爽口，馥郁浓香。晚饭时，是父亲一天中难得的休息时间，一壶黄酒，一盘花生米，父亲总会给我讲述那些关于天空中月亮的神话，嫦娥奔月、月宫玉兔、吴刚伐桂等故事，现在还在我的心里激荡，一面吃着母亲做的桂花糕，一面聆听着父亲娓娓动人的讲述，看着父母脸上洋溢的笑容，我的心里便会很踏实、很温暖，看着天空中的月亮，感觉到月亮里果真有一个伞形的树影，父亲说那是月桂。童年的梦想就会随着父亲的讲述飞得很高很远，心思会跟着月亮到达遥远的天空，在天空的仙境中遨游。

“桂子月中落，天香云外飘”，我深深地嗅了嗅这清远的幽香，想把这份芳醇永远弥漫于心底，多么奢望这样月下宁静从容的清丽能永远开放在我的心中。

与秋共舞

许是年龄的缘故，总感到今年的秋特别长，从没有像今年这样对秋天如此缠绵，无端地生出那么多的爱恋。

喜欢在秋天的黄昏，穿着一身长裙静静地行走在公园的小径，听着脚下“沙沙”的落叶声，喜欢高跟鞋踩在落叶上的感觉，总感觉脚底下有无数个生命在运动，静静聆听着枯叶发出的声音，就好像在聆听一曲熟悉的老歌，这那里是枯叶，声音是多么清脆响亮，俯身拾起脚下的一枚落叶，细细端详，已经枯黄的落叶，每条细细的脉络里却都透着淡淡的青色，心里很是奇怪，造化真是神奇，就在那片小小落叶间，那么自然、那么默契地将矛盾融合得浑然一体，生命和生机究竟是蕴藏在哪一条脉络里呢？顺着林荫小道拾阶而上，看着那一片片火红的红枫林，那么热烈，那么激情地展现在眼前，那么的热情似火，好像在邀请我走进去与其共舞一场，掩藏不住满心的喜悦，干脆就肆意地张扬一番吧，秋的浪漫就从这儿开始吧，我要裹挟着满身的舞趣，孕育着一腔的诗情，在长裙的摇曳和高跟鞋的叩击声中，尽情地舞出一曲“晴空一鹤排云上，便引诗情到碧霄”的惬意和豁达，与秋共舞，既舞孤寂与思念，亦舞婉约与清丽，心在秋意里飞扬，情在秋色里徜徉。

“多情自古伤离别，更那堪，冷落清秋节”，与秋共舞已是很浪漫了，殊不知，还有一场更浪漫的盛事在这个秋天等着我，母校二十周年的同学聚会。从母校毕业后，还从未回去过，只怕今生无缘再会，难道这世上真有传奇？二十年前你以博大的胸怀在秋天迎接我，二十年后你还要在这成熟的季节里容纳我么！

二十年！说短暂，不过弹指一挥间，说漫长，足以让多少世事沧桑？如今再回去，我已经不是当初那懵懂青涩的含苞蓓蕾，历经了花开花落的过程，如今的我，已是一枚在秋季里即将成熟的果实，我正在走进人生的秋季，这颗果实或许不够成熟，不够饱满，但无论怎样，既是一枚果实，就要在人生的轨迹里发挥果实的意义，任重而道远，那么母校在这自然之秋安排我们这一群进入生命之秋的学子回来，是要检验我们这么多年来的付出与收获吗？

遥想当年那一群痴痴傻傻的青春儿女，各自在异乡赏着这诗意的秋天，感秋风清凉，观秋叶曼舞，怀秋雨绵绵，恍然感叹，为什么我的记忆里秋的印象特别深刻，难道是因为我即将化身为一季火红又流金的硕秋？思绪被拉回了原点，当年我们的初次相逢也是在这样一个多情的秋天，记得也是这样的一个秋季，学校里梧桐树的身影，苍翠中伴着点点斑驳，太阳洒在上面，落在地上点点细碎的金色，安静中透着蓬勃的生机，让人心生向往，引起无限的遐想。

轻轻地问一声：一别经年，可否安好？还记得我们恰同学少年时的满腔热情吗？还回忆那家庭、教室和图书馆三点一线单调而充实的生活吗？还想念漫步校园、追逐蓝天白云的梦想吗？还缅怀那些忧伤而唯美，散落在秋风里的青春往昔吗？只是我要到哪里去寻觅你们的足迹？多年以后，你们又散落在哪一片角落里，各自安好着各自的晴天。

岁月流逝，曾经的过往一去不复返了。我想念，但不彷徨；我怀念，但不忧伤。因为我知道，当我踏上母校的那片热土时，我就投入了当年我们共同投入的怀抱，我就能感受到当年我们共同感受的温度，我就能呼吸到当年我们共同呼吸的气息，曾经的欢笑与泪水，曾经的火热与激情，曾经的梦想与执着，永远永远地留在了母校的那片热土，永远定格在了那个特定的时刻。再次重逢的我们，已经褪去了青涩和狂妄，各具秋的稳重成熟，散发着人到中年的沉稳与知性，都各自努力地生活着，积极地求取着，默默地承载着，即便是没有收获到辉煌，但心已沉静，这样的我们，站在母校的面前，可以无愧地大声说，回首青春，我不为虚度年华而悔恨，我已成长为秋天的一颗果实。

仰望天空南归的大雁，它们与我要去的方向是很遥远的，但承载的情愫却是一样的，风中轻盈飞舞的落叶，你也在翘首企盼我的回归吗？那么来吧，我们在这多情如斯的季节里，与这秋意里的祥和与温暖相约，共舞一季的浪漫。

逐梦路上的感动

余华先生的小说《活着》是诠释命运和梦想的经典之作，主人翁富贵的生命从未得到过命运的眷顾，然而却始终坚强地活着，怀着不甘泯灭的希望，要活下去这就是富贵的梦想，每读完一遍，我总是无声而泣。事实上，世人无不拥有自己的梦想，它是人们心底最美的期望。

1986年中学毕业后，我进入了市光华通信电缆材料有限公司，刚开始在试验室从事产品物理性能的检验工作。三年后，调入档案室从事档案管理工作，对于那时的我来说，专业知识很欠缺，我不想自己在将来感叹蹉跎了珍贵的光阴，于是，加入了省自学考试的苍茫大军，这是我职业生涯的一次宝贵经历，刚开始，一起去报名的同事很多，后来慢慢地在减少，最后几乎都放弃了，因为自学考试需要很大的自控力，我从没想过要放弃，一分耕耘一分收获，要对自己的岗位负责，坚持！坚持！四年的自学，终于拿到了苏州大学颁发的档案管理大专毕业证书。回想起那段虽苦但充实的自考生活；回想起踏出考场时的充实与满足；回想起因自考毕业公司把我的名字列入科技人才时的那份惊喜。就这样，丝毫没有预期地就收获到了当初在春天的播种，那种收获的感动即刻间可以冲抵我所有的艰辛。

许是公司领导看到我自考时的努力与执着，不到三年，把我调入了一个全新的重要岗位，负责公司产品的技术和质量工作。当时的我，就像是一张白纸，既然起点已经注定了，既然专业条件能提供给我的知识有限，那我唯有付出更多的努力和汗水来弥补其中的差距。到了生产岗位上，我学到了更多的金属制品专业知识，接触到了更广泛的专业领域，我感觉到自己又回到了学生时代，就像一个求知若渴的学子，购买了许多的专业书籍，并坚持把理论上的数据与实际生产上的各项检测数据作分析比较。我忙碌并思索着，把自己真正融进了知识的海洋。印象最深的是，为了一个热处理方面的难题，总经理亲自陪我一天往返北京去请教我国金属制品领域的学术泰斗，在老教授家旁的茶座内，教授不厌其烦地给我讲述了近三个小时，直到我完全弄懂，在与教授挥手告别的一刹那，我感动及感激之情交织在了一起，顷刻间留下了热泪。

我公司很大部分的产品都是在网上接单的，销往世界各地，有的客户持续供货了多年，均未见面，是产品质量的稳定，保证了可持续发展的客户源，我看到了经我参与设计制造的各类钢丝，装在了一个个的集装箱内，集中在一艘艘的巨型货轮上，航行在辽阔的海洋上，驶往世界各地，我听到集结的号角在吹响，我要在更高的平台上展示光华人的豪情与风采。

时间就像是一阵风，转眼间，公司大门前的两株腊梅树花开花落，树身有小变大，二十余年的腊梅芬芬，慢慢积聚起来的感动，层层叠叠地堆满了我的心头，我知道，脚下的路很漫长，也许这只是一个开始，经历了这么多年的磨炼，我成熟了，但我依然真诚，时间在不停地流逝，我的梦想不会停止，就是与企业共同发展，这里是我放飞梦想的起点，这也是光华厂的坚持，正是这种坚持让我有了实现个人梦想的平台，让我在逐梦的路上信心百倍。

我生活的这个城市很美，在这里可以看清深邃的天空；这里的云朵是那么的白，那么的悠闲，静静地随着微风游弋在蓝天下。

清清的溪流汇成浩瀚的海洋，如果我们每个人都将自己的成功梦，融入企业的发展梦，那么，我们的梦能实现，企业的发展梦能实现，我们伟大祖国的复兴梦也定能实现。

万水千山

WANSHUIQIANSHAN

万水千山

在我的QQ群里，认识了这样一个人，不知道具体的名字，只知道网名叫“瓦蓝天空”，好像是陕西那边的人吧，是个喜欢户外旅游的人，出游的工具是摩托车，每一次都是有计划地外出，携一些志趣相投的人，相伴着去那些独特的地方。看他的空间，日志里都是旅途间的见闻，相册里都是走在旅途间留下的精彩，那真有一种万水千山全都走遍的感觉。

有次在与其聊天时，我说，你真的是一个挺会生活的人，每一天都过得新鲜而精彩，真是羡慕。他说，只要愿意，你也可以有这样生活。我也可以这样吗？也许可以吧，但想要这种生活光是喜欢还远远不够，要有体力，有勇气，还要舍得放弃。想想我也许是真的不再可以了。

其实，年少时的我，有段时间，在心里也很倔强地想离开故乡去过另外一种完全不同的生活，一个人，背个包，去一个心仪很久的地方找到那个完全能够读懂我的那个人，那种一个人在旅途的感觉，那种谁都可以舍弃的激情，带着年少时的倔强与执着，有理想、有个性、有自我，还有一种骨子里的张扬，最后，阴差阳错，最终的那一步却没敢跨出去，只能让这种执着永远地留在了心里。

只是后来，越来越喜欢读三毛了，慢慢地读懂了三毛，知道她就是一个很独特的人，她和荷西两个人，一起穿越浩瀚的撒哈拉，情系撒哈拉，一边谈着他们的恋爱，一边浪迹天涯，那真是把万水千山全都走遍了，只是后来，苦难来得如此之快，荷西突然地去了，舍下她永远地走了，三毛的整个世界全都坍塌了，她穿着黑衣跪在荷西的墓前，千万次麻木重复着在十字架上刷着油漆……没有了荷西，也就没有人再能够读懂三毛了，这不是三毛想要的生活，三毛也独自活不下去了，在不久用一根丝袜杀了自己，最后也走了。

三毛是痴情的，爱一个人爱到不能给自己一条活路。她和荷西的故事，浪漫间透彻着一种实实在在的苍凉，他俩像开在荒漠里的小花，虽然开得很早，但也凋零得快，但那种自在，那种流浪，那种灿烂，的确是把许许多多的人都给感动了。总觉得三毛式的流浪很悲凉，因而渐渐地把那份潇洒走天涯的憧憬都留在了自己的内心深处。

之后的之后，成年了成熟了，对一些追求也慢慢地被幸福平淡的日子给疏远了，很长的一段时间我的记忆都是封闭的，但有的东西永远都是自己的，比如此刻的音乐和窗外的明月，还有我的思绪，我知道，我要的未来就在不远的将来，佛说，寂寞是最高的人生境界，我也有个理想需要用自己一辈子的心血去实现，只要心中深藏着这个寄托，有个可实现的希望就可以了。

此时，已人到中年的我，喝着香茗，听着音乐，不自觉地就会怀念起那段被我撒落了一地的记忆碎片，真的想把它重新拾起来，在一个属于我自己的空间珍藏着，就开始年少时那些无忧的过程，也许幸福只在那一瞬间，就会拼凑出我的一个完全不同的青春。

再也回不去了，那些最初的曾经，再也回不去以前的那个傻傻的单纯的只想与缪斯相恋的女孩了。爱极了那种在林荫道上吹风的感觉和花香的味道，假山、流水、喷泉、幽谷，自然里透着那种不惊不忧的静心闲趣；真的是再也回不去了，再好的文字也拼凑不出那些当年的记忆，就连这反复播放的老歌也没有了当年的那个味道，只是不想把记忆搁浅，就向往这不纷繁杂的清幽和与生俱来的宁静。

也许万水千山，我可以都走遍，但也许那样的风景只能一直留在我心里。

荡舟洪泽湖

很早就听说，有个古泗洲城，在当时是繁华至极，至1680年，泗洲城连续下了七八十天的大雨，汹涌而来的洪水将这座繁华的古城淹没在了洪泽湖底，从此，泗洲城就这样静静地躺在了洪泽湖底。

金秋十月，我来到了洪泽湖，湖堤的两旁长满了茂密的柳树，郁郁葱葱，婀娜多姿，阳光透过绿树的遮挡，只留下斑斑点点的残阳洒落在地下，地下的野菊花，吸取着这细碎的阳光，色彩斑斓。我站在洪泽湖的岸堤上远眺湖中央的古泗洲城楼遗址，湖上的天空似乎显得更加深邃，湖面也显得特别的开阔，烟波浩渺，白帆点点，大湖与长天一色，湖鸟与彩云齐飞，仿佛来到了蓬莱仙境。此刻，淹没在湖水下古泗洲城，是否和我一样地唏嘘大自然的残酷无情，是否和我一样地让思绪穿透这浩瀚无边的湖面。

我们登上游艇，直奔湖心，到了湖面开阔处，水面清澈，平静如镜，小船在水面上行走，水草在荡起的水波中摇摆着柔柔的舞姿。继而进入了一片芦苇荡中，葱郁的芦苇林犹如一道苍翠的屏障，在微风的吹拂下，顺着水势延绵到湖面的深处，轻舟在芦苇荡里荡漾，芦香扑鼻，芦苇随风轻摇。只见翠苇绿水间到处都是水鸟，它们或静卧或飞舞，或低吟或高歌，飘逸洒脱的姿态，让我如痴如醉地不忍离去。几只白鹭不时地在芦苇荡里穿行着，它们站立于苇叶之上，四处张望，看到我们的小船驶近，犹豫地打量了一番，但没有飞走，显然它们有些不安，但没有感到危险。

一对不知名的水鸟，心满意足地在湖面的上空划过，然后悠闲地抖动着双翅顺着风向远岸飞去，看它们那悠闲的节奏，就像是一对恋人般在谈情说爱。我还在为它们能否及时到达岸边担心，不想它们早已消失在浩渺的远去，我的心也被它们带向了远方，一直到视线看不到了，我的心才收了回来。芦苇荡里还有好多的鸟类，为了繁育种群，也为了满足人们观赏的需要，湖中散养着一些野生的鸟类。随着船儿的摇摆，我们歪歪曲曲地穿行在芦苇之间，一些小鱼小虾在水草中追逐嬉闹，两旁还有几只嬉水的野鸭在为我们护航，这是怎样的意境呀，是呀，这种人与自然的亲密融合，不正是我心里一直渴望的和谐吗？这份悠然自得的感觉让我如痴如醉。

转过一道港湾，驾船的师傅把船稳稳地驶入荷花园里，原来平静地躺在水面的荷叶、莲盘被分开在了小船的两边，擦着小船的边缘一朵朵、一片片向后面慢慢滑过。记得曾不止一次地看过小船穿行在荷花园里荡漾的视频，很是羡慕，如今能亲身体验一次这样的场景。师傅介绍，眼前的这一片荷花园，面积有六十余亩，园内种植了千余种荷花，可惜现在已是初秋时节，错过了赏荷的好时节。夏季的满园荷花，现今已长出了一颗颗饱满的莲盘，挺立着在欢迎着我们的到来，师傅说，现在正是摘莲盘的好季节，莲盘里的莲子已经成熟，剥开了就能吃，师傅边说边爬上船头，伸手就摘下了一个很大的莲盘，并帮我剥开，示范着吃了一颗。我学着师傅的样子，扒开莲盘拿出一颗绿色的莲子，里边的莲子非常饱满，剥开莲子，把里边一颗白色的莲心放进嘴里，感觉这莲心很嫩很嫩，又脆又甜，且甜得清清爽爽，很是爽口。我赶忙让师傅给我多摘些，带回家让亲人朋友都能吃上洪泽湖里的莲子。师傅敏捷的身手，杂技般的把一颗颗肥大的莲盘摘下，一会儿就把船舱堆满了，没有想到，这次在洪泽湖里荡漾，虽然没有看到荷花出淤泥而不染的壮观，但收获了满满的莲盘，真是有心摘花花不开，无心插柳柳成荫。

游艇荡漾在茫茫的湖水中，湖水清澈得让人觉得伸出一根手指，就能触及湖底的鱼虾螺蛳。我侧身把一只手尽量伸进水的深处，与湖里的鱼儿一起嬉戏，感觉整个人都被湖水宽广的胸怀容纳，被湿润的水汽浸透，湿漉漉的空气中弥漫着甜甜的味道，四肢如水一样柔软，心情似翱翔的海鸥，整个人在湖水上荡漾，惬意延伸到无穷的远方，心中的快乐在湿润的空气中久久不能消散。

回岸时，已是夕阳西下，被夕阳烧红的天空倒映在远处的湖面，湖光泛起了点点红光，就像一面晶莹的镜子，泛着彩色的光芒，在金光闪闪的湖面随风左右摆动，上下起舞，这时的太阳很温顺柔和，我可以放心地用自己的双眼与它对视，不带一丝一毫的银光利剑；这时的太阳满面通红，把我的整个身体照得红彤彤，感觉浑身上下沾满了喜气，那岸边的树木、房屋以及渔船已被一张多彩的轻纱笼罩了，此情此景，恰恰就是古代诗人眼中日落湖归、渔舟晚唱的诗情画意。

国色天香赏牡丹

“江南看牡丹，常熟尚湖来”，这是今年常熟尚湖牡丹节的一句广告词，就是这句话牵动着我的脚步来到了尚湖的牡丹园，自古洛阳的牡丹最壮观，一方水土，养育一方人，试想，在江南亮丽婉约风光的滋润下，这里的牡丹会别具情调，独有风情，中国牡丹的第一画，牡丹的咏佳绝句均出自常熟。

这天，天空中下着毛毛细雨，密密麻麻的，故牡丹园内几乎没有赏花的游人，整个园内干净清澈，很是安静，只有春风细雨和牡丹仙子伴着我，这样宁静惬意的场景是我最为向往的。

入园后没走多远，便有一阵阵淡淡的花香扑鼻而来，直透心扉。啊！是牡丹，我欣喜地朝着前方的大花坛奔过去。映入眼帘的是好大一片花的世界，翠绿的枝叶间，那朵朵灿若云锦的牡丹花，千姿百态，争奇斗艳。紫红色的洛阳红是牡丹园的主色调，大若碗口一般，层层叠叠的花瓣簇拥在一起，让人诧异她竟能积聚起这么多的能量，积聚了一秋、一冬的精气，经历了一春的努力，如今，真的是轰轰烈烈地迸发出来了。

千万朵牡丹纵情怒放，如排山倒海般惊天动地，那么的恣意张扬，那么的壮丽浩荡，不开则已，一旦开放便倾其所有，倾国倾城。

放眼望去，一片片、一簇簇，全是牡丹花，花色各异，花朵硕大，花瓣肥厚，花蕊别样，红的似火，黄的似金，粉的似霞，白的似玉，“鲁粉”，像一个粉色的绣球，细看，粉中透着一丝白色，花瓣层层叠叠，犹如在花的海洋里泛起的层层涟漪，在绿叶的映衬下显得更加美丽了；那白白的“千堆雪”更不逊色，像一团棉花，更像堆在枝头的白雪，花瓣白嫩细腻，花蕊像在玉盘中盛满的珍珠，泛着清淡的光彩，自然，和谐，贴近一团，冰清玉洁，呆呆地看着她，自然地想起王昌龄的那句千古绝唱：“洛阳亲友如相问，一片冰心在玉壶。”

这里，最绿的牡丹是“豆绿”，她的颜色近似叶绿；最黑的牡丹是“冠世玉带”，她的颜色深紫发黑；最红的牡丹是“火炼金丹”，她的颜色近似国旗红；最蓝的牡丹是“蓝玉田”，她的颜色是粉里透蓝；最佳的间色牡丹是“二乔”，她一朵花上有两种颜色；花瓣最多的颜色是“魏紫”，约有六七百片花瓣。盛放的牡丹让我应接不暇，那些雅洁的花瓣里，蕴藏着至爱的火热，那朵朵勾魂的芳姿，早就叙写出了种种美丽的传说。

自唐代把牡丹定为国花后，牡丹便被赋予了昌明隆盛之意。牡丹却从来不曾期待得到世人如此高的赞许，牡丹的气节，牡丹的高傲是与生俱来的：当年武则天令百花连夜速放，为其赏功，百花慑于皇威纷纷开放，唯牡丹不从，傲骨迎风，素面朝天，不肯献媚，被武则天贬斥洛阳，才有了洛阳牡丹甲天下的美誉——牡丹只是年复一年做她想做的，不与百花争报春，春深节始方登陆，积聚能量，等到春满大地时，才怒放出她的生命。

这是我第一次如此近距离目睹这么多品种的牡丹花：在绵绵春雨的滋润下，雍容华贵的牡丹花就像是刚从华清池沐浴而出的杨贵妃，光艳婉妩，一向不为花所动的我，在这五彩斑斓之中，禁不住被她的高贵气质而陶然。许是赏花的投入，我的目光无法从她的身体上转移，每移一处，留下的均是恋恋不舍的多情眼神，我感觉整个身心都被她禁锢住了，举步维艰，整整一下午，陶醉在牡丹园中，是一种倾情的迷恋，这一刻，我懂得了何为震撼。

“唯有牡丹真国色，开花时节动京城。”牡丹的张扬，牡丹的芬芳，可谓国色天香，倾国倾城，牡丹似五彩的祥云汇聚而来，昭视着幸福与和谐，抒写着盛世的繁荣与昌盛。

金村，赴你四季之约

千年古村，一世金村。

金村坐落于张家港市塘桥镇东南，是从晋代开始就有的古老村落，又名慈乌村，因乌鸦有母慈子孝之美德而命名。千年的人文底蕴，熏陶出了金村诗词般的秀美灵气，我只是看了金村一眼，便决定了对它一生的恋。历经了千年的凝恋，金村早已凝聚成了汇流的风情，凝聚成了沉积的历史。

金村老街，“井”字形街道的原貌不曾改变，石板街道依旧，在蒙蒙的烟雨下，我相信，在古老的青石板街道上，一把油纸伞定能撑起你那个淡雅的梦。

徐塘桥，又称响板桥，这是一座远离市井孤寂的桥，造桥者有意将石板铺得高低不平，脚踩上去，就会发出石板的碰撞声，桥中央那块布满兽形纹络图案的石板，静静地等待着你去解读。

永昌寺，梁代古刹永昌寺，距今已有1500多年的历史，虽历经多次战乱，几次修复，寺内依旧香火缭绕，暮钟声声，“远来钟声动，斜阳塔影收”。当你静静地闭目在经殿的香雾中时，定能倾听到自己的心底的声音。

金村之美，美在自然，美在素净。

一直向往原生态的风景，自由的天空，自由的空气，于是，我就向往金村，等我用双眼读过金村后，心便真的是留在这里了，到了这里，漂泊的心，找到了温暖的港湾，真的喜欢上了金村，不管以前看过了多少风景，但只是一眼，金村就一直安静地躺在了我的心里。

阳春三月，金村完全被淹没在姹紫嫣红的花海里。这里的树木都开满了鲜艳的花朵，红的、黄的、白的、紫的，像一个美丽的大花坛，湿润的空气夹杂着泥土的芬芳；鸟儿有的站在树枝上，有的干脆在田坎上，唱出清脆悦耳的曲子，为田地里劳作的农民们喝彩。随着迎面拂来的和煦春风，一边欣赏美景，一边呼吸着无比清爽的春的气息，你定能感受到春天剧烈跳动的脉搏。

酷暑时节，金村四周田野的小路旁，种满了稻米以及各种蔬菜，还有果树立在路旁，摇曳着枝叶，阵阵清凉的微风吹过，吹落一地的清香。而金村的百亩河床，是你最舒适的床，泛舟、游泳、垂钓，和水面亲密地玩耍，你就能回到童年和青梅竹马的玩伴嬉戏的时光。

金村的秋天，天空特别蓝，空气特别新鲜。田野里的稻田一片金黄，远看像是铺了一层金黄的地毯；你再看家家户户房前屋后的果树，饱满的果子既像红通通的灯笼，又像孩子们的笑脸，你随手摘一颗，再尝一口，甜得像蜜一样；豆架上结满了淡绿色的芸豆，还有紫色的扁豆。这里的一切都流露出乡间的自然美，只有在这里你才可以痛快地仰视秋日越发高远的天空，你的心情也会像刚刚清洗过的玻璃，变得透亮起来。

金村的冬天十分地安静，不变的小桥流水，不变的炊烟袅袅，不变的鸡鸣狗吠，在这样一个晴好的冬日里，你搬一把椅子，泡一杯茶，坐在场院里，看天，看水，看书，或者就静静地坐着闭目养神，什么都不想，让阳光像恋人的抚摸一样给你温暖舒适的感觉，让你在遍布欲望的时代静下心来，守候在清纯，古朴，宁静的村庄里，那是何等惬意悠然的事情啊！

作为从小生活在江南小镇的我来说，从骨子里就喜欢这里的婉约清丽，金村，处处都蕴藏着江南风光的靓丽婉约，这样美好和谐的地域，对我是致命的吸引，一直想做诗词般婉约的女子，金村古老的祠堂文化，足以沉淀我一生的诗情了，试想，这一生能够这样婉约清丽地活着，也应该是完美了吧。从金村的古诗词里，又让我想起了金村先祖金启明、抗倭英雄金七、吴中名医金兰升等金村的历史先贤，我仰慕这些金村的历史先贤，就是这些先贤缔造并延续了金村的文化底蕴。“文章是案头的山水，山水是地上的文章”，金村，就是一篇解读不完的千古奇文了，每一个印在金村土地上的足迹，都是一个遒劲的笔画。

人生应该是一场说走就走的旅行，如果，你和爱人在路上，那么就一起去金村吧，山水湖光，世外桃源，爱情，在这样美景的印染下，会越发尽显甜美的；带着你的父母孩子去金村吧，百亩水塘，静心垂钓，老人定能怡然自乐的，而金村的祠堂文化，会让你的孩子得到兴教崇文的古文化熏陶。背起你的包，把你的足迹印在金村的土地上吧，就像去见一个久未谋面的老友。我愿意，赴金村的四季之约，四季的金村，我要去；金村的四季，我要赏。

如今，金村的古文化建设已进入实质性的阶段，我知道，等来年我再到金村时，一定会让我有一场梦境般的惊艳，我心怀金村福地，等待着。

京口三山

镇江，古名京口，是一座有故事的城市，众多的历史遗迹和动人的民间传说，汇集成镇江的故事。镇江最有名的风景，是在长江边或长江中的金山、北固山和焦山，号称“京口三山”，西津渡口如今只留下待渡的亭子和下渡的石阶，但京口三山犹在，西津古街尚有。一到那里，没有理由地就喜欢上了这里的美好，特别是京口三山，其各有特色，北固山最险峻，金山最传奇，焦山最秀美，三山以它们独特的悠闲与自在给予每一个到访的人舒适和惬意，到过这里，你就会觉得很温暖。

金　山

金山又有“神话山”之称，此地陆羽在这里品茗、唐玄宗在这里长大、李白在这里高歌、岳飞在这里拜访道月和尚、康熙在这里泼墨、乾隆在这里寻父……其中有四个故事最为人所熟知：白娘子水漫金山、玉带换袈裟、梁红玉擂鼓战金山、苏东坡妙高台赏月。在这里形成的一个个美丽的传说，为这座名山增添了十分迷人的色彩。

金山地势独特，位于长江边上，形成万川东注，一岛中立的气势，金山上建筑精巧，山和寺相互辉映，浑然一体，山是一座庙，庙是一座山，山因寺得名，寺为山增色，所以有金山寺裹山的说法。

山门上悬挂着一块“江天禅寺”的横匾，山门气象森严，两只明代的石狮雄踞两旁。金山原来耸立在江心，长江由东向西奔流，金山寺寺门向西，站在寺门口可以看到大江东去，群山醒来的壮观气势。大雄宝殿，是由赵朴初题写的殿名，只见其黄墙红柱，金色琉璃瓦的屋顶，白色柱础栏杆，寺庙雄伟壮丽，金碧辉煌。从大殿后侧登山，就进入了夕照阁和妙高台，夕照阁内有保存完好的乾隆南巡金山时留下的七块御碑，这些石碑记载着六下江南对金山胜景的评价，同时还留下了一个颇为有趣的传说：乾隆怀疑自己不是其父雍正所生，他六次来金山寺的目的就是来寻找自己的亲生父亲。妙高台历来是中秋赏月的佳处，苏东坡的名著《水调歌头》就是在此地有感而发，梁红玉擂鼓战金山千古传说也发生在此。

金山寺水漫金山这样一个美丽的传说是何等的气势，而法海也因为拆散了白娘子和许仙的一段美好姻缘而背上了千年恶名，故法海洞和白龙洞是游金山必到之处。法海洞，这是金山寺开山祖师法海的苦修之处，法海洞边上是白龙洞。传说峨眉山上的一条白蛇，化成美貌的白娘子，和药店伙计许仙结为夫妻。法海和尚认为，这是违反天规，将许仙诓骗到金山，白娘子调来虾兵蟹将水漫金山，后来许仙由白龙洞赶到杭州与白娘子断桥相会，这就是白娘子水漫金山的故事。走上厅外的长廊，极目远眺，四面碧空万里，江天浑然一色，感受到一种清风明月，远水近山的意境。

“渡一切苦厄”，在佛祖看来，人生的现世就是苦厄，虽悟不尽其中的道理，也许只有佛才能有这种境界，也许在这里的人们都会远离灾难，祈祷着人们有个幸福美好的明天。

一路拾阶而上，见寺不见山，却又一直在登山，验真了“金山寺裹山，见寺、见塔、不见山”的传说，金山顶上向东望去，可见西津古渡，远处的北固山及遥遥可见的在江中的焦山。

焦　山

在镇江有金山寺裹山，焦山山裹寺的说法。焦山像一只长长的小鸟卧在江面上，是观长江的胜地。焦山的入口处是一片很大的广场，像山脚下的渡口，绿树掩映，野草芬芳，由此眺望江心的焦山，植被茂密，流水万顷，浪花轻轻地拍击着两岸，荡起了白玉般的浪花，乳白色的雾气升腾，流于山顶，若隐若现。要上焦山要从象山古渡过渡，以前，焦山位于长江中心，人称“中流砥柱”。

游船转瞬间到达对岸，刚下了船，就听到远处传来的一声声撞钟声，却看不到寺庙，参天蔽日的竹林，高大粗壮的桂花树，很是壮观。上岸就看到庄严典雅的焦山定慧寺山门，建于清康熙四十七年，门前有一对明代的石狮。“定慧”二字，取于佛家由戒生定，由定发慧之意，定慧二字是佛家修行的纲要，含义深刻。大雄宝殿是定慧寺的主体建筑，保持着明朝的风格，殿内有一盏长明灯高悬在半空，清康熙皇帝所写“香林”两字闪烁在烛光香烟之中，寺东的观澜阁是乾隆皇帝南巡时的行宫，乾隆六下江南，三上焦山，为焦山留下了很多的诗歌墨宝。乾隆认为，就金山、焦山两处的风光比较，就山水本色来说，焦山更胜金山一筹。

焦山的镇山之宝是《瘗鹤铭》石刻，是葬鹤的铭文，为东晋大书法家王羲之所书。传说王羲之极爱养鹤，他到焦山游览时，带来的一对仙鹤，不幸夭折，十分悲伤，用黄绫裹敛了仙鹤，埋在焦山山南，含泪挥笔写下《瘗鹤铭》，其字体游洒苍劲，别具一格，为稀世之珍品。《瘗鹤铭》写成后，刻在焦山西的岸壁上，后来山石崩裂，石刻坠入江中达七百多年，直到清康熙年间才打捞，但只得残片共九十三字。我国共有二铭，即南有镇江的《瘗鹤铭》，北有洛阳的《石门铭》，唯有《瘗鹤铭》最受历代书法家的推崇，有六字之祖，书法冠冕之称。

出得碑林，是当年要塞的古炮台，只见，八座炮台面对长江排列成马蹄形阵，堡垒森然，炮口对着长江下游，焦山扼守着长江的咽喉，自古是兵家必争之地。沿山路蜿蜒而上，奋力攀上焦山绝顶万佛塔，登塔而望，远景毕收，真是金秋十月之际，远岸瓜州秋意已浓，万里长江，如烟似幻，据说明朝时，此时江面宽达四十里，到清朝时也有十五里宽，汪洋如海，虽今天江水剧减，却仍有如此壮势，想百年前当为何等的气势。

北固山

“何处望神州？满眼风光北固楼，千古兴亡多少事，悠悠，不尽长江滚滚流！”辛弃疾一首《南乡子登京口北固亭有怀》，令多少人对北固山神往。

北固山在金山和焦山之间，北临长江，山壁陡峭，形势险峻，得名北固山，以天下第一江山而著称于世，山上的古迹基本上与刘备甘露寺招亲有关，北固楼是万里长江三大名楼之一，与洞庭湖畔的岳阳楼及武汉的黄鹤楼其名。

北固山分前、后两山，就像一条卧龙，龙头靠近江边，龙尾延伸到市区，其精彩处多在龙头，进入入口处有凤凰池，池中有数块巨石，其中两块中间皆被平平斩断，这两块就是传说中的“试剑石”，是三国时期刘备和孙权二人在此石上各自试剑，测试前程所有。

漫步在北固楼的东吴古道。行人不多，很是幽静，阵阵泥土伴着小草的清香吹入脑中，是一个访古探幽的好地方。经过清晖亭和北宋的铁塔之后，沿回廊拾阶而上，有一个“天下第一江山”的石刻，穿过门就到甘露寺的寺门，甘露寺高踞峰巅，形成“寺冠山”的特色。这座始建于三国东吴元年的甘露寺，规模虽然不大，名气却不小，其建筑风格和其他寺院有很大的不同，刚看上去像一处有钱人家的大宅院，进入庭院，其院落纵横，非常宁静，庭院当中，几棵百年的桂树，默默地伫立着，风儿一吹叶子沙沙地摇曳，仿佛是向我们诉说着发生在这里的点滴往事。那院中婆娑的老桂树，那饱经风雨侵蚀的墙砖，那长满了青苔的青石板，这里的点点滴滴把我带回了1800多年前的三国时期，一段传世姻缘的故事正在悄悄上演，厅堂内，布置着栩栩如生真人一般大小的蜡像，演绎着当年的那段刘备招亲的故事，忽然间竟有一种恍如隔世，不知今夕是何年的时空感觉。

甘露寺后走不远，就到了北固山的最高处，这里有一座石柱方亭，随山名叫北固亭，亭子不大，里边容不下几个人，但站在那里可以远眺滚滚长江，相信，那一江春水东流去的壮观，肯定能让你豪情满怀。我仿佛看到了九百年前，辛弃疾将军，壮志难酬，佩剑登亭，伫立良久，凄然泪下的情景，他有感而发，大笔挥毫，一气写下了两首千古的词篇。

北固山上有太多的旧隐古址，每一处的历史陈迹总能让人回忆起千年的故事，哪怕是驻足凝神一会儿的地方，都会有一番精心感悟的千年风云事。

夕阳下，站在回归的轮渡上，身边隐隐传来日暮晚钟悠远美妙的撞击声，在江面的上空悠扬回荡。极目远眺，大江水天相连，金山、焦山和北固山，与长江组成了一幅美丽的山水花卷，气势雄伟，蔚为壮观。

聆听千年石刻的音韵

丹阳距张家港120公里，一样的江南水乡，丹阳这个名字很有朝气，总想着应该到这个丹凤朝阳的地方去看看。旅游车行驶在平坦的高速公路上，整个人感觉很舒服，不到两个小时，就进入了丹阳，在河的两岸看到了满满的杨柳树，这些杨柳树印证了丹阳地名的来历——传说生长在丹阳河岸上的杨柳树的柳絮都是红色的，柳絮在春风的吹拂下，迎着太阳漫天飞舞，很是特别，红即丹也，就有了丹阳的名字，很是吉祥。

到达天地石刻园时才只有早晨8点多钟，初秋的早晨，虽然下着绵绵的细雨，但这里的空气却是格外地通透，一阵阵秋风拂过，凤凰湖边的柳枝在轻轻地摇晃着，里边嵌着的石刻追逐着绿草荡漾起层层的柔波，也许在这里的石刻，都已经历了上千年，期间穿越了太多的战乱、贫困、辛劳和痛苦，但今天，它们见证了这个城市的繁荣昌盛，肯定是一路的欢欣、畅快和愉悦。

丹阳天地石刻园是亚洲最大的以石刻为主题的游园，展出的石刻共有8000余件，室外6000余件，室内2000余件，均是爱国商人吴杰森捐赠。这批石刻上至西汉，下至民国，石塔石佛荟萃，麒麟天禄有群，石僧碑碣林立，大至20多吨，小有几十斤，个个形态逼真，呼之欲出，虽然经过千年风吹雨淋的侵蚀，有些石刻已残缺不全，即便如此，这8000余件石刻以它的残缺之美向世人诠释其古老的艺术价值。

一进大门，分立两侧的200多根石狮就给了我不小的震撼，石狮是现在见得较多的一种石刻，但200多根石狮柱列队站在一起的那种威严，那种气势，我还从未见过。走过了300多米的石狮迎宾道，就看到了凤凰的身体，因为整个石刻园的展馆建筑是以凤凰为原型，与地形高差相结合，形成8条羽翼，其间包含了8个主题，以走廊的形式展现，联系成型。

走进了一厅七馆，就有了穿越了时空的艺术震撼，从旧石器时代开始欣赏，从最简单的工具到新石器时代人类的生产生活，是石器开辟了人类文明的先河，再走过来就是著名的玛雅文化，这里的每一件石刻，都在向我述说着历史的变迁，我看到了时间印在这些石刻身上痕迹。紧随着导游的脚步，我徜徉在历史与现实的时空隧道里，聆听着石头们的讲述，于鬼斧神工的石刻中穿行，我在用心触摸着，觉得这里的每一块石刻都沉积着动人的故事，每一块石刻都是不朽的生命，每一块石刻都见证了历史的沧桑变化，我想，这些承载千年历史的石刻，会随着千万游客的来到而鲜活生命，会随着这个秋天收获千年的呼唤，怡然间，我已穿越了时空的隧道，置身到了天堂的世外桃源。

天地石刻园，在讲述着天堂与地狱的故事，用一个个动人的故事引导着人们弃恶从善，进入天堂的那一刻，由于光与影作用，如正午的阳光，照射在通往天堂的大路上，与石阵的幽暗形成了鲜明的反差，我感到这里的一切都凝固了，仿佛在这个时空中，失去了时间的概念，也失去了那一道时间的痕迹，当我醒过神来，我屏气凝神，以一种顶礼的姿态，瞻拜这些进入天堂的先贤们，是他们在人间生活时的真善美，赢得了那把通往天堂的金钥匙。

惊鸿一瞥十六景，步步惊心石刻园，在石刻园的一块坡地上，是一个很具规模的拴马桩展示区，共有580根拴马桩，仿佛是在这里等待出征命令的千军万马，组成了一个颇具规模的八卦阵型，与周围的竹林、茅草合在一起，给人以一种万马奔腾的无限想象，这些拴马桩约有1米多高，只见在一根根长方形的柱体上，站立着狮子、猴子，或人与狮子、人与其他动物的混合造型，这些拴马桩都有着奇特的雕塑寓意，比如，猴子象征着封侯，大猴背小猴，寓意代代封侯。微微细雨里，信步走去，随意便可以发现湿漉漉的花草丛有一匹匹的石马静静地站立着，仿佛在等待着与主人一起奔向远方，前面不远处的石俑就是它的主人吧，我边这样想象着，边在细雨中用手仔细触摸着这些石刻的身躯，与一座座散发着历史气息的石刻来了一次最亲密的接触。

离开天地石刻园时，已近正午了，在返回的路上，我的耳畔总是有一种声音在回荡，如佛音、如天籁，似有如无，绵绵不绝。再回首，蓦然间我明白了，我听到的是，千年石刻在天地间碰撞时颤动的音韵！

旅行者

三月的这个夜晚，独自一个人就宿于河南博爱县的旅馆里，突然有份思念，又有些伤感，一杯浓茶和一部小说相伴，注定是一夜的无眠。

三月的这个季节，在我的家乡江南早已是迎春花张扬怒放的时刻了，那一朵朵嫩黄色的小花瓣是那么的娇艳美丽，绚丽得让人不忍离去。

三月，我走进这里，映入我眼帘的是街道两旁一棵棵光秃秃、赤裸裸的梧桐树，由于树皮剥落而露出的白色疤痕布满了整个树身，长长的树枝伸向四周，有的树木腰围粗壮，直插云霄，有的树木盘旋扭曲，仿佛斜卧于地面。由于还没有重新发芽，这些曾经的合欢树，经过一个冬季的萧瑟后，变成了一片萧条的世界，在相互缠绕的枝条间，那些可爱的绒花虽已消失，但一根根光秃秃的枝杈，依然像维纳斯扬起的残臂般相互缠绕着，用一身的脊骨，坚定地守望着对春天的约定。在这里，放眼望去，竟看不见一丝丝的绿色，感觉到整个世界都是灰蒙蒙的，由于长期的干旱，车子行驶过的路面上，飞扬起了阵阵的尘土。

与这里的梧桐树相比，我还是喜欢木棉的美。在南方，这个季节真是木棉绽放的日子，其五片花瓣轻轻舒张，圆润，厚实，艳丽，中间含着淡黄色的雌雄花蕊，晨露欲滴，火红一片，临风妖艳，如团团烈火般熊熊燃烧。我感觉木棉犹如一个美丽高傲的女子，从不掩饰自己的美，就那么优雅地活着，或许是在读过舒婷《致橡树》的那一刻起，我就喜欢上了木棉，“我必须是你近旁的一株木棉，作为树的形象和你站在一起，根，紧握在地下，叶，相触在云里”。

这座小城，没有留给我一点点的希望，有人说，因为一个人，而恨一座城，对这个不期而遇的小城，我虽没有憧憬，但也恨不起来，只是在半夜时分，我流泪了，大颗大颗的泪水打湿了书本，连自己也不知道什么原因，只是感觉到心里堵得慌，压抑着，想释放出来。或许是伤心白天路过母亲河时未能驻足观赏的遗憾，或许是伤心打回家那个没人接听的电话，或许是为刚刚莫名做过的一件事，扰乱了整个的心绪，我只盼望在黎明时分能够赶快离开这座小城。

一直觉得这是一次不能忘怀的出行，从江苏的无锡到河南的博爱县，我甚至清楚地记得，乘坐的是D286次和谐号动车，我的小本子上记录着一路上停靠的每一个小站的名字。虽然有长达九个多小时的旅程，但是一等车厢的软椅还是很舒适的，又是个临窗的位置，看风景能怡情，累了就安静地听音乐，或者闭上眼睛，有许多的时间去思考，人生的、梦想的、其他的等，而我又是个易感性好触动之人，动辄就思绪翻飞，总想记录一些抓不住的感觉，捕捉那些缝隙间的温暖，成就一篇好的文章，无论在历经怎样的岁月辗转之后，最终沉淀出最初的那份美好，如文字般是岁月拿不走的财富。

一路前行，一路尽力把沿途的一切都看着眼里，并塞进脑子里。在江苏段，路两侧是一望无际的碧绿麦田，期间映衬着一个个在农田里劳动的人们，越向北走，成片成片的绿色田野渐渐少了起来，两旁的树木越来越多，各式各样的树木在沿途的路旁挺立着，有榆树、槐树、杉树、白杨树等，期间偶尔夹杂的绿色松柏特别地耀眼，这些树木，像一排排的城墙般飞快地向后倒去。

郑州火车站下来到达博爱县，汽车有近三个小时的路程。接站的师傅说，在路上要经过一座黄河桥，在桥上能够观看到黄河两岸的风景，随着车子的移动，慢慢地接近黄河桥了，我一直仰坐的身子端正起来，啊！这就是黄河，她用这样一种方式突然地跃入我的眼帘，是那样的平坦开阔，远眺我们的母亲河，是如此的宽广无垠，她正敞开可以包容一切的胸怀拥抱着我，两岸的麦田，在她甘甜乳汁的灌溉下，正在茂密、葱茏地拔节生长着，金黄色的阳光在云团中穿行着，大朵大朵的白云在天空中惬意地游动着，阳光下一眼望不到尽头的母亲河在澎湃流淌着，腾云吐雾，宛如巨龙。

一路上，总觉得自己的灵魂没有安宁过，感觉到自己就是在不断地漂泊着，不为终点，而是路过，回家后，在网上搜寻着那些路过城市的风景，听着王菲的《红豆》，突然明白，何为年华易逝，何为细水长流，庆幸一直有一个人陪我把风景看透后，又陪我一起看细水长流。

博爱县，这个让我在旅途上停留了一个晚上的小城，留给了我一个莫名泪流的暗夜，这座城市，我不喜欢，风雨兼程，我是一个在路上的旅行者，越发淡泊的路，越需要坚持着行之，但愿这瞬间升腾的暖流，温暖着一路的旅程。

梦里我走西口

一

西口是指山西右玉县境内临近内蒙古的杀虎口，因其位于长城的另一个通道张家口的西面，故称西口。我虽生活在江南小镇，从来没有走到过西口，但因为那一个人与那一段情，注定与西口有着解不开理不清的渊源，于是走西口成了我这辈子永远的牵挂。

在一个偶然的机会里，在缪斯与缪斯的言谈中，南方小镇中的我与西北军营中的你相遇了，虽然从未见面，可说也奇怪，当我那颗不安分的心在稿纸上为你展现我的生活时，当我在忍受过几天难耐的期待和憧憬后又和往常一样收到你从大山沟里飞来的鸿雁传书时，一个只属于我们两个人的太阳就会高高地挂在我这颗孤独而深沉的灵魂之中，使我的内心一片灿烂，发烫的情怀、美好的未来、热烈的思绪和希望的光环……一切明媚的东西就会像无数根琴弦一样，此起彼伏地在我的心中交响着。

四年军校的学习锻炼，你分配到了山西河曲县附近的一个驻军营，也就是著名的西口古渡的所在地，从部队驻地走到县城要经过一条长五六十里的坝梁，也就是一条沙土山梁，高有二三十米的样子，为了到县城给我买件红毛衣，天寒地冻的日子，你一个人走在这条一眼望不到边的坝梁上，走一段就要用指南针观察一下方向，整段的路上荒无人烟，只有雪地里静静簇拥的一丛丛红柳伴着你，走了一个小时又一个小时，身上全部湿透，口渴了，只能挖些干净的雪吃，从凌晨一直要走到下午二点左右，才能走到黄河的渡口，只有渡过了黄河，才能到达最近的集镇。在冰凌游走的黄河上，捕食的鸿雁时起时落，发出阵阵的哀鸣，耳边响起那走西口的歌声。西口的古城墙已经见证了我们年轻时的清纯情感。

二

你曾对我说，你能顶立起一片天空创造出一个世界，你能带着我一起去追寻希望的朝霞、明天的太阳；你要和我彼此扶持着走完这人生之旅。鸿燕的传递、缪斯的保证，使我们远隔万水千山的两颗心终于在那一千多个日日夜夜的等待中，换成了仅有的一次相见。那是一年中腊月的一天，在冷风中的一个傍晚，站在寒冷的火车站台上，我急切地看着从火车上下来的每一个人，隐隐地感到心跳得厉害，人也在发抖，在数以百计的人流中，突然地我停止了眼睛的搜寻，缓缓地朝你走去，一个身材颀长，穿着一身金辉四泻少尉军服的你就站在我的眼前，虽已傍晚，但我感觉金灿灿的，犹如磅礴初升的太阳！我惊讶、惶恐得不知所措了，这是怎样亲近怎样珍爱的你，竟离我那么近，伸手就能摸到，我仿佛走进了一个金色的梦境。此时此刻，你也踩着同样的步伐直直地向我走来，你没有一句话就紧紧地拥住了我，给了我一个吻，从嘴角直流入心灵，我闭着眼睛，仰着头，同样的也没有一句话，只是任凭那阵阵的颤抖把我自己陶醉，就这样我们没有一句话，眼睛读着眼睛，忘记了所有的一切，从眸子里流出的泪水，滋润着你，陶醉了我。就在这一夜里，我们踩着同样不变的步伐走遍了小站附近的每一条小路，在倾听你倾诉的同时，我没有说过一句话，只是用自己那沙哑的嗓子一遍又一遍地唱响你教我的《走西口》这首古老的民谣："哥哥你走西口，小妹妹我愁在心里头，你一走要去多少时候，盼你也要白了头，紧紧地拉着我哥哥的手，汪汪的泪水肚里流，只恨妹妹我不能跟你一起走，只盼哥哥你早回家门口。"

你要我舍弃这里所有的一切与你同行，到西北军营中去追寻你的事业，那口气像命令，容不得半点商量的余地。但我却离不开哺育我成长的故乡，舍不得生我养我的母亲，更怕心中那个圆圆的太阳会有缺憾，便没敢去接你伸出的手，就这样，在目光与目光默默地对视中，你背负沉重走向了远方。这段曾经融入了我多少年追寻多少年相思多少年企盼的爱，现在却已经融化成了一夜又一夜迢遥而神秘的梦，它像风一样地掠过天空，便无影无踪。你知道吗？待你背转身离我而去时我已泪流满面，那一时刻，我的脑子一片空白，只留下了这曾经有过的回忆和一颗破碎的心、失落的灵魂，日日夜夜朝朝暮暮地摧残自己。

疯狂堆积的伤感如泣如诉，我的心里已没有怨恨，我知道，大西北近十年的军营生活，已经成为你刻骨的人生之旅，去那里继续你的事业是你一生的追求，这个时候，强拉你走进爱的伊甸园，只能是一种不和谐的拼凑，在爱的林荫道上，一些事情往往不是用对或错能够划清的，在那些失落的日子里，我好想好想把那些没有结果的爱都还给你，百万倍千万倍地还给你，既然命中注定我们的相遇只是两条平行的铁轨，永远也无法交叉重逢，那么又何必去打碎那忧伤的风景和优雅的美呢？每当夕阳西沉时，又独自流泪、依然相思。

三

现在，我早已拥有丈夫的温柔与豪迈，拥有儿子的阳光与青春，但每当午夜梦回时，你总是从我的心中跳出来，既然每一种感情都是真诚地付出，都已享受到了一种过程的美，又何必去在乎是什么样的结果呢？为了以后的回忆不留下太多的遗憾，为了明天跳跃的太阳，我会永久地把你藏入心底，把心灵关闭，永不拾起。怀揣当年相爱时的真诚，祝你平安，这种选择，只要能给你带来幸福和快乐，我宁愿承受苦涩的思念。现在，我唯一能给你的只有真诚的祝福和心灵的祈祷以及那午夜梦里的走西口了。

岁月如歌，一晃已整整二十年了，二十年来大西北风吹沙漠的沙沙声早已该抚平你心灵深处的伤口了吧？那一排排历史中的兵马俑在郁闷中能给你安慰吗？古长城淳朴的民风能拂去你漂泊的疲劳吗？在这所有以前曾经折磨得你心力交瘁却又让你充满向往，鼓动着你去不远万里为它漂泊的西北风中你一定积累到了一种力量的源泉，但同时给我注入了这填充心灵的唯一思念。也许，漫漫长久的一生，你已经把根扎在了大西北，同那里可爱的姑娘共结连理，用你的一生去破译那个曾经有过的梦，我会在缕缕的思念中为你祝福，无论你在哪里，你一生的快乐是我最大的心愿，就让这高山流水蓝天白云带给你这真诚的祝福和所有的思念。愿你在那漂泊的疲惫中走向生命的成熟，纵然是一生的流浪，总要比我这白茫茫空落的人生更好。

已经记不清在我的梦中已多少次到过你当年跟我描绘的西口了，从山西的河曲到内蒙古准格尔旗的纳林乡，这是你说过的走西口较近的一条道了，河湾渡口的黄河，河心上有个小岛叫娘娘滩，娘娘滩上有个娘娘庙，是传说中汉文帝及母薄太后被贬之地。过了渡口，沿着娘娘滩北侧走不到20里就到了内蒙古准格尔旗的马栅镇，从马栅向西30里就是陕西府谷的地界，这里的古城就是根据传说穆桂英大战洪州修的土城遗迹，沿着公路西行50里就到纳林老街，就是当年的汉子走西口驻足休息的地方，如今老街的两旁是一处又一处被主人遗弃的残破土房子，期间有一些黄土打造的围墙，现在都已坍塌，这些土围墙就是当年拴牲口的地方。

再往西走，就到了府谷县的麻镇，是府谷最古老的镇子，也是陕西神府一带和山西西部人民走西口路线的交汇处，明长城从这里穿过，一个个孤独的烽火台陈立在麻镇的周围，它们是否还记得有多少人从这里走过？它们是否能看到我有一天能真的站在这烽火台上？

有多少次了，我在梦中沿着这条线走西口，竟然能跨过了山西—内蒙古—陕西三个省。就这样我看到了大西北，看到了那让我魂牵梦萦二十年的地方，看到了这一块让你舍弃了一切为之追寻为之漂泊的热土。我想，在不久的那一天，我要真正登上杀虎堡，站在雄伟壮观的古长城上，望长城内外，那烽火台上，仿佛依然狼烟滚滚，古战场内，仍旧击鼓鸣金，荒草在劲风中低吟，又是一阵劲风从断壁残垣的土长城口刮过，唯有现在的我才能把这种历史感和沧桑感体会得淋漓尽致。我心里明白，我心里知道，我注定要唱着你教的那一首《走西口》歌谣，伴随我的一生。

走西口哪里是个头，走西口不知命里有没有，走西口人憔悴了心没瘦，走西口流着眼泪把歌喉。

年复一年地想起你，多少次地在梦里我走西口，感觉到天边的你好像就在我的身旁一样，盼望着有一天在梦醒的时候能真正踏上那一条走西口的路程，把那思念珍藏在行囊的深处，一个人独自在路上忘掉所有的忧伤。

明祖陵探古

明祖陵是盱眙的一张名片，这里带个“祖”字，一定如它的名字一样的古老、沧桑和神秘吧，一种怦然心动的感觉使我迫不及待地想到明祖陵去探古。车子开得已经很快，一排排挺直的白杨树不断地从车窗外向后面跑去，此刻，我的脑子里已经浮想联翩，无暇欣赏路中流动的秋季风景，正当我沉浸在对明祖陵无限的遐想时，爱人说，明祖陵已经到了。

明祖陵坐落在洪泽湖的南岸，淮河入湖处，位于江苏盱眙县城西。因地处淮河的下游，明祖陵累遭水患，为了保护明祖陵，20世纪70年代，政府筑堤三千米，把陵墓从湖水中隔出，沉没在湖中三百余载的文物瑰宝从此重见天日，因此，盱眙就成了帝王故里。

相传，朱元璋从一讨饭乞丐，又因穷困剃发，居然荣登帝位，究竟是哪处坟头冒青烟了？连他自己也备感诧异，故他急于寻找祖上坟茔，以谢福佑，后经多方考证，此地便确定为朱明王朝“肇基帝迹”圣地。1385年朱元璋命太子朱标率文武郡臣和土木工匠开始了规模浩大的明祖陵营造工程，因祖上尸骨已难以找寻，太子奉高祖玄皇帝、曾祖恒皇帝、祖父裕皇帝三祖考衣冠亲赴敬葬。祖陵原有享颠、金门、玉桥、拜斋、铺舍等，栽植柏树万株，神道全长250多米，两侧立望柱二对、石像有21对，并有祭田149顷，气度恢宏。更有点传奇色彩的是，眼前的明祖竟在水下沉寂了300余年，使他躲过了多次兵荒马乱的劫难，石刻保存的精美程度，在明代的遗址中，乃为全国第一。荣获“中国唯一水下皇陵”之美誉。

明祖陵神道在一片松柏的深处，静谧之中裸露出来十分肃穆的气氛，共有21对石像生组成，依次为麒麟、雄狮、华表、马倌、拉马侍、文臣武将、近侍等，它们或磅礴雄伟，或肃穆大气，没有靠近它们，就有一种厚重的感觉。这些石像形体高大，在全国的明陵中，形体最大，因为是祖陵，延续子孙不能欺祖的古训，子孙的陵墓只能建得比它小。在配置顺序上，以四尊雄性麒麟为首，麒麟是神话传说中的瑞兽，麒麟身上的纹路，拂起的毛发和披起的麟痕清晰可见；狮子满头涡装的卷毛，颈带上迎风飘起的红缨栩栩如生；四对文臣，身着蟒袍，腰束玉带，手叩胸前，驯良温顺；最令人绝叹的是拉马侍，整个石雕和青石板连为一体，重23.40吨，不敢想象，在当时的条件下，这样巨大的石块是怎样运输来的，仔细观察，可以发现拉马侍手握缰绳，细小的纹路和指甲依然清晰，在他的背后可以清晰地看到官服上绣的一只仙鹤，而绣有仙鹤的官服是当朝一品官穿的，一品的拉马侍在祖陵上出现，可见朱元璋对祖陵是何等的重视，再看那马，马的脚下踩着祥云，这是天马呀，它就是在云上飞，非常有想象力，这些石刻身上的每一道纹路里，都布满了历史的沧桑，一个家族一个朝代的历史，在这些石刻的身上凝固成了永恒。

走过神道，再跨过石拱桥后，地下玄宫的遗址就尽在眼前，眼前的祭祀大殿，由于洪水的淹没与洗刷，如今只剩下二十八个石柱墩孤零零地矗立在沙堆中，这些粗大的石墩，可以想象出当时的宫殿是如何的宏伟，石柱上被岁月侵蚀的痕迹，似乎在向人们诉说着明王朝曾经繁花似锦的历史。

我们安静地走在青砖铺成的小道上，就像走在通往历史的隧道里，旁边的淮河水声滔滔，芦苇摇曳，曾经繁华至极的明祖陵竟成了在瑟瑟秋风中的一堆残存痕迹，整个人的心情与秋高气爽的天气形成了反差，面对这些历史的痕迹，产生一种肃穆后的苍凉之感，这样的心情也许就是历史的凝重感吧。

南山访古

唐代大文豪刘禹锡曾有过这样一句名言：“山不在高，有仙则名；水不在深，有龙则灵。”镇江的南山，就是属于这样的，自南朝以来，历代的文人雅士纷纷云集于此，诉不尽南山的美，诉不尽南山的幽。到南山去访古探幽之心早生，只是一直未能成行。国庆假期，机缘偶得，随作协好友数人前往镇江南山。一到那里，感觉到了走访这样一座仙山的舒适与惬意。

南山访古，最迫切寻访的就是招隐寺，招隐寺雄踞于南山的一片葱茏之中，刘禹锡的五步诗《题招隐寺》就写道“隐士遗尘在，高僧精舍开”。招隐寺从南朝到北宋，隐居过三位名人。招隐山门上的“城市山林”四个字竟是北宋大书画家米芾的真迹，相传，米芾和他儿子从山西来到镇江，在南山生活了四十余年，南山的自然景色给了他创作的灵感，他的泼墨法和水墨点染法，把南山的山水描绘得淋漓尽致，独创的“米氏云山流派”一直流传至今。他生命的最后意愿，死后要做南山的守护神。在米芾雕像前，我垂首而立，虔诚地与大师进行心与心的交流，感悟到了大师的精髓。

曲径通幽，依依不舍中，我走进了招隐坊，招隐坊由四根四百多年前原石原刻的石柱构成，这里的两副楹联，让我读懂了招隐寺从南朝到北宋隐居的三位文人，上额是“宋戴颙高隐处”，一语就道出了这里是因戴颙第一个隐居而得名，相传，戴颙才华横溢，尤其是在音乐和雕刻上有着深厚的造诣，当时，朝廷曾多次招聘他为官，但他就是拒招不出，一招一隐，就有了“招隐”两字。

看懂了上额接着去解读内联，内联是“读书人去留萧寺，招隐山空忆戴公”，这里的读书人，是指南梁武帝的长子，昭明太子萧统，他在此寒窗苦读十年，编撰了我国最早的一部诗文总集《昭明文选》；下联指为了怀念南山的第一位隐士戴颙，修建了听鹂山房。还有外联“烟雨鹤林开画本，春咏鹂唱忆高踪”，上联指米家父子在此开创了“米家山水”，特别是米芾把把南山的烟雾比喻成烟雨；下联则指，春天的清晨，当人们听到黄鹂动听的鸣唱时，就会想起这里是以戴颙隐居而得名。虽然没有导游的讲述，但我的身心已经融入了这悠远的意境之中。

稍稍前行，眼前便是读书台，这是昭明太子萧统读书的地方，昭明太子年少聪慧，十岁便能博览群书，人们称他是梁朝神童，作为长子，他在宫中，每日忙于朝中事务，但他的志向是希望能好好读几年书，给后人留下点有价值的东西，便选中了招隐山，上午在这读书台读书，下午在增华阁召集梁朝的文人雅士论文选文，从三万卷书中吸取精华，编撰了我国文学史上最早的一部诗文总集《昭明文选》，共三十集，三十八类，七百余篇，古代竹卷写了三万卷，不幸，由于脑力劳动过度，萧统三十岁就双目失明，一年后就病逝。《昭明文选》的完成，是从唐至今，对我国文化的发展起到了光辉灿烂的作用。

南山访古，文苑是一定要去的，文苑是为纪念我国著名的文学理论评论家刘勰及其文学巨著《文心雕龙》而建，文苑有两处主体建筑，一处是文心阁，一处是学林轩，雕龙池与知音亭自成一体，又与文心阁相得益彰，知音亭的四面是四位书法家用真、草、隶、篆四种字体题写的四块“知音”篇。可喜的是，如今《文心雕龙》的研究已经形成了专门的学术——龙学，2000年4月在文苑召开了《文心雕龙》国际学术研讨会，先贤的学术已在世代传承。

一直梦想着做个诗词般婉约清丽的女子，但却常常在如烟的世俗中丢失了自己，回首当年，那么纯净的梦已渐渐远去，南山访古，足以沉淀我一生的诗情了。1400多年的光阴把我们分隔在两个不同的时空，有些人，不见一面，即可倾其一世，我仰慕南山的这些历史先贤，就是这些先贤缔造并延续了我国的文化底蕴。我仿佛看见了这些先贤们泼墨挥笔的慷慨激情。雕龙池塘的水，曾尽情地亲吻过他们的砚台；读书台的石桌上，曾十年不变地端放过昭明太子喝过的茶杯；南山的棵棵花草，曾忍不住偷偷地抬起头来，想看一眼米氏云山流派的真迹；南山的清泉，曾为戴颙的高雅的气节弹奏出悦耳动听的音乐。

南山，安静里带着沉稳，历经了千年的凝恋，早已凝聚成了沉积的历史和灿烂的文化。

藤楝恋

没有太多的原因，只是在网上看到了一个楝树和青藤缠绕相恋千百年的故事，于是，爱人驾车带着我来到了这里。

我眼前的这座山不高也不大，但它出现在一马平川的苏北平原，就显得有些奇特，也许是这个原因，古代一百多位文人墨客留在这座山上的墨宝随处可见，尤以米芾的《第一山怀古》最为著名："京洛风尘千里还，船头出汴翠屏间，莫论衡霍撞星斗，且是东南第一山"，从此，这座山因这首诗易名为"第一山"。在这座山上能让人登高望远，词典上讲，张目为"盱"，举目为"眙"，这座风景秀丽的小城因此山而成名为"盱眙"。

首先映入眼帘的是米芾写的"第一山"标志的石刻，三个大字雄健俊逸，选择步行上山，路的两旁有许许多多的栗子树，满满的一大片，非常壮观，不知不觉中，来到了十景之一的"索桥悠悠"，过了索桥就是一大片的竹海，我们拾阶而上，向山中腹地走去，进入了一片茂密的山林，这里简直就是一个原始的生态园，有野生植物280多种，并有800多种中草药，一棵棵参天大树，一片片奇花异草，在秋风中摇曳着美丽的传说，我们走走停停，尽情地享受着大自然赐予的那份宁静，那份清新，终于来到了我寻梦的地方，这个被人们传颂了千万次凄婉美丽爱情故事的景点——藤楝园。

相传，这里一株碗口粗的楝树上缠绕了一株粗壮的青藤，没有人知道它们这样相互缠绕在一起有多少年了，后来，一个砍柴的人来到这里，怕这棵楝树会被这根青藤缠绕死掉，就用砍刀把青藤从底部砍断，这个人本来是好心，想楝树因此能茁壮成长，没想到青藤砍断后，楝树就突然地死掉了，好像是为了给青藤殉情，就这样，枯死的楝树在原地和树干上的枯藤紧紧地抱在了一起，几百年来，枯藤从未从树干上掉下来，一直紧紧地缠绕在楝树的身上。

彭城姜宗毅教授来第一山游玩，听到这个故事后，悲从心中来，当即吟诗一首《藤楝（疼恋）》，以视纪念，诗曰："楝树缠藤藤缠楝，青山巍巍曲径幽；有风有雨有思盼，无暗无阴无企求。连理比翼不一体，举案齐眉乃双俦；何如楝树青藤缠，缠抱一生死不休。"现在，这首诗就刻在这棵树下的一块青石板上。到此，故事却还没有讲完，到了铁山寺重修的那一年，各地的高僧为大雄宝殿开光，其中的一位大法师听说这故事后，特意赶到这棵楝树下，替它超度，到第二年的春天，这棵沉睡了许多年的楝树，居然奇迹般的又发出了新芽，现在，眼前的这棵楝树果然是绽开着郁郁葱葱的绿叶，那根青藤，就是如今满山的葛藤，它们总是会依恋地缠绕在相邻的树上，向世人重演着一个个爱恋的故事。

牵手与爱人走在这满满的藤楝园中，满心的故事让我难以释怀，树犹如此，人何以堪？亦是爱，我眼前这个给了我全部的人，也许只有他，只是他罢了，没有恋爱没有承诺，但有的是婚后二十多年来的担当和守候，我想，在这个世界里，没有一个人能够像他一样，对于我的好与坏，错与对都通通地打包全收，挂在脸上的总是满满的笑意，真是他的宽容和担当，使我懂得了生命中什么是"缘"，什么是"圆"，我俩就是缘分穿过身体相依相偎的两半，不用拼组便已经吻合得天衣无缝了。

眼前的这一片神奇的丛林中到底还孕育着多少美丽的传说？第一山里的每一座寺庙、一片山林、一湾清泉都能让人回味无穷，尤其是那藤、那树缠绕苦恋的故事，更让我魂牵梦绕，如果有下一次，我们还会到这个藤棟相恋的地方来走走，就像今天一样，牵手接受千百棵缠绕在一起藤棟那爱的洗礼。

我想去西藏

每个人的心里都会有这样一座城，它可以是真实存在的，也可以只是幻想；可以是曾经到过的地方，也可以是永远不会涉足的土地；它似乎遥不可及，但它却又近在咫尺。

西藏，你就是在我心中如此神圣的存在。每当我听到韩红的《青藏高原》、容中尔甲的《高原红》、乌兰托娅的《我要去西藏》等歌曲时，都有一种涤荡心灵的震撼。是的，我知道西藏你站在了世界的屋脊上，有着不屈的坚硬，离太阳最近，是地球上最勇敢最孤独的地方。

是你给我带来了这远古的呼唤，是你给我留下了这千年的祈盼，是你让我渴望着那永久的梦想。但我却真的不知道，让我如此渴望的是雪域高原的亮丽风光？还是充满传奇色彩的风土人情？是神秘的宗教信仰？还是别的东西？在我的心中荡漾着，感悟西藏，是为了让自己沉淀下去，是为了让自己去追寻另一种完全不同的生活，一种梦想，一种比现实生活更加纯粹的梦想。它守候着我内心纯洁而高贵的信仰。

这一刻，我仿佛已置身在去布达拉宫朝圣的人群之间，和他们一样三步一叩、五步一拜。五体投地磕长头，走在朝拜你的山路上，我相信我朝圣的真诚也和他们一样的真诚，当一个人的真诚达到极限时，再愚蠢的行为都会显得伟大，连天地都要为之动容，我之所以被感动，是感叹自己在平时的生活中从没有达到这样的境界，这一刻，我想，我磕长头在朝拜你的山路上，不是为了等待叩见，只是想静静地闭目在你经殿的香雾中，能够真切地听见你诵经中的真言；我想摇动所有的经筒，不是为了超度，只是为了能够触摸到你的指尖；也只有在这一刻，我突然明白，我为什么总是找不到自己想要的爱与感动，原来爱不是别人所给予的，而是来自自己的内心，只要自己是真诚的，感动就是真诚的。

这一刻，我仿佛已置身在美丽的青海湖间，我知道青海湖是世界上最大的内陆咸水湖，我仿佛看到了湖面上的各种水鸟，最漂亮的就是黑天鹅，体型肥硕，有着王者的风范；还有各种野鸭和鸳鸯以及其他不知名的鸟类在湖面上追逐戏闹着。湖边上是黄黄的油菜花，天空上是白云相见，湖中那蓝蓝的水是使人难以忘怀的蓝，黄黄的油菜花被那蓝蓝的水包裹着，湖边上还有很多的牛马羊在啃着草根和苔藓，怪不得传说中王母娘娘会居住在此，文成公主进藏时留下的痕迹和传说，因为这就是天堂。

这一刻，我仿佛已置身在唐古拉山下，抬头看见山上的雪和天空中的雾交融在一起，山上的天空是湛蓝湛蓝，没有一丝云彩，显得特别安静、神秘，对人有一种无声的威压，驻足在此，我真的会觉得眩晕，好像自己在迅速地变小，面对那肃穆的蓝色，我会禁不住双手合十，想对它顶礼膜拜，这时候会让我感觉到我又一次地来到了天堂；这一刻，我只想升起风马，不是为了祈福，只是为了能够真的守候着你的到来。

这一刻，我祈求着，在今生余下的旅途中能够真的与你相遇，因为我早已习惯了孤独和黑夜的漫长，真切地体会到了生死两茫茫的境界。也就是在这一刻，我感觉到了我的双脚已经真正地站在了你的土地上，我的身体已经被你那铺天盖地的圣洁的雪水洗涤了一遍，褪去了世间污秽；我灵魂的窗户已经被你那富有质感的云朵擦拭过了一遍，坦诚的如这高原的天空；我纷扰的心绪已经被你那高原上的风梳理过了一遍，是那样地条理分明。

是的，感悟着神圣魔幻的西藏，我真的想去，我就是要去，我要匍匐在你的身边，紧贴着你的温暖，就这样亲吻着你，就这样把你的神圣体会得淋漓尽致。

乌镇之旅

曾记得，在初中时拜读茅盾的著作《子夜》《桑叶红似二月花》《林家铺子》等一系列作品时，就有一种意念深深地扎根在我的心中，我一定要到茅盾先生的故里——乌镇去看看，一定要亲身体会一次毛毛细雨敲打着石板路的感觉，或者撑一把油布伞在那里谈一场风花雪月的恋爱。

二十年过去了，直到三年前，公司组织我们去乌镇旅游，当时我憧憬着能了却我学生时的梦想，但是很失望，我们只在乌镇走马观花地走了一遍，却把我内心深处最真的东西都勾引了出来了，更加激起了我要细细品味乌镇的热情。去年十月我生日的那一天，终于在爱人的陪同下又一次来到了乌镇。

那天，我和爱人下午出发，赶到乌镇，已临近傍晚，白天的游客正从景区内陆续退出，我要的就是这种相对静逸的氛围，我就是要来感受乌镇的宁静，就这样不受打扰地细细品味。乌镇是一个有1300年镇史的江南古镇，以崭新的仿古牌楼和青石板路为特征，以其原汁原味的水乡风貌和深厚的文化底蕴，传承着千年的历史文化，乌镇的名人大家数不胜数，近现代更有文学巨匠茅盾、漫画家丰子恺等，他们都是从乌镇走出，在中国及世界的历史上写下了永不磨灭的浓彩重墨。

暗淡的夜色中，我和爱人沿石板路走进了一家饭铺，在柜台前打半斤女儿红，配着当地的香酥鸭和茴香豆，酒就盛在粗瓷碗中，一边品酒，一边看着河面上穿梭而出的乌篷船，远处传来委婉惆怅的越剧唱段，好似在诉说着离人的惆怅，眼前浮现出来的却是茅盾《林家铺子》中那些鲜活的人物。

品完女儿红及美食，和爱人租一艘乌篷船，静静地在水中荡漾着，默默地聆听千年流水的吟唱，不时有风吹来，有云飘过，我告诉船家慢慢地就好，不忍心打破船下的宁静，小船虔诚地轻抚着平静的湖水，我只愿让泛起的涟漪把那生活中的风尘都随波远去。站在桥上远眺，乌镇的水、路、长廊等都会浮现在眼前，古镇歪歪曲曲的弄堂，平平仄仄的青石板，清清澈澈的小河，高高低低的石桥，就这样远远近近地望着，仿佛把自己也融进了这一幅绝美的画中。

就宿于古老街道旁的旅店中，下半夜迷迷糊糊地被点点滴滴的雨声吵醒，老天也是善解人意的，相信它被我的真诚感动，安排了这场秋雨，我披衣而坐，在暗夜中静等黎明的来到，看到远方的天空渐渐露出了鱼肚白，一个人悄悄地走出旅馆，在古老的青石板路上散步，雨丝轻轻地落下，渗透进我的每一次呼吸，从街道的这边到远远的尽头，都被雨织出了一帘的朦胧，在石板路上留下一些浅浅的水痕。由于天空还未完全放亮，这时几乎没有行人，街道显出一种寂寞、朦胧的美，雨丝屡屡地吻在我的脸上、脖子上，我摊开双手，雨点就在我温暖的手心里湿润，慢慢地顺着我的双掌滑落下去，悄悄地叩响我的心扉，不禁试想，能这样撑一把油纸伞，伴着淋漓的细雨，踩着青石板，听着雨点轻吻万物的声音，有着与世隔绝般的舒心，远离尘世的喧闹，就这样在只属于自己的世界里慢慢地聆听，慢慢地享受，那是何等的幸福，一想到过一会儿，喧闹的人群就会打破这样的宁静，不禁心头一震，隐隐地感觉到了丝丝的痛。

吃过早饭，和爱人来到了我乌镇之行的最重要一站，那就是文坛巨匠茅盾的故居。茅盾，原名沈德鸿，字雁冰，是我们新中国的第一任文化部长，他著作等身，为后人留下了一千二百多万字的作品，我是读着他的文字长大的，也是读着他的文字喜欢上了文学。茅盾的故居，建于19世纪中叶，位于中市观前街十七号，分东西两个单元，故居书房的北窗下面是先生的写字台，墙边是两只木阁几架成的长桌，是先生练书法用的，分隔前后间的是架顶的大书柜，结构非常别致，有三部分组合而成，左右两个大立柜，两柜之间形成一个拱形门洞，先生在园中亲手栽种了一株棕榈树和一丛天兰，先生就是在这书房中写成了中篇小说《多角关系》，我轻轻地用手指抚摸着先生坐过的桌椅，仿佛看见先生在这里挑灯写作的情形。从茅盾书屋出来，我们来到了东侧的茅盾纪念堂，建筑面积约1000平方米，分为上下两层，这里陈立着茅盾先生的遗物59件，书籍有千余册，图片90多幅等珍贵的历史资料，整个馆以先生的人生之路和文学之路为主线，展示了先生波澜壮阔的一生。从纪念馆出来，我们走进了茅盾陵园，先生的陵园是采用“子”字形布置，“子”是取自于先生的代表作《子夜》，通往陵园的道路上，建造了85级台阶，寓意着先生85岁的生命历程，先生虽然于1981年永远地离我们而去了，但茅盾文学奖是每一个文人作家都毕生追求的至高荣誉，茅盾文学奖由中国作协主办，至今已有七届，著名作家古华的《芙蓉镇》、刘心武的《钟鼓楼》、路遥的《平凡的世界》、陈忠实的《白鹿原》及贾平凹的《秦腔》等都获此殊荣。倾听着讲解员对先生一生心路历程的讲述，我也听到了自己心律的跳动，我好像在接受一次精神的再生洗礼，是的，在先生的著作面前，我已觉察到了自己全部的肤浅和渺小。

不知不觉间又临近傍晚了，已到了闭馆的时间，我和爱人带着几十本先生的作品恋恋不舍地离开了，先生，过段时间我还会再来，我想，我的热血又开始澎湃。

无限风光尽三清

三清山位于江西上饶市的玉山和德兴的交界处，是怀玉山脉主峰，因“玉京、玉虚、玉华”三峰峻拔，如三清列坐其巅而得其名，山峰中以玉京峰最高，海拔1819.9米，是信江的源头，也是座道教名山。自古享有“清绝尘嚣天下无双福地，高凌云汉江南第一仙峰”之殊荣。

六月中旬的一天，我们乘坐旅游公司的大巴车从单位出发，随着汽车的开动，两边熟悉的房屋、田野不断远去。经过了七个多小时的车程，我们到达了上饶市的玉山县城，怀玉山脉横其西北。当年，著名作家郁达夫行至玉山县城，陶醉在玉山“半江青山半江城”的景色中，誉它为“东方的威尼斯”。在玉山又经过了近两个小时的盘山公路，我们到达了这次旅游的住宿地方，三清山脚下的四星级宾馆田园牧歌。

田园牧歌，紧邻环山公路，距三清山金沙索道站只有三公里，来到这里，我就好像来到了一个原始部落，一个以赣东民族风情为主题的世外桃源，其整个的格局以花园式绿色生态建筑围绕而成，漫步在这个神秘的山寨中，一种原始与现代冲破时空阻隔的感觉油然而生，那些古老的情愫与现代的激情产生出的强力碰撞，不断地冲击着我的视角，在这里，我卸下了旅途的疲劳和压抑的心情，参与到佤族民族风情的表演中，尽情地与佤族姑娘、小伙子们一起大碗喝酒，大块吃肉，在木鼓声中畅快淋漓地舞动着身躯，体验阿佤人民浓浓的生活情趣，让旅途中的疲惫在这样的歌舞升平中，被这山间清泉洗刷一尘不染，喝过跳过唱过后，我们住宿在半山腰上一个个独立的小木屋中，背依三清山，幽枕溪流谷，做了一回真正的山里人。

三清山的金沙索道是世界排名第三的奥地利一家公司设计制造的，采用的是八个吊厢单线循环脱挂式索道，坐在里面不仅安全，而且一点都不闷，还放着优雅的轻音乐，但见身边云气飘荡，脚下林木苍郁，山峰之间山石嶙峋沟壑丛生，缆车行至一半路程，仰头向山上望去，就能看到三清山的一个景点：观音赏曲，位于南天门的群山之中，由两座山峰构成，一为观音像，一为葛洪像，相传晋代道士葛洪有感于民间疾苦，以琵琶对天倾诉，琴声感动天庭，观音下凡探访，合十聆听，留此法相，此处的观音，也是三清山观音三法相之一。

九点多时，我们下得缆车，开始爬山，从南清园爬到西海岸，再到东海岸，最后回到缆车处。一路上，步步石阶相伴，有的地段，因为很陡，爬的时候就不敢看风景，一会儿，汗水就浸透了衣服，只有到达了三清山的栈道时，才敢静心享受其美景。据悉，三清山全山是花岗岩峰林地貌，被誉为“西太平洋边缘最美的花岗岩”，山上峰石千姿百态，步步是景，座座山峰，块块石头，都可以给你想象的空间，无不惟妙惟肖，逼真至极，对这些怪石，我只能感叹大自然的造化，是什么样的鬼斧神工才能造就今天三清山的神奇呢？更让人不可思议的是蜿蜒在山腰上的高空栈道西海岸线，栈道宽一米左右，海拔高度约1600米，是我国目前最雄奇的栈道，栈道紧挨着崖壁而建，一边是陡峭的山岩，一边是凌空的深谷，漫步其间，随时可将三清山错落有致的美景尽揽眼帘。

导游说，三清山一年中有两百多天都是这样的雾天，雾中的三清山，就像一位俏佳人般的温情脉脉，涌动着它的百媚风情，与我紧紧相拥，步步相伴，如缕如约，云雾像流水般在静然游走，风心摇曳，震骇得我恍恍惚惚；雾气又像一道道长长的纱，坚韧地掠过巨大的山脉，露出的山头，犹如被天空流下的圣水清洗过一样，格外地夺人心魄。本来还是云遮雾罩的，但是，只是一个不经意地回头，远处的山，瑰丽的植被，碧蓝的天空，立体的云朵，顷刻间全都蹦了出来，颜色开始丰富起来，没有意识到，雾就在一瞬间散去，犹如精美画面蒙着的幕布，一下子全部撤去。沿悬壁转弯，远远便看到了三清山三绝境之一的司春女神，传说女神为西王母第二十三女，名瑶姬。世人认为她是东方神圣，是春天的化身，因而今又改称之为“东方女神”。不过，从刚上前的角度看，女神倒像个老姑婆，越往前走，女神越来越显出其美丽的姿态，让人倾倒。继续前行，另一个标志性的景点，巨蟒出山映入眼帘，只见在海拔1200多米的深山幽谷中，一奇石峰横空出世，如擎天柱昂首屹立，扶摇直上，耸入云端，峰端略粗形似蟒头，峰腰稍细有若蛇身，最细处直径约7米，云雾缭绕之时，蟒头窜动，蛇身微摇，形似一硕大的蟒蛇吞云吐雾，撼动天地，直欲腾空而去，此景有阳刚之形，雄性之美，并在不同的角度变动出不同的景相。与巨蟒出山相对应的一个景点是玉女开怀，又称“双乳峰”，玉女开怀是三清山至纯至美的象征，坚硬石峰却呈现出丰腴柔美的形态，举世罕见，造化之奇可见一斑。

三清山的花，以高山杜鹃出名，五月底六月初开放，一株株均是成长千万年的杜鹃树，比我们的人还高，由于我们是六月中旬去的，没能看到漫山遍野盛开的杜鹃花，只有在一些背阳地方的杜鹃树上，还盛放着零星的花朵，树丛中、栈道上各色的山花摇曳生姿，不断地吸引着我的眼球，据悉，我国航天火箭发射时，曾携带了200多种三清山的物种上太空。山上的松树也是奇美之至，那一棵棵在山上生长了多年的松树，千姿百态，枝干曲折，且多两株并生，或苍劲古朴，或风情万种，有的破岩而出，有的盘式而生，有的挺立于峰谷，有的叠挂于险壁，神态各异，气度非凡，它们不知岁月沧桑，伸展着绿色的手臂，婷婷地站在那里，迎接着我们这些从远方来欣赏它们的游客。一路行走，松鼠时不时会跳出来，肆无忌惮地在栈道的中央看着我们，或上蹿下跳的，实在是可爱透顶，许多游客兴致勃勃地拿着手机在捕捉它们的身姿。美呀美，美就在这样的自然中，美就在这样的自由中，在我前面不远处的同事忍不住放声高歌，歌声在山谷间回荡着，我的心和脚步和着歌声的节奏，格外轻松，身轻如燕，感觉自己也是个神仙。

沿着山谷攀登了四个小时，陡峭的石阶消耗得我几乎已没有了体力，无奈，时常要停下来喘口气，一路上，不时地有挑担师傅从身边经过，尽管他们肩上的担子很重，但是总能超过我们，我的目光追随着眼前的一位师傅，心里却沉沉的。大家都在同一条道上登山，都爬得汗流浃背，但目的全然不同，我们是为了山色美景，来修身养性；可师傅们是为了生计，一天都不能懈怠，因为他们要以此来养家糊口。我们只是旅人，虽然旅行很辛苦，但是毕竟还有退路，而师傅们的生存环境就在此地，无论酸甜苦辣，必须常年日复一日地长时间背负着重物爬山，只为换取一点微薄的报酬。呆呆地望着师傅们的背影，想起了我饱经沧桑的父辈，他们有着同样古铜色的脊背，在土地上辛勤地耕作，脸上都布满了同样沟壑似的皱纹，我的泪水顷刻间淌满了整个的脸颊。这些汗流如注，脚步沉重的师傅，他们的坚韧，已如同三清山的千年老树，深深地根植在了我的心中。

三清山的风光，只有真正置身其中，才能感受到它的魅力，这种情感是很难用言语来说明白的，怪不得许多人在看过其景色后，都会感叹上一句：能够老死在其间该有多好呀！我真的相信，面对神奇的大自然，人们都渴望吸收日月天地之灵气精华，让身体和心灵更加宁静。再看看三清山的导游图，我们这次所到的南清园，仅系三清山景区的八分之一，难怪有人说，三清山你必须要去三次，才能欣赏完它的全貌，这次的三清山之行，给我留下了更多的期待与盼望。

亦真亦幻西津渡

西津渡，看到这个名字时就莫名地喜欢上了她，轻踏石阶，缓步前行，硬硬的，脚下的感觉是多么的坚实，可一抬头，那通幽曲径的小巷是那么相近，又那么遥远，竟看不到何处是它的尽头，这曲曲折折的环绕，是那么的如梦似幻，一种久违了的情愫熏染得我心旌神摇。

西津渡古名金陵渡，这条古街全长1000多米，始创于六朝时期，历经唐、宋、元、明、清五个朝代的建设，这里曾是长江下游的重要渡口，长江和运河在这里交汇，是近代中国最早的通商口岸之一，这里承载着唐朝以来1300多年的历史遗存，整条古街随处可见六朝至清代的历史踪迹。

柔婉而清丽，这是跃入我大脑中的第一个形容词，西津渡犹如是一位小家碧玉的古代女子，依青山为屏，一水的青砖黑瓦，青石小巷，四下延伸，湿漉漉的墙根石缝里星星点点地镶嵌着青绿的小草，爬满了藤蔓的马头墙平平仄仄，半开半掩的柚木门窗上散发着淡淡的檀香。

西津渡的入口处就是当年长江岸边的码头，在门前玻璃罩内展示着考古发掘出来的清代码头遗址，伴随着导游的解说，似感滚滚江水就在脚下流过，当年王安石应召赴京，从西津渡扬舟北去，舟经瓜洲时，即景抒情，写下了著名的《泊船瓜洲》诗："京口瓜洲一水间，钟山只隔数重山。春风又绿江南岸，明月何时照我还。"元朝时意大利著名旅行家马可波罗从扬州到镇江来，也是在西津渡登岸。清代以后，由于江滩淤涨，江岸逐渐北移，当年的西津古渡现在离长江江岸已有300多米距离。“一眼看千年”，几乎所有来到西津渡入口处的游客都会拍下这几个字，它的骨子里透着霸气，这句话的正下方是一个用玻璃罩起来的阶梯式古道，陈列在凹槽中的一层又一层的石阶，从低至高依次摆放着各朝代的路基标记，是千年来各个朝代路面的变化情况。

走过曾经的码头，看过千年的陈迹，继续行走在古街的条石路面上，街巷里的小剧场，仿佛是穿越到了几百年以前；烙饼用的炉灶里还在烧着蜂窝煤；小山楼青年旅社的广招旗在楼顶高高飘扬着，惹得不少驴友相拥而至；古巷长安里，巷名砖刻还是民国元年的真迹，用瓦片装饰的漏窗里透出了青竹的翠绿，走过砖砌卷门，门楣上“层峦耸翠”的句子出自唐代王勃的《滕王阁序》。走进砖砌卷门里又是一条小巷，拾阶而上，便是曲折盘桓的元代昭关石塔山路，昭关石塔位于山道的最高处，外形是喇嘛塔式，此塔造型独特，台座开敞，山道从下面通过，四根石柱撑起台面，塔座、塔身、塔颈、塔顶等部分全部用青砖分段雕成，昭关石塔为过街塔，按佛经的说法，从塔下经过就算是祭拜，是过渡人顶礼膜拜，祈求平安的地方，其边触历经时间的洗礼，已经变得残缺，似一个洗去铅华的女人，曾经的容颜被岁月雕刻上了深深的皱纹，弥漫出苍凉的慈祥，夕阳给整个塔身都染满了金色的光芒。这里还有救生会卷门、同登觉路卷门等，每过一道卷门，都有一个故事，不经意拾起一串，就会串联成一个很长很美的故事，诉说着西津渡过去的峥嵘岁月。

古街路面上铺的是经过岁月磨砺的青石板，这些青石板中间有一坡面，坡面当中留有深深的车辙，这些车辙痕迹来自当年运货所用的独轮车，仔细俯察这些历史留下的痕迹，就能遥想到当年西津渡人来货往的繁荣昌盛，清代诗人于树滋所写的诗道出了当年西津渡口人来舟往的繁忙景观：“粮艘次第出西津，一片旗帆照水滨。稳渡中流入瓜口，飞章驰驿奏枫宸。”这样的繁荣曾经是古街的骄傲，现已是凝聚成古街浓浓文化的情愫。

暮色下，走到了唐代诗人张祜的雕像前，《题金陵渡》的诗碑上刻着诗人当年在这里写下的这首不朽诗篇：“金陵津渡小山楼，一宿行人自可愁；潮落夜江斜月里，两三星火是瓜州。”相传，诗人当年住宿在西津渡附近的小山楼上，因乡愁难以入眠，在小山楼上推窗远望，夜色宁静，只见江对岸火光闪烁，这首诗把江上清丽的夜景描绘得美妙如画。诗碑所在的地方，就是古渡口，有名的待渡亭就在诗碑的对面，亭边的那条下坡路就是以前走进渡口的路。

我走出西津渡古街时，有从历史穿越到现在的感觉，此时西津渡已是万家灯火，古街似乎又在低声传颂着另一个美丽的故事。

醉美天目山

第一次知道“天目山”三个字，是在中学的语文课本上，学的是茹志鹃老师的小说《百合花》，那个枪筒里插着山菊花的通讯员就是天目山人，从那时起，小战士和山菊花，这个经典的细节就深刻地印入了我的脑海，天目山在我的想象中，就是连片连片绿幽幽的树海和竹海。

据记载，天目山脉位于浙皖两省的交界处，龙飞凤舞地俯控吴越，分东西两峰，遥相对峙，山峰顶上都有一注天池，宛如双蝉仰望苍穹，主峰清凉峰，海拔1787米，历代名人墨客，登临遨游，留下许多传世佳作。十一月中旬的一天，我有幸随市作协的文友们一起去天目山采风，汽车经过4个多小时的旅行，渐渐进入浙江临安的天目山风景区，天目山以其独有挺拔的美丽姿态矗立在我的眼前，从车上远眺天目山，只见山上峰峦叠翠，古木葱茏，我脑海里当即涌现出文人墨客感叹天目山美景的诗句：“参天古树云蓑衣，一路新绿问心堤；纵横孤寂三千载，生生不息展英姿。”我在车上临窗远眺之间，汽车已缓缓驶入了这个著名森林公园的怀抱。进了公园，我们改换景区的旅游车，上山的路蜿蜒曲折，据导游介绍，这条上山的路足有上百个弯道，随着司机师傅高超的车技，盘山公路把我们的身体慢慢地向上托举，盘山公路如一条舞动的彩带，掩映在树林璀璨的山峦之间，可惜的是，因为晕车，没有细看两边的美景，在车上经过近半个小时的颠簸，到了龙凤尖停车场。

我们开始了徒步登山的过程，一路上几乎都是青石铺路，间隔木梯铺就的栈道，脚下的这些石铺路，年代已经很久远了，这些沧桑、蜿蜒、光滑的“吴越古道”，史上记载，始建于1100年前的五代十国，天目山成了吴越两国捍卫国家安全的屏障，吴越两国互相窥视，打打和和，就有了这条古道，一千多年来，有多少的兵甲、商人和挑夫，来来去去、上上下下，把这一块块石铺路磨得如此的光滑亮丽，试想，经过了上千年的积累，在这条古道上该沉淀出多少美丽的故事。

古道并不是很陡，沿着石阶信步而上，不久，高大的柳杉就出现在眼前，一株株昂然挺拔，高入云霄，树顶上的枝条，像一把把张开的凉伞，安详地为路人遮风挡雨，沿着石径往前走，见到各种各样的树林，有枫树、黄杉等，走在石阶上，不时能听到潺潺的水声，远望，小溪似乎躲进了大山的怀抱里，为我们送上声声的问候，为我们洗净一路的风尘，在周围大树的呵护下，路旁的野草特有意趣，同去的文友给了我几枚接骨草的果实，这几枚像黑珍珠似的果实，又嫩又水灵，十分惹人喜爱，我小心翼翼地把它放在了口袋的深处，现在，这几枚果实就放在了我书房的罐子里，写到这里，我又深情地望了它们一眼，我要好好地珍藏好它们，好似珍藏起作协文友们的那份真情一样。

登山而上，沿着蜿蜒的石阶往上走，一个景点就是一番情趣，我们来到了“倒挂莲花”，又称莲花台，其景色绮丽，险美尽异，如同一个被斧劈开的莲花，上有一方台，台旁石笋耸立，五石分峙，各自高撑，状如莲花，然而，莲花台给人一种自然、安宁的心境，正当我一个人在痴痴地看着眼前的美景时，同去的姐妹们已在莲花台上摆好了不同的美姿造型合影结束，等我回过神来，姐妹们已经散了，回来后，看到她们在网上晒的那张可爱的合影里，唯独没有我的身姿，甚是后悔。

稍过片刻，我们又往前走，不久就来到了大树的王国，沿途有树龄在1500岁以上，五代同堂的公孙树，这是一棵古老的银杏树，称为世界“银杏之首”，在其根基部已萌生出22枝小植枝，形象地在游人的面前展现出五代银杏同根的雄姿，又好像在向世人诉说着什么。走过树高54米、胸径1米多的金钱松后，我们来到了真正的大树王的身旁，大树王的胸径2.33米、树积42.98立方米，只见经历了千年风霜雨雪的大树王，树皮已全部被剥光，但树干粗大，七八个大人牵手合抱，才能把它给环住，默默地凝视着它，听着导游诉说着关于它的传说，清朝乾隆年间，乾隆王游玩到天目山，见到此树，便封它为王，此后，凡到大树王玩赏的游客为了留做纪念，或听信树皮可以治病的传说，纷纷挖走了树皮，硬是把这棵御树剥得体无完肤，就这样，大树王死了，但至今仍屹立不倒，更为奇怪的是，大树王是柳树，不知什么时候鸟类把另一种乔木树的种子衔到了它的树干上，现在，大树王的身上已生长出了一枝不同树种的枝干来了，我想，这也许是这座神奇大山的灵气所赋予它的吧。

走到半山腰的开山老殿，我们已足足用了两个小时，揉着酸痛的小腿，极目远眺，风景尽收眼底，群山璀璨，此起彼伏，心境也随之淡然、宁静和开阔。回顾后边的文友，虽均气喘吁吁，却都兴趣盎然，我伸开双臂做了个迎风飞舞的姿态，欲将自己投入大山的怀抱，尽情地享受大自然的独特美景。开山老殿前有个净手池，出于好奇，我去净了手并洗了脸，好像真的感受到了仙气，我自信是个无神论者，但被这样的仙山、仙树、仙寺、仙水同化了。

无奈行程太短，依依不舍地走在了下山的石路上，真想把这些醉人的景致全都揽入怀中，天目山中的负离子含量居全国之首，或许是在这样的环境包围下，登了半天的山，下山时，竟没有感觉到丝毫的累，浑身上下感觉飘飘然，脚步迈得格外轻快，远远地把文友们甩在了后边。

回到家已经很晚了，来不及洗漱，我又迫不及待坐在电脑前重温一遍《百合花》的芳香，这次天目山之行，虽然没有近距离地看到小说中描述的成片青翠的毛竹，心中有些遗憾，不过，遗憾也是一种美，能把希望留给未来。

思绪在古村的小巷里穿行

源于高祖陈光清那睡梦中的土墩，成就了张思古村五百年的历史。

明成化三年，居天台城内四方塘圣旨门的陈光清做了个梦：一高人告诉他，往西走四十里，有处风水宝地，四周广阔坦荡，前有始风溪如眠弓，后有玉带湖环绕，遇一土墩可止，在那里安家，必人丁兴旺。

早春的太阳温暖又舒服，空气里均是百花的气息，明晃晃的太阳照射在百花园里，让人身心荡漾，流连忘返，若不细心留意，很难有人相信，在这百花盛开的小山村里，会有如此密集的古民居集，掩映在百花丛中的张思古村，留下了三座祠堂，也留下了几十幢明清风格的院落，以及数幢民国年间的民居。

从村前的百花园，走进村里的古建筑群，有一种穿越在时空隧道里的感觉，透过这些保存较好的古建筑，丈量着古村青石板与鹅卵石铺就的深邃小巷，有一种被古老气息围绕的氛围，用眼睛细细地阅读它，就好像一个人在静心阅读一本厚重的历史书，用那种极静极静的心，把自己融入进古村隐藏在历史背后的故事，一些被记忆封存的往事呼之欲出，让情绪一下子陷入一种凝重的感觉而不能自拔。

在张思古村，曲曲折折的清石小巷连接起古老的庭院，在正午的暖阳下，阳光斑斑点点地洒落在这幽深的小巷，脑海里跳出的第一个词就是“厚重”，巷道自南向北穿过古村的一端，在一座集散着明清建筑的庭院里，宅院由一个大四合院和八个小四合院组成，左右抱屋各有鱼池一口，后天井有佛堂，雕梁画栋的匾额高高地停留在了岁月的深处，布满了时光的痕迹，门楣上“灵山拱秀”四字闪烁着无尽的神韵，左右两边分别题“纳翠”和“迎熏”两词，纳翠意为迎新纳翠迎熏也就是熏风南来之意，阳光透过雕花的门楼射进院内，站在天井之中，微风徐徐吹过，春天的暖阳拉长了我的身影，把我的身影笼罩在斑驳的光晕里，与静谧古朴院落紧紧相拥，思绪越过高高的门楼，刹那间与古村沧桑的气息融合在了一起。

在古村的十字路口，有一座亭台，称为“墩头台”，建于20世纪90年代，“墩头台”位于古村的中心位置，就是先祖梦中的那个土墩处，这个土墩，承载了古村的渊源和历史，在村民中有极高的地位，台两侧的石柱上挂着一副楹联：“自婺迁务园置山口书田书香不断；由清溯宋代开墩头基地基业无疆。”这副楹联，告诉了我们张思古村的历史渊源和世代耕读的传家传统。古村的老人穿着盛装，在高声唱响着家乡古老的曲调，二胡、扮相和唱功都有板有眼，那眉宇间透彻的笑容，那高亢洪亮的唱腔，在向先祖们诠释着今天的幸福生活，同行的顾姐姐是一个资深的越剧票友，一曲地道纯真的金玉良缘唱来了乡亲们的阵阵掌声。

行走在曲曲折折的青石板小巷内，春天的暖阳洒满了古老的屋脊，那些斑驳的阳光忽明忽暗地洒在了我的身上，静心触摸着这些历史留下的痕迹，在思绪中想象着这里曾经的繁荣和发生过的故事，这些布满青苔的石径小巷，到底承载了哪些已经远去的历史，我不知用什么样的语言来形容它，小巷尽头那些百花园里的游客，把那些远去的光阴延伸到了古村现在的繁盛。

在古村中心的“墩头台”之南，是陈公专司，专司规模不是很大，但建筑独具风格，祠堂的石制门楼极具特色，石制斗拱承支石板门盖、飞椽和屋顶。正面石匾镌刻“龙光陈公专司”，内门石匾为阳刻楷书“晴山拱秀”四字。祠堂内的木雕同样地精致，柱头雀替分别雕有梅、兰、竹、菊图案，雕刻中透着读书人的气节和品位。这是一座集建筑、雕刻和绘画艺术之大成的专司，屋檐门楼上的石匾，虽历经百年风雨仍光芒闪烁，那些独具匠心的砖雕、石雕和木雕，不仅雕工精美，刀法细腻，还融人物，山水和花鸟为一体，所及之物均在讲述着一段段栩栩如生的故事，像千年的童话般荡漾在古村的上空。

在小巷的一座院落里，端坐着一位气质高雅的老太太，老人仿佛和古村一样，虽然洗净了铅华，但那种高雅端庄的神韵已经是融进了骨子里，不是岁月所能磨灭的，老人的身后演绎的是一种怎样的人生，也曾笑过、哭过、爱过，老人在古老的院落里独自坚守着什么，我不曾知道，在老人柔和的视线里，我懂得她需要坚守的东西太多太多，朝迎暮送着时光的悠悠，与她先祖的灵魂一样，安然于古村之中，听任岁月悠悠，芳草斜风。

行走在古村小巷的幽静之中，在轻迈的步子里，洗净了岁月的浮尘，穿梭于古老和现实之间，春天盛开的桃花延伸进古老的院落，春天的明媚让古村倍感清新，阳光把古老的沧桑和春天的明媚暴露得一览无余，我用眼睛的视线抚摸过这里的每一块砖瓦，有一种触及灵魂的柔软和恬静。

后　记

在沧桑中年的本命年里，我如愿出版了自己的第一部散文集《聆听岁月》，这是我近三十年的期待和梦想，也是我近三十年来坚守文学水到渠成的结果。

早在1989年，我就在《张家港日报》上发表了第一篇文章，距今已近三十年了。在我的心里，码字就好比十月怀胎，文章的发表就如一朝分娩，一部书的出版蕴含了多少个十月怀胎和一朝分娩，那是作者一辈子不言放弃的坚持和守候。

这本文集收入的散文，除了有几篇是在二十世纪八九十年代的作品，其余都是近几年的作品，虽然早期的文字很青涩，但我还是想重温那个时候的心路历程，这些文字，也许不是很完美，但文中的每一个字，都是我钟情于文学并与之结合的产物；都是我在岁月时光里的那些寂寞和快乐，悲伤和喜悦；都是我一路前行的内心世界和心灵之约；都是我在那些阳光或风雨日子里的真实写照。

从学校毕业到现在，一直置身于冶金行业，与钢铁的坚韧和爷们的强悍纠缠在一起，在轰轰烈烈和嘈嘈杂杂中撑起自己的事业，每日里一点都不敢懈怠，身心疲惫，把女子的柔情消磨得荡然无存。感谢文学，能让我疲惫的心安静下来，畅游于文字之间，是文字的力量，一刻不停地滋润着我，让我能调整自己，享受其中。

其实我不能算是一个勤奋和刻苦的人，我就是一个懒散的小女人，一部书，一杯茶，一曲音乐，一段文字，是我最喜欢的光阴。也许是生活太过甜美，其间有很长的一段时间，我的记忆都是封闭的，但有的东西永远都是自己的，比如文学和文字，生活里那么多的悲与喜，苦与乐，还有那些遇到了或错过了的缘，都在温暖着我，催促着我尝试着把心里涌动的东西轻轻地描绘出来，让其变成文字，才能安心。

感谢我的爱人，你的付出和担当，你的纵容和溺爱，我才有足够的时间和精力与文学和文字相约相拥，你虽然不懂文字，但你能懂我，你可知道，正是因为你在我的世界里种满了灿烂的向日葵，我才能用细碎的光阴写满这些爱的文字。

感谢我亦师亦友的谢建标老师，是你把我引进了张家港作协这个充满了文学底蕴的集体，又是你帮我写下了这部文集的序言。我知道，我们从青春岁月到沧桑中年所积累起来的沉甸甸友谊，不是“感谢”两字所能表述的，我会把它永远地珍藏在心里，弥久沉香。

感谢现代出版社和成都天恒仁文化传播有限责任公司的全体编辑，是你们的支持，《聆听岁月》才能够出版发行，我知道，脚下的路很漫长，也许这只是一个开始，时间在不停地流逝，我的文学之梦不会停留，但愿这部文集能成为读者生活中的一个小驿站，那是对我最大的支持和鼓励。

佛说，寂寞是最高的人生境界。写作是寂寞的，但写作之人内心是最广阔的。一直想做诗词般婉约的女子，很庆幸，在当今这个日渐浮华的尘世里，还能坚守曾经期盼保留一生的诗情，这是我最大的欢喜和自豪，试想，这一生能够这样婉约清丽地活着，也应该是完美了吧。

赵彩萍

2016年10月11日